KB045876

특급 길드에 어서 오세요!

~사랑받는 마스코트 엘프는
모두의 마음을 치유한다~

지은이 **아이 리이아**

일러스트 **니모시**

벨로니카

불고기사자 아인으로 몸집이 큰 남성.
대담하고 호쾌하지만 의외로 타인을 배려
할 줄 아는 상식인. 목소리도 커서 다른 사
람에게 겁을 주게 되곤 한다.

레키

오르투스 의료부문에 소속된 수습 간호사.
무지개늑대 아인으로 각도에 따라 색이 다
르게 보이는 아름다운 털을 지녔다.
솔직하지 않은 성격이지만 근본적으로는 착
하다.

유진

특급 길드 오르투스의 두목.
동료를 가족처럼 생각하며 길드를 자신의
집이라고 부르는 괴짜. 도량이 넓은 장년
남성.

자하리아슈

마대륙에서 실질 최강이라 불리는 마왕.
마치 조각상처럼 아름다우며 위압감도 대단
하지만, 지나치게 솔직한 성격이다 보니 얼굴
값을 못하는 일면도 있다.

크론크비스트

자칭 마왕의 오른팔인 메이드복의 여성.
얼핏 차가운 인상을 주지만 서툴러서 그런 것
뿐, 배려심이 깊다.
억지웃음이 어마어마하게 엉성하다.

메구의 계약 정령들

최초의 계약 정령인 목소리의 정령이자
인간형인 쇼.
바람의 정령이자 조류형인 후우.
불의 정령이자 원숭이형인 호무라.

루드비크

의료 담당자들의 리더이자 투명실거미 아인.
평범한 외모에 온화한 성격을 지닌 장년 남성.

에핑크

특급 길드 네모의 길드원으로 거품캥거루 아인.

세르멜호른

하이 엘프의 족장.
하이 엘프 외의 종족은 아래로 본다.
강력한 자연 마법을 사용한다.

마르티넬시라

통칭 마라.
세르멜호른의 누나인 하이 엘프.

엔나리에아르

통칭 엔나. 메구의 어머니. 오랫동안 행방불명 상태이다.

메구

정신을 차리자 어린 엘프의 몸에 빙의해 있었다. 원래는 20대 후반의 일본인 여성. 사축. 긍정적인 성격과 사랑스러운 외모로 주위를 치유해준다. 노력가.

기르난디오

특급길드 오르투스 내에서도 1, 2위를 다투는 실력자이자 그림자독수리 아인. 과묵하고 무표정. 임무 도중에 메구를 발견해서 보호했다. 팔불출 부모가 되어가고 있다.

슈리엘레치노

온화하고 성실한 엘프 남성. 속이 시꺼먼 일면도. 메구에게 자연 마법을 가르쳐주는 스승. 그 미소로 수많은 사람을 매료시킨다.

사우라디테

오르투스의 총괄을 담당하는 털털한 소인족 여성. 존재감이 대단하다. 흉악한 함정 개발이 특기.

쥬마

전투밖에 모르는 바보. 뇌가 근육으로 된 오니족. 물리적으로도 정신적으로도 맷집이 튼튼하며 회복력도 오르투스 최강. 생각 없는 발언을 할 때가 많다.

케이

오르투스 최고의 미남이라 일컬어지는 여성. 꽃빛뱀 아인으로, 소리 없이 조용히 접근하는 습관이 있다. 자연스럽게 느끼한 언동을 한다.

캐릭터 소개

목차

Welcome to
the Special Guild

일러스트 : 니모시 Nimoshi   디자인 : 베이아 Veia

제1장 ◆ 행동 개시

1 오르투스 회의

　작전 회의가 시작되었다. 네모의 수장이자 하이 엘프 마을의 족장인 셰르멜호른에게서 나를 지키기 위한 작전이다. 든든하다. 무지막지 든든하지. 오르투스의 길드원들은 아무튼 대단한 사람들이고, 게다가 지금은 마왕인 내 친부도 같이 있다. 질 리가 없다는 생각은 드는데…… 자꾸만 불안해지는 건 상대가 같은 특급 길드인 네모라는 점과, 뭐니 뭐니 해도 하이 엘프라는 흉악하기 짝이 없는 종족이 상대이기 때문일 것이다. 새삼 참 일이 거창해졌구나……. 아차, 먼 산을 보고 있을 때가 아니지. 잘 들어야 해!

　두목인 아빠가 중심이 되어 각각 지시를 내려갔다. 오오, 두목이라는 느낌이 난다. 일본에 있을 때의 모습만 기억하고 있었으니까 신선하구나.

　"우선은 3개의 팀으로 나눌 거다. 길드 대기반, 네모 조사반, 그리고 하이 엘프 마을 공략반."

　대기반은 주로 길드 수비, 조사반은 네모의 동향을 조사하고 쳐들어가기도 한다나. 히익. 마지막 공략반은 뭐 말할 것도 없고.

　"사우라, 루드, 쥬마. 너희는 대기반이야."

　"뭐?! 나도 싸우고 싶어, 두목!"

　호명된 쥬마가 불만 어린 항의를 했다. 확실히 특공대장이라는 느낌인 쥬마가 수비라는 게 의문스럽긴 하다.

"너 말이다. 대외적으로는 전쟁이 아니라 대화거든? 너처럼 금방 싸우려고 드는 전투광을 데려갈 수 있겠냐! 조사는 더 말도 안 되고, 남은 건 대기반이잖아."

"그, 그렇긴 하지만……."

으음, 확실히 그 말이 맞다. 쥬마를 데려갔다간 지금부터 싸우러 가겠다고 광고하는 거나 마찬가지니까. 사실 그게 맞긴 한데, 침략이 아니라 옌나 씨를 데리고 돌아오는 게 목적인걸. 쓸데없이 싸울 필요도 없다. ……하이 엘프 마을에서 하이 엘프를 데려오는 거니 누가 악당인지 모르겠지만!

"뭐, 전투에 들어가면 의지하마. 길드를 단단히 지키라고, 쥬마."

"어, 어! 맡겨둬!"

아빠의 격려에 내심 흐뭇해하는 듯한 표정을 보이는 쥬마. 참으로 다루기 쉬운 남자다.

"다음. 조사반은 케이, 슈리에, 그리고 나야."

"두목도요?"

슈리에 씨의 의문은 다들 생각한 바라고 본다. 영락없이 공략반에 들어가 하이 엘프 마을에 가는 줄 알았는데.

"그래. 겸사겸사 슬슬 그 길드의 실태를 파헤쳐주려고. 꽤 예전에 나라에서도 부탁을 받았거든. 조만간 본격적으로 착수할 생각이긴 했어. 마침 좋은 기회니까."

나라에서 의뢰받은 거였냐! 말하는 투로 봐서는 한동안 내버려 뒀던 것 같지만……. 그래도 괜찮은 거야? 보통은 안 되지 않나? 어차피 특급 길드의 두목이라는 지위를 방패로 세워놓고 미뤄놓은 거겠지. 틀림없어.

"그리고 마지막 공략반이 아슈와 크론, 그리고 니카. 우리 쪽에서는 니카를 보내줄게. 튼튼하고 성실하고 좋은 녀석이야. 좀 많이 호쾌하지만."

"쑥스러운데, 두목!"

그래, 하이 엘프 쪽에는 마왕님이 가는구나. 마왕님은 자기 부인을 데리러 가는 셈이고, 크론 씨는 마왕님을 따라갈 테지. 문제는 없을 거다.

"어쩔 수 없다고는 해도, 아아⋯⋯! 또 일이 쌓이겠군요⋯⋯!"

크론 씨가 머리를 부여잡는 것 말고는.

"마지막으로 기르. 너는 별도 임무야."

그러고 보면 기르 씨에게는 지시가 내려온 게 없었네. 뭐지? 별도 임무?

"메구를 지켜. 죽을힘을 다해서. 솔직히 다른 길드원은 각각 임무만으로도 버거울 거다. 그러니까 너는 메구를 호위하는 것에만 집중해."

"⋯⋯받아들이지."

내 호위였구나⋯⋯. 확실히 기르 씨가 있어 주면 나도 안심할 수 있다. 호위는 필요 없다는 철없는 소리는 하지 못한다. 나는 누구보다 약하고, 땅꼬마인걸. 게다가 노려지고 있고. 그리고 다들 그걸 막고 싶다고 생각해주니까 나 또한 제대로 보호받고 싶다.

"기르 씨, 잘 부탁드림미다."

그러니 내가 해야 할 말은 이거다. 기르 씨도 살짝 미소 지으며 맡겨두라고 머리를 쓰다듬어주었다. 에헤헤.

"하지만 말이야. 막상 하이 엘프 마을에 가는 방법이……."

아빠가 팔짱을 끼고 끙끙거리기 시작했다. 그건 그래. 약 20년에 걸쳐 조사한 결과 입구조차 발견하는 건 불가능하다는 결론이 나왔잖아. 이제 와서 툭 튀어나올 리가 없다. 하지만 이걸 어떻게든 하지 않으면 세 팀으로 갈라진 의미가 없다.

"셰르멜호른이 마을에서 나오는 걸 기다려야 하나."

"그것밖에 없겠지. 마을에서 나올 하이 엘프는 그 녀석뿐일 테니까. 뭐, 그걸 안 것만으로도 쥬마가 날려간 가치는 있었나."

"하지만 언제 나올지 모르는 데다, 셰르멜호른 역시 들킬만한 행동은 하지 않을 거야. 붙잡아봤자 순순히 마을에 들여보내 주지도 않을 테고, 애초에 잡는 것 자체가 너무 어려워."

루드 선생님과 아빠, 사우라 씨가 의견을 나누고 있다. 이대로는 아무리 시간이 지나도 옌나 씨를 만날 수 없다. 다들 입을 다물고 생각하기 시작했다.

……정말, 다들 착하다니까. 아니, 알면서 회피하는 거다. 나를 지키기 위해. 그 문제를 해결할 가장 간단한 방법을 뻔히 알면서. 하지만 다들 착하니까 말하지 못하는 거다. 도저히 말을 꺼내지 못한다. 내가 위험해지니까.

그러니 여기서는 내가 말해야 한다.

"저를 데려가 쥬세요."

쥐죽은 듯 고요해진 회의실에 내 목소리가 또렷하게 울려 퍼

졌다. 방 전체에, 사람들의 마음에. 다들 슬퍼하는 얼굴로 숨을
삼켰다. 하하. 역시 알고 있었구나?

"하이 엘프인 제가 이쓰면 입구를 찾을 수 이쓸 거예요. 간단
하자나요! 핏줄 문제라면 그걸로 쉽게 해겨랄 수 이쬬?"

아빠의 눈을 빤히 바라보면서 그렇게 물었다. 아빠의 눈동자
가 흔들리고 있다. 좋아, 한 번 더!

"어디에 이써도 저를 노릴 거예요. 게다가 기르 씨가 죽을힘
을 다해서 저를 지켜줄 거자나요!"

그쵸? 하고 두 손을 허리에 얹고 가슴을 펴면서 기르 씨에게
시선을 보내자, 난처하다는 듯이 눈썹을 팔자로 찡그린 기르 씨
가 내 머리를 거칠게 쓰다듬었다. 당연하다면서. 히히, 사우라
씨의 말을 따라 한 것뿐이지만!

"제가 태어나떤 장소를 보고 시퍼요. 어무니를 만나고 시퍼요."

최후의 일격이라는 양 나는 말을 이어갔다. 다들 말문이 턱 막
힌 게 느껴졌다. 그래서 나는 헤실헤실 웃었다. 무섭지 않아요,
괜찮아요, 라는 뜻을 전하고 싶어서.

"……너는 꼬맹이인데도 어엿한 길드원이구나. 하지만 나는
너를 닮은 아이를 아는 만큼 걱정이야. ……다른 사람을 위해
자기를 희생하는 아이거든."

아빠가 내 앞에 쪼그려 앉아 그렇게 말했다. 아…… 그건 '나'
를 말하는 거구나. 똑같은 말을 직접 들은 적이 있다. 그리고 그
때의 나는 이렇게 대답했다.

"……희생이 아니에요. 저는 제가 할 쑤 있는 걸 하는 거뿐이에요."

『그러니까 아빠는 나를 걱정하고 응원해주면 돼!』

아빠의 눈이 아주 조금, 크게 떠졌다.

"너는…… 아니, 아무것도 아니다."

그리고 무언가 말을 하려다가 그만두었다. 응, 그거면 됐어. 이번 일이 끝나고 나면 제대로 말할 테니까. 그때까지 기다려줘, 아빠. 나는 살며시 눈을 내리떴다.

"기르. 너는 그래도 메구를 지킬 수 있겠어?"

"어리석은 질문이군. 두목, 나를 누구라고 생각하는 거지?"

크으으! 명대사 떴다! 역시 파파! 멋있어!

"정해졌군. 메구는 기르와 함께 공략반에 들어가! 다들 실수하지 마라!"

마무리를 짓는 아빠의 말에 다들 각자 대답했다. 사실은 아주 무섭다. 분명 다리가 덜덜 떨리고 있을 거다. 하지만 다들 나와 어머니를 위해 움직여주는 거잖아. 기르 씨와 동료들을 믿고, 나도 믿고. 열심히 하자. 그저 그렇게 생각했다.

『주인니이이이임! 다녀왔어어어어!』

"쇼?!"

무사히 회의가 끝난 타이밍에 갑작스러운 난입자가 내 가슴으로 뛰어 들어왔다. 당연히 쇼가 온 거다!

『와아, 주인님이다! 오랜만이야! 보고 싶었어어!!』

"쇼……! 고생해써, 어서 와! 나도 보고 시퍼써! 무사해서 다행이야!"

귀엽기 짝이 없는 쇼의 외침에 나도 와락 끌어안고 귀환을 기뻐했다. 정말로 무사해서 다행이야! 시간이 꽤 걸려서 진짜진짜 걱정했단 말이야!

"……계약 정령이라고는 해도 이렇게까지 정령에게 사랑받다니."

어안이 벙벙한 건지 감탄하는 건지 알 수 없는 슈리에 씨의 중얼거림이 들렸다. 헤헤, 우리는 친구랍니다!

『주인님? 저도 주인님을 아주 좋아하는데요?』

"아, 그건 알고 있습니다. 네프리. 다만 이 아이들은 만난 지얼마 안 되었잖아요?"

『그건 그렇네요. 하지만 메구 님이시니 그것도 알 것 같습니다. 메구 님에게선 정말로 기분 좋은 아우라가 나오거든요.』

왠지 기쁜 말을 해주고 있잖아. 참 감사하다. 나도 정령들을 아주 좋아하니까!

"메구, 재회를 기뻐하는 와중에 미안하지만 목소리의 정령에게서 보고를 들어도 괜찮을까요?"

"아, 그러죠!"

마침 지금은 이 자리에 다들 모여있다. 쇼에게 물어봐야지!

"쇼, 사람들에게 들리도록 보고해줄 수 있을까?"

『그 정도야 쉬운 일이지! 하지만 이번에 일할 때 필요했던 분량의 나머지 절반이랑, 지금 쓸 때 필요한 분량의 마력을 줘!』

아차, 그랬지! 그런데 잠깐. 그거 꽤 탈탈 털어가는 거 아닌가……?!

『잘 먹겠습니다! 우후후, 오랜만에 먹는 주인님의 마력이다! 너무너무 맛있는 마력!』

아아앗!!

기절하기 직전의 아슬아슬한 선까지 마력을 흡수해가다니, 쇼도 참 제법이야……! 네, 현재 저는 기르 씨의 품속에서 축 늘어져 있습니다. 의식이 남아있어서 이야기를 들을 수는 있다고! 아무리 마력이 필요하다고 해도 쇼는 내가 쓰러질 정도로 빼가지는 않는다. 그렇기 때문에 이렇게 아슬아슬한 선에서 멈추는 쇼가 무시무시해……!

하지만 위험한 장소에서 오랫동안 열심히 일하고 온 거니까, 이 정도는 괜찮아! 주인님도 힘내야지! 하지만 조금만 늘어져 있을게. 훌쩍.

『계속계속 지켜봤는데 아주 조금밖에 말해주지 않았어! 조금 더 있고 싶었지만 내가 보이는 사람이 온 기척이 나서 돌아왔어!』

쇼는 조금이라도 내 단서를 남기지 않도록 모습을 보일 수는 없다는 사명감을 익힌 모양이었다. 정말 똑똑하잖아! 자신이 없다며 시무룩해 하던 때의 모습이 떠오르지 않을 정도로 지금 쇼의 얼굴은 자신감으로 넘쳐났다. 그래그래. 그런 모습이 제일 멋있어, 쇼! 우리 애가 최고야!

"엘프나 드워프…… 어쩌면 하이 엘프인가요? 그 정령이 보이는 사람은."

팔불출이 되어 주접을 떨고 있었더니 슈리에 씨가 쇼에게 직접 질문했다. 마주치기 전에 도망쳐서 모르겠다는 쇼. 조금 불안해하는 모습이다.

"당신의 판단은 틀리지 않았습니다. 메구가 안전을 최우선으로 삼으라고 지시했잖아요? 올바른 판단이었어요. 만약 안다면 가르쳐달라는 정도였으니까 신경 쓰지 말아 주세요."

부드럽고 다정한 미소를 지으며 그렇게 달래주는 슈리에 씨. 쇼에게도 친절하게 배려해주다니 역시 슈리에 씨예요!

『그럼 바로 네모? 길드에서 듣고 온 걸 재현할게!』

"응, 부탁할게. 쇼!"

회의실 중앙까지 날아간 쇼가 마법을 발동했다.

『야, 너 보스의 지령 받아들일 거야?』

『왜 그런 걸 물어보냐? 그건 강제 참가잖아.』

남자 둘의 목소리다. 소곤소곤 작은 목소리로 대화하는 것처럼 들린다.

『하지만 안 내킨다고. 오르투스에 쳐들어가다니.』

"뭐라고?!"

오르투스에 쳐들어간다는 발언을 듣고 사우라 씨가 무심코 언성을 높였다. 다들 똑같이 생각한 건지 놀란 모양이다.

"일단 기다려. 끝까지 들어보자고."

"아, 으응. 미안해. 정령님, 계속 부탁할게."

쇼가 자리에 안 어울릴 만큼 밝은 목소리로 '네!' 하고 대답한 덕분에 마음이 조금 훈훈해졌다. 후후, 고마워. 쇼!

『그것도 고작 어린애 한 명을 납치하기 위해서잖아? 무슨 가치가 있는 애새끼길래.』

『그게 말인데, 사실인지 아닌지는 미심쩍지만…… 아무래도 하이 엘프 아이라는 모양이야.』

『뭐? 그런 게 존재한다고? 너 의외로 상상력이 풍부하다?』

아빠가 '그 정보까지 파악하고 있었나' 하며 씁쓸한 얼굴로 중얼거렸다. 하지만 족장이 네모의 보스니까 알고 있어도 이상하지 않다. 나는 하이 엘프 마을에 있었다잖아? 뭐, 네모 길드 내에서 소문이 퍼져있다는 부분을 말하는 거겠지만.

『그게 진짜라는 거 있지? 라지엘드 씨가 보스에게서 들었다고 했어.』

『진짜……? 그렇다면 사실이겠는데…….』

라지엘드라는 이름이 나오자마자 그게 사실이라고 인식한 건지 목소리가 한층 낮아졌다.

"라지엘드……!"

별안간 쥬마가 살기등등해졌다. 너무 갑작스러웠기 때문에 깜짝 놀라 펄쩍 뛰어오를 뻔했잖아! 지금은 기르 씨의 품 안에 있었기 때문에 바로 등을 토닥토닥 두드려줘서 침착해졌지만. 그래도 심장에 안 좋다.

"창염귀(蒼炎鬼) 라지엘드 말인가요. 친구인 건 알았으니 살기를 가라앉히세요, 쥬마."

"친구 아니야! 같은 오니족인 것뿐이지!"

창염귀가 뭐냐고 기르 씨에게 물어보자, 파란 불꽃을 조종하는 오니라고 한다. 아하. 쥬마와 아는 사이인가.

『사실인지 아닌지는 제쳐놔도, 너무 갑작스럽잖아? 닷새 뒤에 출발이라니. 생각할 여유조차 주지 않는다는 느낌이야…….』

『보통은 길드에 얼굴을 비추지도 않는데 가끔 오면 이런 무모한 지령을 내린단 말이야, 보스는.』

『하지만 우리 같은 건달을 고용해준 사람이니 할 수밖에 없지…….』

『그러니까. 재수 없는 착한 어린이 집단과 싸울 수 있는 기회이기도 하고.』

『서로 죽지 않도록 해야겠는데!』

'크하핫!' 하고 거슬리는 웃음소리를 터트린 뒤 쇼의 보고가 끝이 났다.

『어때? 오르투스, 아이, 하이 엘프 같은 말이 들렸으니까 맞는 것 같은데. 이거 맞아? 주인님.』

"응. 대단한 수확이어써, 쇼. 정말 고마워. 수고해써! 한동안은 푹 쉬어."

『다행이다! 또 무슨 일이 있으면 언제든지 불러줘!』

정말 나이스야, 쇼. 나는 쇼를 잔뜩 칭찬했다. 푹 쉬고 있어.

"닷새…… 확실히 급한 일정이군."

쇼의 훌륭한 보고에 안도한 것도 잠시, 무겁게 던져진 마왕의 한 마디가 가슴속 깊이 울렸다.

"뭐, 지금 알아서 다행이잖아. 메구와 정령 덕분이야! 그런 고로 우리도 다들 닷새 뒤에 출발이다. 준비해놔."

아빠의 가벼운 목소리는 무거워질 뻔했던 분위기를 바꾸어놓았다. 역시 두목이구나. 이 딸은 자랑스럽습니다!

"그래. 녀석들이 와도 메구는 길드에 없겠구나."

"하지만 그걸 상대방에게 가르쳐줄 필요는 없지."

사우라 씨와 루드 선생님이 악당 같은 미소를 짓고 있어……! 아하, 네모 사람들은 기껏 각오 단단히 하고 오르투스에 쳐들어왔는데 정작 내가 없어서 헛걸음을 하게 되는 거구나? 심지어 아마 패배하고 도망칠 때까지, 혹은 그러고 난 뒤에도 가르쳐주지 않을 생각인 거다. 두 사람의 계획이 생생하게 읽혀……!

"게다가 쥬마, 실컷 싸울 수 있겠어. 영격전이라고 해도 기대할게. 결계는 강화해둘 테니까 사양하지 않아도 돼."

"당연하지! 크으! 오랜만에 가슴이 뛰는데!"

저 두 사람, 쥬마의 의욕에 불을 지르는 데 천재인가 봐. 적이 쳐들어온다고 하는데 즐거워한다니. 역시 오니족이라고 해야 하나.

그나저나 문제가 되진 않을까? 특급 길드끼리 싸우다니. 그런 의문을 흘리자 거기에 대해서는 기르 씨가 대답해주었다.

"우리는 반격할 뿐이니까. 저쪽에서 손을 댈 때까지 아무것도 하지 않고 기다릴 거다. 네모가 먼저 공격했다는 증거를 잡으면 그 후엔 마음대로 해도 괜찮아."

흠흠. 즉 길드 내에 음성이나 영상을 기록하는 마도구 같은 걸 설치되어있는 건지도 모른다. 아빠가 있으니까, 그런 걸 연구해서 미콜라슈 씨가 개발해놓았어도 이상하지 않다. 아니, 틀림없이 있을 것 같다.

"게다가 우리는 신용이 높거든. 예를 들어 저쪽에서 무언가 이유를 날조해 우리를 공격했다고 해도, 이래저래 수상한 네모보다 우리의 증언이 더 신빙성이 높다고 볼 거야."

이어서 케이 씨가 보충 설명을 해 주었다. 그렇구나. 이건 신뢰를 받을 만큼 실적을 쌓아왔기 때문이다. 어지간한 일이 없는한 우리가 불리해질 일은 없을 것 같다. 평소의 행실이 중요하다니까!

"쥬마. 너 신이 나는 건 좋은데, 이길 수 있겠어? 라지엘드를. 네가 그 녀석을 이기지 못하면 여기는 끝장이야."

아빠가 날카로운 분위기를 흘리며 쥬마에게 물었다. 라지엘드, 라는 사람은 분명 저쪽의 최고전력에 가까운 존재일 것이다. 쇼가 해준 보고에 따르면 그 사람은 이 길드에 올 것이다. 그리고 여기에 남은 길드원 중 상대할 수 있는 사람은 아마도 쥬마뿐인 거겠지.

다른 길드원들은 또 다른 네모 길드원과 싸워야만 할 테니까 협공도 그리 기대할 수 없다. 그건 서로 마찬가지겠지만.

"······확실히 그 녀석을 이긴 적은 없어. 하지만 그건 어릴 때야. 지금 싸우면 내가 이겨!"

쥬마의 금색 눈동자가 강한 빛을 머금은 것처럼 보였다. 그렇구나, 이긴 적은 없구나. 하지만 어째서일까. 신기하게도 불안하지 않았다. 쥬마라면 해낼 것이라 믿는다. 그리고 그건 여기에 있는 다른 사람들도 같은 마음일 거다.

"……그래. 그럼 이겨."

"당연하지!"

아빠와 쥬마는 잠시 눈으로 대화를 나누더니 가벼운 한마디를 주고받았다. 음, 분명 저걸로 충분한 거겠지. 이렇게 특급 길드 오르투스의 본거지 수비는 쥬마에게 맡겨졌다.

"전투**라면** 의지할 수 있단 말이지. 다른 일은 완전히 꽝이지만."

사우라 씨! 그거 모두의 생각을 대변하는 발언!!

회의가 끝나자 길드원들은 뿔뿔이 흩어졌다. 나는 기르 씨에게 안겨 대욕탕으로 향하는 중이다. 왜 안겨서 이동하냐고? 마력이 회복되지 않았기 때문이기도 하고, 아무리 낮잠을 잤어도 밤늦은 시간이 되면 졸리기 때문이다. 오늘 나 대체 얼마나 자는 거냐.

"메구. ……무리하는 거 아니야?"

대욕탕 앞에 도착한 기르 씨가 나를 내려놓으며 그렇게 말했다. 기르 씨를 올려다보자 걱정하는 표정으로 이쪽을 바라보는 잘생긴 얼굴. 뭐, 오늘 하루만으로도 많은 일이 있었지. 다양한 이야기를 들었고, 앞으로 일어날 일을 생각하면 나를 염려하는 것도 이해할 수 있다.

하지만 겉으로는 드러내지 않으려고 했는데 말이야. 지적을 받는 바람에 어깨에서 힘이 쭉 빠져버렸다. 아아, 역시 보호자인가. 아니면 내가 알기 쉬운 건가? 여기서는 솔직하게 자백하는 게 좋을 것 같다.

"……사실은 아쥬 무서워요. 분명 걷찌도 못할 만큼 다리가 덜덜 떨릴 거예요!"

아하하 웃으면서 이실직고하자 기르 씨가 몸을 숙여서 나와 눈높이를 맞췄다. 검은 눈동자에 비치는 어린아이의 모습은 힘없는 미소를 짓고 있었다. 이거 큰일인데. 너무 적나라하잖아.

"실은 나도 무서워. 이렇게까지 무서웠던 적이 없어."

"네?! 기르 씨가요?!"

놀라서 그렇게 되묻자, 기르 씨가 그렇다며 웃으면서 고개를 끄덕였다. 정말로 의외다. 나에게 기르 씨는 완벽한 사람이었으니까.

"너를, 메구를 잃게 되면 어떡하지. 그런 생각을 하면 무서워서 견딜 수 없다."

기르 씨는 미덥지 못한 호위라 미안하다고 사과했다. 한편 나는 그만 감동하고 말았다. 기르 씨가 너무 멋있어서 살기 힘들다……! 솔직히 기뻤다. 그렇구나, 기르 씨도 무섭구나. 그렇게 생각하자 안심이 되었다고 할까. 하지만 이상하지. 호위해주는 사람이 무서워한다는 걸 알면 보통은 불안해져도 이상하지 않을 텐데.

기르 씨는 나에게 안심을 주었다. 처음 이 몸속에 들어와 버린걸 깨닫고 영문을 모르는 이세계에 왔는데도 안심하며 지낼 수 있었던 건 기르 씨를 만났기 때문이다. 지금도 기르 씨는 나에게 가장 안심을 주는 사람이다. 그렇기 때문인 건지도 모른다. 이 상황에서도 그 안심감이 흔들리지 않는 것은.

"그럼 기르 씨는 제가 지키께요!"

"응?"

그런 기르 씨에게 내가 할 수 있는 일은 없을지 생각했다. 무력하고, 그냥 생긴 게 깜찍하기만 한 어린아이가 할 수 있는 일은 뭘까? 아니, 나이기 때문에 할 수 있는 일은 무엇일까.

나는 의아해하는 기르 씨의 목에 작은 손을 감은 뒤 꼭 안겨들었다. 아빠가 옛날에 자주 해 주었던 주문을 걸어줘야지.

"무서운 거, 무서운 거, 날아가라!"

"메구……."

기르 씨가 자기 때문에 내가 다치는 게 두렵다면, 나는 기르 씨 곁에서 늘 쾌활하게 지내자. 최대한 다치지 않도록, 최대한 자연스럽게 웃을 수 있도록. 그게 가장 효과적이라는 것도 좀, 자만일지도 모르지만.

"무서운 거 날아갔어요?"

적어도 기력은 나눠줄 수 있지 않을까. 그걸 위해서라면 정신력이 파스스 흩날릴 정도로 가증스러운 언동을 하는 것도 싫지 않았다. 내가 고개를 갸웃거리며 그렇게 묻자, 놀란 표정인 기르 씨는 잠깐 멈춰있다가 피식 웃었다. 우후후, 성공인가?

"응, 날아갔어. 그래. 메구가 있으니 무섭지 않네."

"다행이에요!"

우리는 작게 웃었다. 응, 나는 태평하게 웃자. 두 사람 사이에 따스하고 평온한 시간이 흘러갔다.

푹 쉬고 오라는 기르 씨에게 인사한 뒤 떠나는 뒷모습을 바라보고 있었더니, 길드원 언니가 마침 적절한 타이밍에 목욕하러 가자고 말을 걸어주었다. 근처에서 기다리고 있었던 모양이다. 그대로 함께 목욕하러 들어온 언니는 나를 머리부터 발끝까지 씻겨주면서 끊임없이 '좋은 모습을 보았어요', '마음이 훈훈해졌어요' 하고 중얼거렸다. 대욕탕 앞에서 대놓고 대화하는 바람에 고스란히 본 모양이었다. 그렇구나. 미남과 어린아이의 가슴 따뜻한 스킨십이라. 확실히 주위에서 보면 훈훈한 광경일지도.

……응? 응? 나는 문득 어떠한 사실을 떠올렸다. 그 순간부터 그 생각이 머릿속을 자꾸 맴돌며 얼굴에 열이 모여들었다. 하지만 이상하게 보이면 안 된다며 어떻게든 목욕을 다 끝내고 언니와 헤어져서 내 방에 돌아올 때까지 참았다. 문을 탁 닫은 뒤 침대로 풀썩 쓰러진 뒤에야 나는 드디어 몸부림칠 수 있었다.

나 알맹이는 20대 후반이란 말이야!!

심지어 아직 정체를 밝히지는 않았지만, 기르 씨는 이 몸에 들어와 있는 게 다른 영혼이라는 걸 안다. 아까 들었으니까! 그러니 내가 어느 정도 나이가 있다는 걸 눈치채지 않았을까!? 그런 내가 경솔하게 남자 사람을 끌어안았으니 잘 생각해보면 좀 많이 그렇지 않아? 아니, 서로 부녀로 인식하고 있으니까 다른 마음은 없지만. 새삼 무지막지 부끄러워!

하아……. 나 정신연령이 몸에 꽤 많이 끌려가는 느낌이 든다. 원래 그쪽으로는 무감했지만, 아무리 그래도 갑자기 남을 끌어안고 그러는 성격은 아니었단 말이지. 그렇다는 건 앞으로도 분명 비슷한 짓을 여러 사람에게 저지를 것 같은 예감. 그러고 보면 전에는 슈리에 씨에게 안아달라고 했던가…….

"으, 으아아아아…….."

문득 하세가와 메구임을 인식하자 견딜 수 없는 수치심이 밀어닥쳤다. 신경 쓰면 안 돼. 나는 이제 어린아이, 어린아이라고. 염불을 외면서 스스로를 타일렀다. 글러 먹었다는 결론을 내린 나는 눈을 질끈 감고서 머리까지 이불을 푹 뒤집어쓴 다음 억지로 잠을 청했다. ……크흑. 안녕히 주무세요!!

2 출발

안녕히 주무셨어요! 자기 전에 이래저래 생각이 많아져서 창피함에 잠을 못 이룰지도 모른다는 걱정을 한 저였습니다만, 일절 그런 일 없이 푹 잠든 모양입니다. 꿈도 안 꾸더라. 하지만 '메구'와는 또 이야기해보고 싶으니까 다시 꿈에서 만날 수 있으면 좋겠는데. 그렇게 일이 쉽게 풀리지는 않는 법인가.

아무튼. 오늘도 열심히 일합시다! 너무 많은 일이 일어나는 바람에 혼란스러운 기분이지만, 아침은 변함없이 찾아오는 법. 어디 보자, 분명 오늘은 오전에만 마스코트 일을 하는 거였지. 오후에는 낮잠 말고 다른 일정은 없는 걸로 기억한다. 뭐지 이 행복한 스케줄. 어린이라 다행이다.

출발은 닷새 후라고 했으니까, 기르 씨에게 부탁해서 필요한 걸 준비하러 갈까? 그런 생각을 하면서 오늘도 옷장 앞에 섰다. 어, 느, 것, 을, 고, 를, 까, 요!

"조아! 오늘은 이거!"

고민하기를 몇 초. 세트로 코디가 맞춰져 있기 때문에 그중에서 고르기만 하면 된다니, 참으로 편하기 그지없다. 그리고 오늘 고른 건 계속 입어보고 싶었던 기모노 풍의 원피스다!

하얀 바탕에 커다란 붉은색 꽃무늬가 수 놓여있어, 심플하면서도 제법 눈에 띈다. 허리에는 오비 같은 굵은 벨트. 혼자 입기 쉽도록 간단하게 고정할 수 있는 친절한 구조다. 기장은 꽤 나름대로 긴 편이지만, 폭이 조금 넓으니까 걷기 쉬워 보였다. 여기에 군데군데 레이스 장식도 달아놔서 조금 신기한 디자인이었다.

"게다가 샌들이 아니라 다앵이야!"

신발은 쇼트 부츠 같은 모양새로, 이것 또한 발을 쑥 집어넣기만 하면 된다. 이래 봬도 오르투스에서 일하는 몸이니까 걷기 편하다는 건 중요한 부분이다. 역시 란이야! 마지막으로 거울 앞에서 빙글 한 바퀴를 돌아 전신을 확인했다. 음, 귀엽도다! 이제 기르 씨의 방문을 노크합시다!

노크하자마자 바로 답이 돌아오더니 문이 열렸다. 기르 씨는 언제 봐도 같은 옷인데…… 갈아입을 옷이 없는 걸까? 아니면 같은 옷을 여러 벌 갖고 있나? 그런 소박한 의문을 과감하게 부딪쳐보았다.

"아, 이 옷은 특별제작이라서. 자동으로 세탁이 된다. 마물형이 되었을 때 자동으로 아공간에 수납되고, 인간형으로 돌아오면 세탁이 끝난 상태가 되지. 평범한 옷보다 마법도 잘 안 통하는 전투복이야."

이러한 이유로 갈아입을 필요가 거의 없다고 한다. 참고로 잘 때도 쾌적하다나. 뭐야 그 만능 소재……. 부, 분명 무지 비싸겠지?!

"마침 네 옷도 완성될 때가 되었는데. 오후에는 시간이 있지? 받으러 갈까?"

"헉?! 제 옷, 이요?"

놀랍게도 적이 나를 노리고 있다는 걸 알았을 때 이미 주문해놓았다고 했다. 이 파파는 어쩜 이렇게 준비성이 투철한 건지!

"설마 원정을 가게 될 줄은 몰랐지만…… 늦지 않아서 다행이야. 그 옷이면 더 안전해지니까."

그렇게 말한 뒤 내 머리 위에 손을 올려놓은 기르 씨는 이어서 '뭐, 손가락 하나 건드리지 못하게 할 거지만' 하고 말했다. 어제부터 명언 제조기로 전직하신 것 같아요!

그 후 둘이서 아침을 먹은 뒤 점심 때 보자고 약속한 후 일을 개시하게 되었습니다! 식당에서도 그랬지만, 오늘은 유독 길드원들이 말을 자주 걸었다.

"들었어, 메구. 원정 간다면서?"

"아아, 걱정이야! 하지만 기르 씨가 있으니까……!"

"벌써 어엿한 오르투스의 일원이구나."

"열심히 해! 꼬맹아!"

대충 걱정과 격려의 말들이었다. 늘 생각하는 거지만 다들 정말 친절하다니까. 이 언니는 기뻐서 몇 번이나 눈물이 맺혔단다!

"네, 열시미 할게요!"

그때마다 내가 돌려줄 수 있는 말이라고는 이 정도뿐이었다. 발목을 잡지 않도록 하겠다는 건 오답이다. 존재만으로도 짐이긴 하니까. 내가 할 수 있는 일을 하겠다는 것도 오답이다. 어차피 내가 할 수 있는 일이라고 해봐야 별거 없으니까. 말하자면 하이 엘프 마을이라는 문을 여는 열쇠 같은 역할이다. 그건 그냥 있기만 하면 된다.

그러니 열심히 하겠다는 말밖에 할 수 없었다. 이것도 대체 뭘 열심히 하겠다는 소리냐는 생각이 들지도 모르지만, 예를 들어

무섭다고 울지 않기나 최대한 방해가 되지 않는 장소에 있기 등이다. 서글프지만 내 역량은 내가 잘 안다. 필요하다면 정령들에게 도와달라고 할 수 있도록 매일 조금씩 마력을 넘겨주고는 있지만. 말하자면 마력 비축이다. 할 수 있는 것부터 차근차근! 왜냐하면 어차피 아무것도 못 한다면서 아무것도 하지 않는 것과는 경우가 다르기 때문이다. 미미한 일이라도 안 하는 것보다는 낫다. 0보다는 1이 낫잖아.

　그러는 사이에 무사히 오전 업무도 끝나고, 지금부터는 점심시간입니다! 기르 씨와 함께 룰루랄라 식당으로 향하던 도중 케이 씨와 딱 마주쳤다. 으음, 오늘도 미남 아우라가 넘쳐흘러서 눈이 정화되는 기분!

　"그럼 낮잠 잔 뒤에 쇼핑하러 가는 거야? 그런 거라면 나와 메어리라도 가도 괜찮을까?"

　"갠차는데요, 메어리라 씨도요?"

　"그래. 라그랑제에게 의뢰했거든. 잊어버렸어? 솜인형."

　"! 솜인형!"

　맞아! 내 방을 보여줄 때 그런 이야기를 했었지!

　"나도 메구에게 꼭 선물하고 싶었거든. 지금 주문하면 길드에 돌아왔을 때는 완성되어 있을 테니까."

　아, 그렇구나. 앞으로 나흘 뒤에는 떠나는 거였지. 그 생각에 심장이 크게 뛰었다. 그걸 알아차린 듯 케이 씨가 부드럽게 웃으며 이렇게 덧붙였다.

"즐거움이 있으면 더 열심히 할 수 있잖아?"

그 말의 이면에는 서로 무사히 돌아오자는 의미가 담겨있는 것 같아서, 긴장이 사르르 녹으며 가슴이 따뜻해지는 느낌이 들었다.

"네! 아주 기대대요!"

"……역시 대단하군."

"응? 뭐가 말이야?"

시치미를 떼듯 윙크하는 케이 씨는 누구보다도 멋있었다.

아무튼 그래서 기르 씨와 케이 씨, 그리고 메어리라 씨도 합류해 넷이서 라그랑 키라링 테라 숍에 왔습니다! 언제 들어도 대단한 가게 이름이라니까. 하지만 임팩트라는 측면에서는 적절하다.

"어머나, 오랜만이야. 우후후. 들었어, 메구! 마스코트 취임 축하해! 아주 열심히 한다고 들었는데. 덕분에 매상이 쭉쭉 오르고 있단다!"

"정말요?! 분명 다들 이 가게의 매력을 눈치챈 거예요! 제 광고는 가게에 가 보게 하는 계기가 된 것뿐니에요."

왜냐하면 가게에 와 봐도 마음에 드는 게 없으면 사지 않을 테고, 매상이 올라갈 리가 없으니까. 그러니 이건 란의 실력이 좋다는 증거다!

"어머머! 아주 듣기 좋은 말을 다 해주네. 하지만 이렇게 완벽하게 소화해주는 메구가 있기 때문에 사람들이 와 준 거야. 앞으로도 열심히 해야지."

란은 기쁘다는 듯 몸을 이리저리 꼬면서 그렇게 말했다. 에헤헤, 그렇게 말해주면 나도 기쁘다.

"란, 완성은 됐나? 메구의 전투복을 받으러 왔는데."

"물론이지! 예쁘고 기능도 좋은 스페셜 전투복이야! 예산은 신경 쓰지 않아도 된다고 해서 이것저것 달았어! 당연히 안전을 가장 중점에 두고 만들었고."

"좋아."

예산 무제한?! 그, 그거 괜찮은 거야······? 기르 씨에게는 이미 결계까지 칠 수 있는 아공간 수납 팔찌까지 받았는데?! 힐긋 위를 올려다보자 하고 싶은 말이 전해진 건지 기르 씨는 이렇게 말했다.

"······수입은 많지만 거의 쓰지 않아서 쌓이기만 했거든. 오히려 쓰게 해주면 다행일 정도다."

아아, 살면서 한 번쯤은 해 보고 싶은 대사다. 그렇다고 해도 금액이 금액인 만큼 마비될 것 같고, 받는 나로서는 손이 덜덜 떨리거든요?!

"메구. 기르난디오의 말은 사실이야. 이 남자는 돈을 전혀 안 써서 경제를 돌리기 위해서도 이럴 때 화끈하게 써주는 게 세상에 기여하는 셈이지."

"너는 유흥에 너무 많이 쓰는 거고."

"귀여운 여성에게 돈을 내게 할 수는 없잖아."

"케이 씨, 즉 여자들과 너무 많이 논다는 거예요······!"

작게 중얼거리는 목소리로 지적하는 메어리라의 말에서 케이 씨의 사생활이 살짝 보였다. 결론, 기르 씨도 케이 씨도 타입은 다르지만 씀씀이는 호쾌하다! 그런 생각을 하면서 잠시 먼산을 쳐다봤습니다. 하아, 무서운 세계다.

"자, 메구는 이쪽으로 오렴. 시험으로 착용해 보고 세세한 부분을 맞출 거니까!"

아득해져서 현실 도피하던 나를 란이 가게 안쪽에 있는 피팅룸으로 질질 끌고 갔다. 혼자 보내기는 그랬는지 케이 씨가 함께 따라와 주었다. 하긴 남들 다 보는 앞에서 당당히 옷을 갈아입는 것도 좀. 배가 볼록 튀어나온 유아 체형이지만!

"자, 이거야! 움직이기 쉽도록 조금 짧은 기장으로 했어. 다리가 너무 노출되면 안전성에 문제가 있으니까 니하이 삭스에 부츠 조합. 부츠도 신발 끈이 복잡하게 묶인 것처럼 보이지만 발을 집어넣으면 쏙 들어가도록 마법이 걸려있어. 응? 왜 편상화 디자인으로 했냐고? 당연히 그게 더 귀여우니까 그렇지."

란은 피팅룸에 도착하자마자 내 전투복을 보여주더니, 물어보지도 않은 이런저런 것들을 설명하기 시작했다. 기본은 연분홍색도 섞인 미채 무늬라서 아주 귀여웠다. 니하이삭스는 진한 녹색이고 부츠는 그보다 더 진한 녹색. 여기에 모자까지 옷과 세트로 만들었다고 했다.

바로 갈아입어 보자 놀라울 정도로 편안하게 잘 맞았다! 깃털처럼 가벼우면서도 보호해주는 듯한 안심감이 느껴지는 게 진짜 신기했다. 마치 마력으로 감싸주는 것 같았다. 온도조절 기능이 붙어있으니 극단적으로 덥거나 춥지 않다면 더위도 추위도 막아

준다고 한다.

"좋아. 미세조정도 이걸로 오케이! 팔찌는 끼고 있지? 그럼 옷을 통째로 감싸듯이 마력을 방출해봐."

"메구의 마력을 옷에 기억시키기 위해서야. 팔찌도 그랬잖아? 이렇게 하면 키에 맞춰서 옷도 크기가 알아서 바뀌어."

놀라운 오버 테크놀로지! 마법이지만. 이제 무슨 일이 일어나도 안 놀랄 생각이었는데, 또 놀라고 말았잖아! 아차. 정신 차리고 마력을 흘려보내야지……!

"흐억?!"

지금 입고 있던 전투복이 팔찌에 수납되었잖아?! 덕분에 속옷 차림이 되었다. 꺄악! 아니지, 어떻게 된 일이지?

"후후. 제대로 기능한 모양이네! 그럼 한 번 오늘 입고 온 옷을 입어 봐. 이 옷도 예상대로 잘 어울리네."

란은 무척 기뻐 보였지만 미안, 나는 뭐가 뭔지 전혀 모르겠는데? 하지만 시키는 대로 원래 입고 왔던 기모노 풍 원피스로 서둘러 갈아입었다. 설명 플리즈!

"그럼 여기서부터가 포인트. 아까 입은 전투복을 떠올리면서 팔찌에 마력을 조금 불어넣어 봐."

역시 자세한 설명도 없이 그런 지시가 날아왔다. 고개를 갸웃거리고 있었더니 설명하는 것 보다 빠르다며 재촉을 받았다. 흐음, 실제로 해 보는 게 이해하기 쉽다는 거지? 그렇다면 시키는 대로.

"오오오오!"

"좋았어! 문제없이 성공이야! 이제 이 옷은 메구 전용의 전투복이야! 어떤 옷을 입고 있어도 팔찌만 끼고 있다면 언제든지 순식간에 갈아입을 수 있어."

대단해라! 머릿속에 떠올리면서 마력을 주입하기만 했는데 전투복으로 휘리릭 갈아입었어! 참고로 수납하겠다는 뜻을 담아 마력을 넣으면 직전까지 입고 있던 옷으로 바로 돌아온다고 한다. 우와, 편리해라. 심지어 기르 씨의 옷처럼 한 번 수납되면 그때마다 세정 마법이 자동으로 발동된다고 하니, 언제 꺼내도 청결하다나. 마, 만능이잖아!

"역시 라그랑제야. 메구의 사랑스러움을 돋보이면서도 눈에 띄지 않는 무늬가 절묘해. 자, 손꼽아 기다리고 있는 기르난디오와 메어리라에게 보여주러 가자."

이번에는 란에게 뒤지지 않게 환한 미소를 지은 케이 씨가 가게 밖으로 끌고 나갔다. 어라라.

"자, 변신이야. 메구!"

가게 밖으로 돌아오자 기르 씨와 메어리라 씨가 맞아주었다. 그 직후 란이 던진 대사가 바로 이거다. 뭐냐고, 변신이라니. 마법 소녀냐!

"으음, 일단 전투복으로 가라입을게요."

바로 아까와 마찬가지로 팔찌에 마력을 주입하자 어째서인지 내 주위가 반짝반짝 빛나기 시작했다. 의아해하며 고개를 들자 란이 무언가 마법을 쓰고 있잖아……?!

"오직 연출만을 위한 빛 마법⋯⋯. 여전한 마력 낭비예요! 하지만 굿잡입니다!"

"우후후, 그렇지? 이쪽은 얼마나 귀엽게 만들지에 목숨을 걸고 있다고. 조금도 낭비가 아니야! 필요경비야!"

놀랍게도 란이 사용한 빛 마법이었습니다! 진짜로 마법 소녀가 될 줄은 몰랐지만 확실히 귀여운 연출이라며 감탄했다. 메어리라 씨가 감동의 눈물을 흘리며 떨고 있다. 그 정도로?! 색색의 빛이 소용돌이치는 중심부에서 전투복으로 의상을 체인지하는 나. 이렇게 된 김에 깜찍한 포즈도 취해보았습니다! 어때요? 어때요?

"⋯⋯흐음. 잘 어울리는군. 자동 세정, 온도 조절, 충격 흡수도 옷치고는 충분한 강도로 갖춰져 있고."

하지만 그런 연출에 대해서는 완벽하게 무시한 기르 씨는 내 전투복에 대해 냉정하게 분석하고 있었다. 크헉. 포즈까지 잡은 내가 제일 부끄러워!

"후후, 메구. 아주 귀여웠어. 기르난디오는 마법이 걸린 옷이나 도구는 반사적으로 분석하는 습관이 있는 것뿐이야. 신경 쓰지 않아도 돼."

"어휴, 이번에도 기르 씨의 관심은 끌지 못했구나."

"근사한 완성도라고 생각한다."

"그게 아니라고오오! 하지만 뭐, 기뻐."

살짝 뺨을 부풀리며 토라지는 란의 모습이 그림적으로 제법 좀, 음, 그래서 그만 어색한 웃음을 짓고 말았다. 그래도 기뻐하

는 모양이니 결과적으로는 다 잘 된 걸로 치기로 했다. 슬그머니 원래의 옷으로 돌아온 나는 아직도 얼굴이 뜨겁지만!

"전투복을 무사히 받았으니 라그랑제에 새 의뢰를 넣고 싶은데, 괜찮을까?"

"어머, 좋아! 지금은 덕분에 주문이 쇄도하는 중이라 조금 시간이 걸리지만."

그런 와중에 케이 씨가 우리의 솜인형 제작 건에 대해 이야기를 해 주었다. 솜인형 주문이라는 말에 란은 흥분 게이지가 천장을 뚫을 기세인 듯했지만…… 그렇구나, 주문이 쇄도하고 있구나. 한창 바쁜데 부탁하는 게 미안하다는 생각을 하고 있었더니 란이 윙크를 날렸다.

"주문해주는 건 고마운 일이니까 팍팍 해도 괜찮아. 시간이 좀 걸리는 것뿐이야."

나 그렇게 얼굴에 잘 드러나나? 또다시 생각을 읽히고 말았어! 쇼에게 생각을 읽히는 수준을 넘어서더니 심각한 사태다.

"이번 원정이 끝난 뒤에야 받으러 올 수 있을 테니, 천천히 해도 상관없어."

"일이 끝나고 기다리는 포상이에요!"

"그런 거라면 문제없지. 넉넉하게 시간을 들여서 완성할게!"

바쁜데도 흔쾌히 받아들여 주는 란, 멋있어! 뭐, 그게 일인 셈이니까 바쁘다고 해도 기쁨의 비명인 건지도 모르지만!

란의 승낙을 받았기에 메어리라 씨와 함께 무심코 환호성을 질렀다. 어떤 인형을 만들지는 사실 이미 정해놨다고! 후후후,

완성이 기대된다.

바로 주문하기 위해 색이 어떻고, 크기가 어떻고, 재료는 어떻고 등 다 함께 눈을 빛내며 이야기했다. 이것도 좋다, 저것도 좋다 하면서 여자들끼리 솜인형 이야기로 불타오르기! 케이 씨도 란도 여자거든요. 반론은 인정하지 않는다. 뭐, 케이 씨는 신이 난 우리를 구경하는 걸 즐거워하는 감이 있긴 했지만. 란은 어엿한 여자니까!

이렇게 몇 시간이 흐르고. 간신히 정리되었을 때는 이미 날이 저물어가고 있었다. 어쩐지 배가 고프더라. 꿍. 기르 씨…… 기다리게 해서 미안!!

"마침 후배 중에 봉제 인형 만들기가 특기인 아이가 있어. 수행 겸 시켜볼게. 아, 물론 꼼꼼히 확인할 거니까 품질이 떨어지는 일은 없어."

후배 교육도 열심히 하는구나. 란의 눈과 호랑이 귀가 수상하게 꿈틀거린 듯한 느낌이 들었지만 분명 착각일 거야. 응, 우리 의뢰로 연습이 된다면 부탁하길 잘한 건지도! 돈은 케이 씨가 내지만. 놀랍게도 신사인 케이 씨는 메어리라 씨의 몫까지 내겠다고 주장했다. 메어리라 씨는 무척 당황하면서 거절했지만, 쥬마 수색 때 태워줬으니까 그 보답이라나. 니카 씨와도 이미 상의를 마쳤다고 하니 메어리라 씨는 그저 어쩔 줄 몰라 했다.

"원정은 꺼리잖아? 위험한 장소에 데려갔으니, 일이라고는 해도 이건 성의야. 받아들여 주면 기쁘겠는데."

케이 씨의 필살 멘트는 만점이었습니다. 근사하기 짝이 없는 미소까지 지어가며 그런 말을 해버리니, 메어리라 씨가 귀까지 새빨개지는 것도 무리는 아니지……. 아무런 말도 못 한 채 고개를 끄덕끄덕 움직이는 메어리라 씨가 귀여웠습니다.

"그런데 메구는 정말 그렇게 주문해도 괜찮은 거야?"

문득 눈이 마주친 란이 그렇게 물어보았지만 나는 전혀 망설이지 않았다.

"그게 조아요!"

"그래? 뭐, 메구가 좋다면 괜찮지만."

"어떤 인형을 부탁했어요? 메구!"

그러자 대화에 끼어든 메어리라 씨가 두근거리는 얼굴로 물어보았다. 아직 얼굴이 조금 발그레한 게 참 귀엽다. 하지만!

"비밀이에요!"

"에이."

"우후후, 그럼 나도 비밀로 할게. 의뢰인이 하는 말은 잘 들어야지! 신뢰가 중요한 법이니까."

역시 란! 우리는 얼굴을 마주 보고 쿡쿡 웃었다. 정말, 완성되는 게 기대된다!

드디어 가게를 뒤로했을 때는 이미 주위가 어두워지고 있었다. 정말 너무 오래 기다리게 해서 죄송합니다, 기르 씨!

"아니, 그동안 필요한 것을 구비하고 있었으니 괜찮아."

기다리게 한 것에 대해 사과했더니 뜻밖의 대답에 돌아왔다.

어? 하지만 기르 씨는 계속 가게 앞에 있었잖아? 그런 의문을 흘리자 그림자 새를 길드 내의 도구점에 보내 약이며 이런저런 물건들을 샀다나. 그, 그림자 새는 심부름도 할 줄 아는 거야?!

"역시 길드 내부에 입점한 가게다웠지. 내 능력을 알고 있고 직접 움직일 수 없다는 것도 이해해주었다. 자주 있는 일이니까. 마을에 있는 가게도 불가능하진 않지만…… 가게 쪽에서는 좋은 기분이 아닐 테니."

그렇구나. 길드 내의 가게이기 때문에 가능한 묘수라는 건가? 제대로 가게 측의 입장도 고려해주는 기르 씨는 역시 상식인이다. 기다리는 시간을 유효하게 활용하는 점도 참 장하다. 생각난다……. 거래처에 갔을 때 기다리라고 할 때를 대비해서 늘 노트북을 들고 다녔던 그 시절이! 그쪽에서 호출해놓고 뭐 하자는 짓이냐고 분개하면서 몇 시간을 서류 작성으로 활용하며 기다렸던 그 시절이 말이지!! 개중에는 반입 금지인 거래처도 있었기 때문에 일하면서 기다릴 수 있는 곳은 그나마 양심적이었을지도 모르지만. 너무나도 씁쓸한 기억이다.

"나머지는 길드에 돌아가서 받기만 하면 돼. 받고 나면 팔찌에 수납해두고."

"알겠씀미다!"

하나부터 열까지 준비해줘서 정말로 고맙다. 좋아, 나도 할 수 있는 일을 열심히 해야지! 남은 사흘 동안 후루, 호무라에게 정령 마법의 이미지를 정확하게 전달하는 훈련을 하자. 물론 마스코트 일을 한 뒤에. 그렇게 머릿속으로 이런저런 생각을 하면서 기르 씨의 손을 잡고 길드로 가는 길을 걸었다.

그로부터 사흘 동안 나는 내가 세운 계획대로 하루하루를 보냈다. 마스코트 일을 하면서 빈 시간에는 후우와 호무라에게 이미지를 전달. 이게 중간에 쇼를 끼워 넣었더니 놀라울 정도로 매끄럽게 풀렸단 말이지!

『주인님의 마음의 목소리를 정령의 목소리로 바꿔서 전달하는 것뿐이야!』

정령은 정령끼리만 통하는 언어 같은 게 있다고 한다. 처음 들어! 우리처럼 정령이 보이는 종족을 상대할 때는 정령의 독자적인 마법으로 언어를 이해할 수 있다나.

『그 언어 이해 마법이 발동하는 키워드가 정령의 종류를 맞추는 거야!』

그렇구나. 호무라가 가르쳐준 이야기에 눈이 휘둥그레졌다. 하긴, 그게 아니라면 우리는 정령을 발견한 순간에 바로 말이 통했을 테니까. ……정령은 여기저기 많이 있으니까 솔직히 그 시스템이 아니었다면 시끄러워서 못 견뎠을지도 모른다는 생각도 조금 들었다.

참고로 이 이야기는 슈리에 씨도 처음 들었다고 했다. 흥미롭다면서 쇼에게 이야기를 듣고 고찰했는데, 이게 또 대단하단 말이지!

"정령은 지능이 낮은 게 아니라 우리의 언어로 대응하고 있기 때문에 이해력이 떨어졌던 거군요. 그렇다고 해도 자유분방한 성격인 건 차이가 없을 테니, 제대로 전해졌다고 해도 의도를 이해하고 마법을 행사할 수 있을지는 저마다 차이가 난다는 걸까요."

왜 우리의 조잡한 설명만 듣고도 여기까지 생각해낼 수 있는 걸까……. 슈리에 씨는 역시 대단한 사람이었습니다!

"목소리의 정령의 대단함은 사람과 계약한 뒤에야 제대로 발휘할 수 있는 거군요. 목소리의 정령의 특성상 모든 언어를 이해할 수 있는 건 어마어마한 능력이지만, 정령 사이에서는 의미가 없으니까요. 그러니 이 아이는 계속 열등감을 느꼈던 거겠죠."

그렇구나. 사람 기준으로 생각하면 쇼는 상당한 사기급 능력을 보유한 거지만, 정령에게는 의미가 없는 거였다. 그제야 쇼가 그동안 자신감을 갖지 못했던 이유를 이해했다. 쇼에 대해 하나 더 알게 되어서 주인님은 정말 기뻐! 뭐, 그런 사기급 능력 덕분에 내가 전하고 싶은 이미지가 쇼를 통해 정령이 가장 이해하기 쉬운 언어로 전해진다는 반칙 기술을 사용할 수 있게 되었다. 그러니까.

"호무라, 불덩어리!"

『좋아, 이렇게 하는 거지?』

실내에서 만들어내도 아무것도 태우지 않고 열만 전해지는 불덩어리 만들기를 어렵지 않게 성공할 수 있다는 소리다! 요컨대 내가 상상한 불덩어리를 완벽하게 재현해서 만들어주었다는 뜻이다. 참고로 이건 나에게 해를 입히려고 하는 상대에게는 제대로 불의 역할을 해줍니다! 심지어 아주 적은 양의 마력만으로 만들 수 있으니 가성비도 좋다! 최고!

하지만 이런 마법도 사용하지 않고 끝낼 수 있다면 그게 제일 좋은 일이긴 하다. 쓸 기회가 없길 빌고 싶지만, 여차할 때 아무것도 하지 못하는 것과 조금은 내 몸을 지킬 수 있는 건 큰 차이가 나니까. 나는 그 외에도 후우의 힘으로 불덩어리를 자유자재로 움직여보거나, 위력을 늘려보는 등 다양한 걸 시도해보면서 하루하루를 보냈다.

이렇게 맞이한 출발 당일. 아침 일찍부터 눈을 뜨고 밥을 든든히 먹은 다음 몸단장을 마치고 전투복을 입은 나는 길드의 중심 구성원 사이에 섞여서 길드홀에 서 있었다.

"다들 조심해. 길드는 걱정하지 말고. 후후후, 방어전은 특기니까!"

자신만만하게 웃는 사우라 씨. 확실히 이쪽의 홈그라운드로 습격하는 거니까, 함정을 마음껏 설치할 수 있겠구나. 든든하기도 하고 무섭기도 하고…… 루드 선생님도 슬그머니 씩 웃은 걸 내 눈은 놓치지 않았다고!

"처음부터 걱정 같은 거 안 했어. 너희가 하겠다고 했으니 믿을 뿐이야."

그렇게 말하며 웃는 아빠는 부하를 참 잘 다룬다는 생각이 들었다. 역시 두목이야!

"아슈. 우리 애들을 잘 부탁한다."

"그래. 반드시 목적을 달성하고 전원 무사히 길드에 데리고 돌아오겠다고 약속하마."

아빠와 마왕님이 강한 의지가 담긴 눈빛으로 서로를 바라보았
다. 이 이상의 말은 필요 없다는 양 두 사람은 각자 가야 할 방
향으로 몸을 돌렸다.

"으으, 메구. 조심해야 해요!"

"……꼭 돌아와."

메어리라 씨와 레키의 격려를 받고 나도 미소 지었다.

"네! 다녀오게씀미다!"

길드원들의 따뜻한 성원을 받으면서 우리는 저마다 한 걸음을
내디뎠다.

【유진】

"어디 보자. 임무에 임하기 전에 한 번 목적을 확인할까?"

네모 조사반인 나와 슈리에, 케이는 이동하면서 작전 회의를
시작했다. 그렇다고 해도 누가 훔쳐 듣는다고 해도 문제가 없는
범위의 이야기뿐이지만. 그 점은 조사 임무를 맡는 일이 많은
이 두 사람이라면 익히 알고 있을 테니 걱정은 필요 없어서 편
하다.

"다루는 상품 확인이요."

"그리고 가능하면 그 출처 정도? 서류나 그런 확실한 증거를
잡을 수 있다면 그게 제일 좋겠지만, 여태까지 문제없이 운영해
온 곳이니 꼬리를 잡진 못할 것 같아."

슈리에가 말하는 상품이란 당연히 '사람'을 말한다. 인재파견을 내세우고 있지만 실제로 그렇게 딱 좋은 상황에 적확한 인재를 파견할 수 있을 것 같진 않단 말이지. 일본에 있던 시절처럼 인터넷으로 전 세계에 모집 공고를 낼 수 있는 것도 아닌데. 아니, 마법을 사용하면 불가능하진 않은가? 지부가 여기저기에 퍼져있다면 가능할 테지만, 그런 이야기는 들어본 적이 없다. 파견된 인재의 옷차림이 멀쩡한 것치고 몸은 삐쩍 말랐다는 보고가 다수 올라오는 걸 봐도 상당히 수상하고. 뭐, 그 점도 빈곤계층을 고용하는 거라고 주장하면 그리 깊이 파고들 수 없는 상태지만.

노예 제도도 국가에 신청을 마친 제대로 된 조직이라면 그렇게까지 불평하진 않을 텐데. 원래 지녔던 가치관이 있으니까 기분은 더럽지만, 채무 노예는 정해진 기간 동안 일하면 해방되고 범죄 노예라고 해도 함부로 대하지 않고 정당하면서도 상당히 힘든 일감을 주는 정도다. 그로 인해 이 세계가 돌아가고 있다면 감정론으로 때려잡는다고 해봤자 길거리에 나앉아 악행에 손을 물들이는 녀석이 늘어날 뿐이다. 마음에 안 든다는 이유만으로 모조리 두들겨 패는 짓은 안 해도 비합법이라면 용서하지 않는다. 뭐, 아직 네모도 질이 안 좋을 뿐 합법일 가능성이 남아있기는 하다. 하지만 메구를 노린 시점에서 안타깝게도 우리의 적이다. 제재가 들어가는 건 필연이다.

"거기가 계속 그레이라는 말을 듣는 것도 실제로 일을 소개받기 위해 이용하는, 소위 건전한 손님이 있다는 게 성가신 부분이란 말이야. 그게 적절한 가림막 역할을 해주고 조직을 무너트리면 난감해지는 녀석이 잔뜩 나온다는 사실이 방패가 되어주고 있어. 그래서 공적으로는 손을 대지 못하는 거야. 참나, 그렇게 되었을 때 나오는 난민은 나라에서 보호하겠다는 약속 정도는 하란 말이다."

"두목, 말씀 조심하셔야죠."

이런, 입이 제멋대로. 일본과는 다르게 국가에 불평을 토하는 건 자칫 불경죄가 되는 세계다. 나에게는 별로 상관없지만. 세상을 구했다는 은혜도 베풀어놨으니 이 정도는 농담으로 끝낼 수 있다. 게다가.

"어차피 바람으로 소리를 차단해놨잖아?"

"그렇긴 하지만, 마력을 낭비하지 않을 수 있잖아요."

"으음, 슈리엘레치노의 마력 회복 속도라면 문제없다고 보는데."

"확실히 그냥 구실이지만요. 두목은 평소에도 워낙 말실수가 많으시니, 좀 더 조심하기 위해서도 필요한 지적입니다."

슈리에가 선생님 같아졌다. 겁을 잔뜩 먹고 벌벌 떨던 걸 보호했을 때가 그립다. 처음에는 밀어냈지만 한번 충성을 맹세한 뒤로는 내가 뭐라고 하든 다 듣는 사랑스러운 강아지 같았는데. 그게 어쩌다가 이렇게 된 건지.

"왜 그러시죠?"

"……아무것도 아니야."

감도 날카롭다. 아니 뭐, 든든합니다요. ……무서워라.

"크흠. 그럼 목적지에 도착하면 때가 올 때까지는 조사하자고. 케이는 내부에 침입, 슈리에는 바깥에서. 최대한 정보를 모아와. ⋯⋯본 실력을 발휘해도 돼."

그냥 모으기만 하면 안 된다. 그런 식으로 모을 수 있는 정보였다면 이미 누군가가 네모의 부정을 폭로했을 테니까. 위험한 다리를 건너게 하는 셈이 되지만, 애초에 우리가 본격적으로 네모를 조사하는 것 자체가 이번이 처음이다. 이 녀석들이 본 실력을 발휘했는데도 숨길 수 있는 정보가 있다면 그건 머릿속에 있는 계획 정도일 테지. 실제로 불법 인신매매를 한 전적이 있다면 그 흔적은 결코 사라지지 않는다. 서류는 처분했다고 하도 그 일에 엮인 사람이나 정령의 기억, 사용한 마력의 잔해는 희미하게나마 남기 때문이다. 특히 정령. 이 녀석들은 절대 거짓말을 하지 않는다. 슈리에의 자연 마법 실력을 쓴다면 틀림없이 파악할 수 있을 것이다.

"본 실력이라. 으음, 오랜만에 가슴이 설레는데?"

"어라? 그럼 사양하지 않고 힘을 발휘하도록 하겠습니다."

오오, 참 든든한 대답이군. 자꾸 이 녀석들을 막 보호했을 무렵의 기억이 떠올라서 감개무량해진다. 정말 많이 성장했다니까. 케이는 이래 보여도 남들의 두 배는 더 노력했으니까. 그 노력에는 전면적인 신뢰로 보답하자. 확실한 정보와 어쩌면 증거도 확보하고 돌아올 것 같다. 그 후 마력을 분석하는 게 당분간 처리해야 하는 일거리가 되겠지.

기르가 있다면 사용한 마법을 더 자세하게 분석할 수 있지만, 이 녀석들과 나 셋만으로도 상당한 정보를 읽어낼 수 있을 것이다.

……진짜 기르는 편리한 녀석이라니까. 새삼 절절히 느껴지는구나. 역시 오르투스의 그림자이자, 암암리에 넘버 투라고 불릴 만하다. 그런 녀석이 있기 때문에 메구의 안전도 확보되는 거지.

……메구, 라. 신기한 아이였다. 아마도 영혼과 몸이 아직 완전히 동화되지 않은 모양이겠지. 그 눈동자에서 나오는 강한 빛은 나이에 어울리지 않는다. 하이 엘프이기 때문이라고 한다면 그럴 수도 있지만, 그것만은 아닌 느낌이 든다.

부모가 부모이고 종족 특성상 숨겨진 힘도 상당하지만, 그것말고는 지극히 평범하다. 얼굴에 다 드러나는 성격인 건지 나와 슈리에가 돌아왔을 때는 아주 크게 동요했었다. 왜 놀란 건지는 모르겠지만 무언가가 그 아이의, 아마도 영혼 쪽의 기억을 건드린 건지도 모른다. 그 아이에 대해서는 아직 수수께끼에 싸여있다. 그것이 무엇인지를 파헤치는 건 어렵겠지. 본인에게 물어보면 알지도 모르지만, 어딜 봐도 불안정한 상태인 데다 위험한 상황이 연속으로 일어나고 있으니. 안정된 뒤에 조금씩 물어볼 생각이다.

『저는 제가 할 쑤 있는 걸 하는 거뿐이에요.』
──그러니까 아빠는 나를 걱정하고 응원해주면 돼!──

"……설마."
"왜 그러세요? 두목."
"아니, 아무것도 아니야."

꿈은 꾸지 말자. 현실을 제대로 보지 않으면, 아무리 나라고 해도 이번엔 위험하다.

"조사를 진행하고, 마력을 해석하고. 그렇게 때가 오면……
쳐들어가자고."

시간은 별로 없다. 은연중에 그때까지는 조사해놓으라는 뜻이었는데, 둘 다 그 의도를 정확하게 알아차린 모양이었다. 든든하다니까, 참.

때가 오면. 그 '때'라는 건 우리 길드가 공격을 당했을 때를 가리킨다. 역산하면 대략적인 시간은 알 수 있다. 이유가 있다면 이쪽에서도 손을 댈 수 있으니까. 시차나 기타 등등 세세한 걸 따지면 의미가 없는 억지 이유이긴 하지만, 아마 네모도 어차피 억지 이유를 만들어 올 테니까 서로 마찬가지다.

"자, 조금이라도 조사에 시간을 쓸 수 있도록 빨리 이동하자."

"일단 서두를 마음은 있었군요? 태평해 보여서 걱정했습니다."

"잠깐 정도는 괜찮잖아. 나는 이래 봬도 계속 일하느라 바빴거든?"

그렇게 말하며 나는 마법을 발동시켜 4인승 승용차를 구현했다. 이걸로 이동도 간편하다. 익숙하기 그지없는 출퇴근용 자동차. 고급차보다는 역시 익숙한 차가 제일 좋다니까!

"이 일이 끝나면 조금 긴 휴가를 받으시는 게 어떠세요?"

"그거 좋은데. 채용."

"으음, 그나저나 오랜만에 봐도 이 탈것은 참 신기하단 말이야. 게다가 얼마나 마력을 소비하는 거지?"

그런 대화를 하면서 각각 차에 탔다. 내가 운전석이고 두 사람은 뒷좌석이다.

"아, 슈리에. 나는 운전에 마력을 쓰니까 은폐 부탁해."

딱히 혼자서도 양쪽을 다 처리할 수 있지만, 기왕 슈리에가 있으니 편하게 가기 위해서도 부탁했다. 그런 생각으로 말을 걸었는데 슈리에가 가볍게 한숨을 쉬었다. 왜지?

"타면서 이미 걸었습니다. 이런 것은 지나치게 눈에 띄니까요. 놀러 가는 것도 아니고."

"이런 것이라니, 너무하잖아. 내 애차 '카케루'라고."

"아무렴요. 언제든지 괜찮으니 출발해주세요."

어쩐지 매정하지 않아? 하아, 이 장단에 맞춰줄 수 있는 일본인이 그립다. 뭐, 말해봤나 의미는 없지만. 그럼, 네모까지 드라이브 한판 즐겨보실까.

Welcome
to the
Special
Guild

3 하이 엘프 마을 공략반

【메구】

길드가 있는 마을 바깥으로 나왔습니다! 예의 전투복도 잘 입고 있지 말입니다! 에헤헤. 그나저나 바깥이라. 그때 이후 처음이구나……. 에핑크에게 납치당할 뻔했을 때. 심지어 그때는 거의 기르 씨의 망토 안에 있었고, 상황이 상황이었던 만큼 풍경을 즐길 수 있는 여유가 없었지만!

"이 근방이면 되겠지. 그림자독수리는 기르, 라고 했던가. 자네는 메구를 태우고 날 수 있는가?"

"그래, 문제없다."

그렇게 말하며 기르 씨가 아공간에서 꺼낸 것은 예전에도 신세를 졌던 바구니와 천……! 황새 리턴즈다!!

"설마 그 바구니에 메구가……?"

"그래. 메구 쪽에서 제대로 붙잡을 수 있을 만큼의 힘은 없으니까. 바람은 막아줄 수 있지만 낙하 방지만큼은 본인의 기승술(騎乘術)이 필요하다."

응, 그렇지. 기승술 같은 건 연습해본 적도 없는걸. 얌전히 황새 베이비가 되겠습니다. 이러니저러니 해도 쾌적했으니까. 잠들어버릴 만큼!

"크, 크론! 그 광경은 필시 사랑스러울 터."

"자하리아슈 님께서는 저와 불고리사자를 태워주실 거죠?"

"끄응. 방해하지 마라, 크론! 그렇기는 하지만!"

아아, 마왕님은 안정적으로 팔불출 부모 모드가 되어 주접을 부리고 계신다. 담담하게 진행하는 크론 씨는 얼핏 냉정해 보이지만, 역시 이 마왕님의 목줄을 쥔다는 걸 고려하면 적임자라는 생각이 든다.

"크하하, 니카면 됐어. 크론 씨."

"그럼 니카 씨. 당신은 기승 능력이 있으십니까?"

"보통은 태워줄 때가 많지만, 타는 쪽도 문제는 없어."

"그렇다고 합니다. 자하리아슈 님."

니카 씨는 역시나 마물형이 되면 사자가 되는 걸까? 한번 보고 싶다. 그리고 당연하게도 타는 쪽도 가능하구나. 나도 체력을 키워서 황새 졸업을 목표로 삼자. 언제가 될지는 모르겠지만.

"큭, 기다려라. 지금은 흐트러진 마음을 바로잡는 중이다."

"아, 망상하시면서 몸부림치고 계셨습니까. 직접 보셨을 때의 내성을 단련해주십시오."

내가 작은 목표를 세우고 있는 옆에서 마왕님은 작은 변태가 되어가고 있었다. 조심해주세요. 무심코 한 걸음 뒤로 물러나자 기르 씨가 어깨를 꽉 붙잡았다.

"어쩔 수 없지 않으냐! 나에게는 어린아이에 면역이 전혀 없단 말이다! 이렇게 마음이 흐트러지는 것과 동시에 치유되는 느낌이 견딜 수 없구나."

마왕님이니, 마족들로 득시글할 성에서 살면 그야 그렇긴 하겠지만. 얼마나 무의식중에 힐링을 갈망했던 걸까. 알았으니까 진정하자고요.

이렇게 마왕님의 가벼운 발작이 인정된 뒤에야 마왕님과 기르 씨가 마물형으로 모습을 바꾸었다. 기르 씨는 한 번 본 적이 있으니까 놀라지 않았지만 변함없이 멋있어! 그리고 가슴의 깃털이 폭신폭신해! 그리고 마왕님은.

"와아아아!!"

용이다. 드래곤! 당연히 실물로 본 적이 없으니까 그 충격이 어마어마했다. 아니, 그림자독수리 역시 정확하게 말하자면 본 적 없는 생물이긴 하지만, 비슷한 모습의 동물은 아닌가.

하지만 내 상상 속에서는 날개가 달린 모습의 드래곤이었는데 그건 아니었다. 뱀에 가까운 쪽의 모습이었다. 한없이 검은색에 가까운 군청색 비늘은 햇빛을 반사해서 반짝반짝 빛났다. 성스러워서 가까이 다가가는 것조차 황송할 정도의 아우라가 감돌았다. 이것이 왕의 품격이라고 해야 하는 걸까. 조금 전에 본 웃긴 모습이 날아가고 말았잖아!

『메구, 바구니에 올라타.』

"네."

내가 드래곤을 보고 넋을 놓고 있었더니 기르 씨가 텔레파시로 말을 걸어서 순순히 따랐다. 넓게 펼쳐진 커다란 천의 중심에 놓인 바구니 안에 얌전히 들어가 앉았다. 그러자 크론 씨가 천의 네 끄트머리를 잡고 단단히 묶어주었다. 마법을 걸어서 풀리지 않도록 조치도 해준 모양이었다.

"크론 씨. 감샤함미다."

"아, 아뇨. 이 정도는, 괜찮습니다."

고맙다고 인사하자 메이드복의 언니는 아마도 미소인 듯한 표정을 지어 보였다. 역시 뻣뻣하지만 그 점이 좋다. 바구니에서 얼굴을 내밀고 방글방글 웃음을 돌려주었다.

『크허억……!』

"으억, 움직이지, 마세, 어떡해. 마왕님!"

저런. 생각지도 못한 유탄이 날아가 버린 모양이었다. 너무 귀여워서 몸부림치는 용은 완전히 격렬한 로데오 머신이 되어 있었다. 거기서 떨어지지 않고 버티는 니카 씨도 은근한 하이스펙이다.

"기승술은 문제가 없어 보이는군요."

봐, 크론 씨도 안심한 모양이잖아. 그러니까 빨리 진정하라고! 마왕님!! 드래곤 모습으로도 여전한 팔불출이었습니다. 그보다 마왕님의 심금을 건드리는 심쿵사 포인트가 너무 많아서 조심할 방법도 없거든요?!

이런저런 일이 있었지만 아무튼 드디어 하늘 여행길에 올랐습니다! 참으로 쾌적하다. 두 번째라서 무섭지도 않고. 게다가 그때보다 기르 씨의 신뢰도가 쭈우욱 올라간 상태니까! 이번에는 바구니 안에서 가장자리를 붙잡고 바깥을 구경하는 여유까지 있다. 제대로 기르 씨에게 물어보고 허락도 받았다. 과보호하니까 걱정할 것 같아서.

"에뻐라……."

다시금 여기가 이세계라는 걸 이 광경을 통해 실감했다. 하늘은 푸르고 구름은 둥실둥실. 달도 하나고, 나무들은 울창하다. 하지만 지구와는 명백하게 다르다. 때때로 들리는 마물의 울음소리며, 마법을 쓸 때 나는 빛이 가끔 보이기도 하고. 온갖 정령들이 내는 작은 빛도 보인다. 지구와 크게 다르지 않은 경치이기 때문에 이런 세세한 차이가 강조되어서 커다란 차이로 인식되는 느낌이었다.

『주인님? 쓸쓸해?』

내 마음의 목소리를 감지한 건지도 모른다. 어디선가 쇼가 나타나서 걱정의 말을 건네주었다.

쓸쓸하다라. 쓸쓸한 건지도 모른다. 하지만 아마 그건 향수다. 누구나 정든 땅에서 떠나오면 고향이 그리워지는 법이잖아? 분명 그거다. 멀리 떨어진 나라로 이민 가서 더는 돌아올 수 없는 느낌이라고 생각하면 된다. 특히 나는 몸도 바뀌어버렸으니까, 더욱 그 느낌이 강한 것뿐. 응, 분명 그럴 거야. 하지만.

"지금은 이 세계가 내가 이쓸 곳이야. 착한 사람들도 마니 있고, 내 편이 대어주는 쇼랑 후우랑 무라도 있고. 쓸쓰라지 아나."

『다행이다! 나도 주인님과 친해져서 쓸쓸하지 않게 되었어!』

기뻐하면서 이리저리 날아다니는 쇼를 부드럽게 쓰다듬었다. 행복하다. 행복하다고 생각한다. 처음부터 무조건으로 받아주어서, 아무런 고생도 없이, 크게 다치는 일도 없이 지낼 수 있으니까.

아빠는 분명 고생했겠지. 심하게 우울해하고, 고민하고, 괴로워했을 거야. 심지어 당시에는 세계도 흉흉하던 시절이니, 평화로운 현대 사회에서 날아온 아빠에게는 분명 무서웠을 거다. 그런 와중에도 자신의 힘으로 동료를 모으고 자신의 집을 만들어 냈다. 긴 세월에 걸쳐서. 그리고 그 장소가 있기 때문에 나에게도 이렇게 집이 있다.

아빠는 계속 내 아빠다. 떨어져 있는 동안에 생긴 거리를 빨리 메우고 싶다. 하세가와 메구가 죽었다는 이야기는 아빠를 슬프게 할지도 모른다. 화낼지도 모른다. 하지만 빨리 전하고 싶다고, 그런 마음이 흘러넘쳤다.

"하이 엘프 하라부지는 나에게 멀 바라는 걸까?"

내가 있어봤자 나에게는 신이 될 의사는 없으니까 소용없을 텐데. 아니면 나는 있기만 하면 그만인 존재이기라도 한 걸까? 뭘 시키려는 거지? 적절한 선에서 물러나 주지 않으려나. 태평한 머리는 그런 생각만 떠올랐지만, 어떻게든 조금이라도 빨리 이 문제를 해결하고 아빠에게 말하고 싶었다.

"메구. 도착했어."

"으응……?"

나도 모르는 사이에 잠들어버린 모양이다. 눈을 뜨나 자는 인간형인 기르 씨의 품에 안겨 있었다. 눈을 비비고 주위를 두리번두리번. 아무래도 여기는 숲? 아니, 아니지. 지금 기르씨가 도착했다고 말했잖아.

"북쪽, 산……?"

피부에 소름이 쫙 돋았다. 내 안에 있는 '메구'가 조금 흥분한 것 같기도 하고, 불안해하는 건지도 모른다. 그런 느낌이었다. 두 손으로 내 몸을 끌어안듯이 팔을 문질렀다. 괜찮아, 메구. 지금은 다들 같이 있으니까.

"괜찮아?"

"……네."

봐. 걱정하며 지켜주는 사람이 바로 옆에 있잖아. 무척 의지할 수 있는 사람이야. 그러니까 메구, 괜찮아. 그렇게 달래면서 팔을 문지르고 있었더니 조금 진정되었다. 진정한 건 나지만, 메구도 내 안에 있으니까. 으음, 잘 설명하지 못하겠는데 이 뒤숭숭한 감각은 내가 느끼는 게 아니라는 걸 알 수 있다는 느낌이다.

"숲속 깊은 곳까지 가지. 여기서부터는 걸어서 가야만 한다."

"그래. 기척으로 알아챘겠지만, 너무 마물형으로 어슬렁거리면 경계할 수 있고 무엇보다 너무 커서 산책에 안 맞아. 게다가 나는 얼마 전에도 왔으니 더 신중하게 접근해야지."

그렇구나. 니카 씨는 왔다 갔다 왕복이네. 여기서 쥬마가 드래곤을 퇴치한다고 성대하게 날뛰었구나……. 지금 생각해보니 용케 무사했잖아! 여기는 계속 날카로운 마력 같은 게 느껴지는걸.

"메구도 알겠어? 여기는 하이 엘프의 마력이 아주 짙게 깔려 있다. 방해꾼은 인정사정없이 배제한다는 의지가 담긴 악의 어린 마력이지."

기르 씨의 말로는 마법에 특화된 사람은 다들 눈치챈다고 한다. 하지만 반대로 말하자면 그렇지 않은 사람은 눈치채지 못한다. 쥬마나 니카 씨처럼 마력을 신체 강화에 사용하는 타입은 알 수 없다나. 하지만 신경 쓴다면 알아챌 거라며 떨떠름한 표정을 짓는 기르. 아, 쥬마는 신경 쓰지 않고 드래곤 퇴치에 푹 빠져있었다는 건가……. 우리는 이렇게나 경계하는데. 분명 케이 씨나 메어리라 씨도 알아챘을 테지.

"뭐, 반대로 쥬마처럼 태평하게 마물을 퇴치하면 단순한 사냥으로 보여서 저쪽에서도 내버려 둘 가능성이 있긴 하지만."

사냥터로서도 유명한 북쪽 산이기 때문에 사냥하러 오는 사람이 일정 수 존재한다. 그런 사람들까지 일일이 배제하지는 않는다는 건가. 어느 의미 다행일지도? 하지만 이번은 아니지. 이 악의 어린 마력을 알아챘으면 사냥도 안 하고 돌아다니는 우리들. 음, 저쪽에서 경계해도 이상하지 않구나.

"최대한 빨리 공간이 이상한 장소를 찾자꾸나."

"그건 내 특기 분야다. 하지만 범위가 넓은데…… 노력은 하지."

"아니, 너무 힘을 써도 곤란하다. 그림자독수리여. 자네는 메구의 호위에 집중해야만 하니 말이다."

마왕님의 말에 기르 씨가 바로 반응했다. 확실히 마력을 더듬어가는 건 기르 씨의 특기 분야였다. 하지만 그것조차 마왕님은 거부했다. 나를 지키는 것만 신경 써달라는 뜻인 모양이었다. 그게 전해졌기 때문에 기르 씨도 그 이상은 아무 말도 하지 않았다. 아아, 왠지 죄송합니다!

"혹은 메구 님께서 입구를 찾아내시는 방법도 있죠."

조금 걱정하는 눈으로 나를 보는 크론 씨. 음, 괜찮습니다! 여기서 힘내지 않으면 내가 온 의미가 없으니까!

"제가 찾을께요! 대충 마력의 흐름이 느껴지니까요!"

주먹을 불끈 쥐고 힘차게 선언. 실제로 동굴 안쪽에서 바람이 흘러나오는 것처럼 산의 더 위쪽에서 오는 마력의 흐름을 느꼈기 때문이다. 다른 사람들은 모르는 건가?

"음? 마력의 흐름? 있나?"

"이써요. 저쪽에서 가늘게 흘러오는 느끼미 나요."

기르 씨가 놀란 듯 물어봤기 때문에 그쪽 방향을 손가락으로 가리키며 대답했다. 어라? 역시 눈치 못 챈 건가? 기르 씨조차? 혹시 이게 소위 하이 엘프밖에 모른다는 그건가.

"흐음. 하이 엘프의 피가 그렇게 말하는 것이겠지. 어서 가 보도록 하자. 각자 경계를 게을리하지 않도록."

마왕님의 말에 다들 고개를 끄덕인 후 마음을 다잡았다. 그 후 나는 기르 씨와 손을 잡고 걷기 시작했다.

이렇게 나아가기를 약 이틀. 걸어서 이동하는 데다 나를 염려해 자주 쉬었으니 일반적인 속도보다 시간이 걸렸을 것이다. 발목을 잡아서 죄송합니다! 밤에는 어른들이 교대로 보초를 서면서 야영을 했는데, 텐트 안은 쾌적하고 식사는 갓 만든 음식을 수납해서 가져왔으니 맛있고, 도저히 야영이란 느낌이 들지 않을 만큼 아늑하다. 더 이래저래 바쁜 캠핑을 상상했기 때문에 맥이 풀려버렸지 뭐야. 물론 쾌적한 건 좋은 일이긴 한데.

그렇게 태평하게 걸어 다니긴 했지만 제대로 하이 엘프 마을과 가까워지고 있다는 확신은 했다. 대단하구나! 하이 엘프의 피!

그리고 마침내 사흘째인 오늘, 앞으로 조금만 더 가면 도착할 법한 곳까지 왔습니다. 왜 아냐고? 오늘은 한 걸음 한 걸음마다 심장이 쿵쾅쿵쾅 크게 소리를 내고 있거든. 가기 싫은 것 같기도 하고, 빨리 가고 싶은 것 같기도 하고. 메구의 목소리가 들리는 게 아니라서 막연한 감이지만.

몸이 이렇게까지 반응을 보이다니……. 어머니인 옌나 씨를 만나고 싶다는 마음과 돌아가면 어떻게 될지 알 수 없어서 불안해하는 마음이 뒤엉켜있는 걸까?

"……메구, 괜찮아?"

손을 잡고 있는 기르 씨에게는 내가 떨고 있다는 게 고스란히 전해진 모양이었다. 나는 괜찮지만 메구가……. 나아갈 때마다 다리를 움직이는 게 무거워지니까, 메구의 감정이 뒤죽박죽 혼란스러운 건지도 모른다. 여기서는 기르 씨에게 의지하기로 했다.

"기르 씨, 안아주실 수 이써요……?"

지금은 무리를 해서라도 가야 한다. 메구, 미안해. 하지만 꼭 가야만 해. 이번에는 나도 있으니까, 부탁할게. 조금만 참아줘. 나는 마음속으로 메구에게 사과하면서 기르 씨의 품에 안겼다. 후우, 아늑해라. 이 품이 주는 안심감이 메구에게도 전해지면 좋겠는데.

"제송함미다……."

"이 정도는 괜찮아."

머리를 가볍게 토닥토닥. 기르 씨가 너무나 아버지다워서 경의를 표합니다.

"크윽……. 나도, 나도 언젠가는 안아달라는 어리광을 받고 싶구나……!"

"네. 빨리 가시죠, 자하리아슈 님."

마왕님과 크론 씨는 여전했다. 뭐, 덕분에 긴장이 풀리니까 고마워해야겠지. 하지만 머릿속으로 그런 농담을 할 수 있는 것도 그때까지였다. 마침내 입구와 가까워지자 온몸이 덜덜덜 떨렸기 때문이다. 나는 괜찮은데. 마음속에 있는 메구의 의식이 가는 게 무섭다고 말하는 듯한 감각이었다. 몸이 멋대로 떨렸다.

하지만 여기서 울지 않을 수 있는 건 전부 기르 씨 덕분이다. 내가 떨고 있다는 걸 똑똑히 느끼고 있을 텐데도 변함없는 태도로 등을 쓰다듬어주는, 따뜻하고 커다란 손. 점점 더 단단히 껴안는 팔. 평상시와 같은 속도로 차분하게 뛰는 심장 박동. 그것들이 나를 달래주었다.

그렇게 얼마나 걸어갔을까. 내 눈이 '그것'을 포착했다.

"아……."

"왜 그러지?"

"으으응, 조금만 더 가 쥬세요."

내가 흘린 목소리에 재빨리 반응한 마왕님의 목소리에 내가 대답했다. 이윽고 '그것'의 코앞에 왔을 때, 나는————.

〈잘 돌아왔습니다! 우리 가족이여! 목욕 먼저? 식사 먼저?〉

혼자 입을 떡하니 벌리고 말았다. 와……. 뭐야 저거.

"그나저나 아무런 변화도 없는 숲이 계속 이어지는군."

"네, 자하리아슈 님. 메구 님? 조금 더 가라고 말씀하셨는데 이 근처에 무언가 있습니까?"

내가 너무나도 너무한 간판에 어안이 벙벙해져 있는 사이에 마왕님과 크론 씨의 대화가 귀에 들어왔다. 어, 어? 나에게 물어보는 거구나!

"어때? 메구. 무언가 느껴져?"

느끼고 뭐고…… 눈앞에 있는데요. 입구! 하지만 나 말고 다른 사람들에게는 아무것도 안 보이고 마력의 변화도 느끼지 못하는 모양이었다. 내 안에 있는 메구는 여전히 싫어하는 것 같지만, 나는 저 웃기는 간판 때문에 상당히 침착해졌다. 좋은 일인지 나쁜 일인지 모르겠다.

"그게, 여기에요."

"여기?"

대놓고 말해보았지만 전해지지 않았다. 그도 그런가.

"여기가 하이 엘프 마을의 입구 가타요. 간판이 여기에, 있는, 데요……."

점점 자신감이 없어졌지만, 확실히 지금도 눈앞에 웃기는 간판이 보이니까 틀림없다. 이게 함정이 아닌 한!

"여, 여기에 있다고? 메구. 아무것도 안 보이는데?"

지, 진짜로 안 보이는구나. 이거. 신기하게 느껴질 만큼 나에게는 뚜렷하게 보이는데. 따라서 나는 여기에 있다고 손짓발짓을 동원해가며 필사적으로 설명했다. 하지만 역시 보이지 않는 모양이다. 기르 씨가 마력을 탐지하기 위해 무언가 마법을 사용했지만 그래도 알 수 없다니!

'끄으응' 하며 앓는 소리를 내는 내 눈앞을 무언가가 스윽 지나가는 걸 느꼈다. 연한 하늘색의 정령이 흩뿌리는 빛이었다. 정령의 빛은 늘 눈앞을 수도 없이 지나가기 때문에 별로 신경쓰지 않았지만, 그 하늘색 정령은 어째서인지 눈에 밟혔다. 모습을 눈으로 뒤쫓자 그 아이도 나를 살피는 것처럼 보였다. ……아니, 대체로 다른 아이들도 나를 의식하긴 하지만 뭔가 다른 아이와는 다르다고!

"쇼."

『불렀어?』

"쟤가, 하늘색의 저 애가 머라고 말하는지 알게써?"

『으음, 알았어! 저 아이지! 잠깐 기다려!』

아무래도 이 정도의 부탁이라면 마력 없이도 들어주는 모양이었다. 최근에는 그런 것도 많이 감을 잡았다. 슉 날아가 하늘색 정령 주위를 둥실둥실 돌아본 쇼는 그대로 나에게 돌아와 이렇게 말했다.

『저 아이는 물의 정령이야! 주인님과 대화하고 싶대!』

"나랑?"

이 입구에 대해 무언가 가르쳐줄지도 모른다고 기대하는 건 너무 지나친 기대일까? 우선 일행에게 정령과 대화할 테니까 기다려달라고 양해를 구한 후 기르 씨의 품에서 내려왔다. 그 후 나는 하늘색 정령의 앞으로 걸어갔다.

"안녕하세요. 메구임미다. 당신은 물의 정령님인가요?"

내가 그렇게 말을 걸자 하늘색의 정령은 눈부신 빛을 뿌리며 모습을 바꾸었다. 빛이 잦아들더니 눈앞에는 연한 하늘색의 대형견이 내 앞에 앉아있었다. 오오, 멋있다! 다른 모습으로 바뀌어 보인다는 건 누군가의 계약 정령이라는 뜻이다. 하이 엘프인 걸까? ……두근두근.

『그렇다. 나는 물의 정령. 하이 엘프 아이여, 그대를 기다리고 있었다.』

"나를, 기다려따고?"

어째서일까? 역시 아이 엘프 마을의 누군가와 계약한 정령인가. 그럴 가능성이 크겠지. 그렇다면 함정……?

"가티 온 사람들이 이써요. ……이 사람들도 마을에 드러가도 댈까?"

분명 안 된다고 할 줄 알았는데, 물의 정령은 뜻밖의 대답을 돌려주었다.

『지금은 그자가 없으니…… 흐음. 좋다, 들어와라. 오래 있지는 못할 테지만.』

"어? 그래도 대요?"

『경계하지 않아도 그자가 없는 지금은 아무것도 하지 않는다. 자, 안으로.』

정령은 하늘색의 커다란 꼬리를 부드럽게 흔들면서 안내하듯이 입구 쪽을 향했다. 우리 일행을 보자 별다른 반응이 없는 걸 보면 아직 아무것도 안 보이는 모양이다. 다소 불안하지만, 괜찮겠지. 이 정령에게서는 나쁜 기척이 안 나니까.

"안내해주나 봐요. 따라와 줘세요."

나는 그렇게 말한 뒤 기르 씨의 손을 잡았다. 이렇게 하면 나만 들어갈 수 있다고 해도 기르 씨는 끌고 갈 수 있다. 그렇다고 믿고 싶다! 이렇게 물의 정령의 뒤를 따라 입구에 있는 아치를 지나간 순간.

"헉, 뭐, 뭐지?"

"풍경이…… 바뀌었군요."

안개가 사아악 걷히는 것처럼, 여태까지 평범한 나무들로만 가득해 보이던 풍경이 사라지고 본래의 모습이 드러났다.

"이것 참, 아름다운, 장소로군……."

안개가 완전히 사라지고 전체 모습이 보였을 때, 마왕님이 속삭이는 듯한 목소리로 그렇게 중얼거린 것 말고는 아무도 입을 열지 않았다. 아니, 열지 못했다. 그 풍경이 너무나도 아름다웠기 때문에.

색색의 꽃이 잔뜩 피어있고, 푸르른 잎으로 우거진 나무들은 한눈에 봐도 파릇파릇했다. 영양을 한껏 축적했을 과일도 가득하고 졸졸 흐르는 시냇물은 투명했다. 그 모든 것이 나뭇잎 틈새로 쏟아지는 햇빛을 반사하여 보석처럼 반짝거렸다.

그리고 무엇보다 공기 자체가 청정한 기운으로 충만해서 그곳에 있기만 해도 몸도 마음도 정화되는 기분이었다.

"……여기가, 하이 엘프 마을……."

다들 그 광경을 눈에 각인하는 데 집중했던 것 같다. 그래서 거기에 사람이 있다는 건 생각지도 못했다.

"그래. 잘 왔어, 하이 엘프의 마을에."

전원이 깜짝 놀라 돌아보자 그곳에는 여신으로 착각할 만큼 아름다운 여성이 서 있었다. 반짝반짝 빛나는 은빛 머리카락은 무릎 근처까지 길게 내려가는 직모였고, 밝은 파란색 눈동자는 부드럽게 휘어져 있다. 입가에는 은은한 미소를 머금고 있었다. 소박하면서도 편안해 보이는 원피스는 장식 하나 없었으나, 그게 또 이 사람의 미모를 돋보여주는 것 같았다.

"손님이라니 몇천 년 만인지. 이게 두근거린다는 건인가?"

적의는 일절 느껴지지 않고, 고상한 인상이면서도 소녀처럼 순수한 반응을 보여주었다. 살짝 일행을 살펴봤는데 다들 마찬가지로 당황하는 게 느껴졌다. 왠지 희귀한 광경을 본 느낌이다.

"자, 디론. 손님을 안내해줘. 나는, 그래. 차를 타 올 테니까."

『뜻대로. 손님, 이쪽이다.』

디론이라는 부름에 대답한 물의 정령은 가볍게 머리를 숙인 후 우리 쪽으로 몸을 돌린 뒤 우아한 발걸음으로 우리를 안내했다. 이 사람의 계약 정령인 걸까? 이렇게 차분한 정령은 처음 보는 거라서 한층 더 놀랐다. 내가 만나본 정령은 다들, 그…… 무척 기운이 넘쳤으니까! 정령은 다들 활발하다고 멋대로 믿고 있었다.

"······대화할 여지를 보일 줄은 몰랐는데."

"동감입니다, 자하리아슈 님."

"아직 방심할 수 없어. 그래서 저쪽 제안을 받아들일 거야? 마왕님."

"그래. 모처럼 생긴 기회이니. 차를 들도록 하지."

그 의견에는 다들 동의했기 때문에 우리는 안내해주는 대로 작은 집 안으로 들어갔다. 시, 실례합니다······!

집 안은 놀라울 정도로 소박하고 검소했다. 마을 풍경도 한산한 분위기였으니 의외라고 할 정도는 아니지만······ 뭐라고 해야 하나.

"조용해요······."

그렇다. 너무 조용하다. 도저히 사람이 생활하는 장소로 느껴지지 않을 만큼 마을 전체가 적막하다. 초대해준 이 하이 엘프도 정말 여기에 사는 건지 의심스러울 만큼 생활감이 없다. 걸을 때마다 옷자락이 살짝살짝 스치는 소리가 나긴 하지만 기척마저 희박하다. 좀 다른 차원처럼 느껴진다. 신비롭다고 하면 그럴싸하게 들리겠지만, 왠지 좀 으스스할 정도다. 죄송합니다!

"다기는 있지만 늘 같은 것을 사용해서 먼지가 쌓였어. 디론, 씻어줄래?"

『뜻대로.』

지시를 받은 물의 정령이 꼬리를 가볍게 흔들자 허공에 물 덩어리가 나타났다. 그 안에서 다기가 찰팍찰팍 물소리를 내며 세척되는 게 보였다. 다기끼리는 부딪치지 않는 섬세함이 돋보였다.

"다음은 샤론, 말려줘."

세척을 마치자 곧바로 물 덩어리가 바람으로 바뀌었다. 황록색의 빛이 춤을 추는 걸 보니 이 아이가 바람의 정령이나 뭐 그런 거겠지. 그렇게 순식간에 깨끗해진 다기는 바람의 정령이 테이블 위에 내려놓았다.

"와아, 대다내라."

그게 마치 마술 같아서 나도 모르게 그런 감탄을 흘리고 말았다. 분명 우리도 연습하면 할 수 있을 테지만…… 그때까지 식기를 여럿 깨먹을 것 같다.

"우후후, 그래? 기쁘네, 그렇게 칭찬을 받는 것도."

내 목소리를 들은 하이 엘프가 까르륵 웃었다. 너무 예뻐서 무서울 정도지만 이런 모습을 보면 왠지 사랑스러움이 느껴졌다.

정말로 배타적이라는 하이 엘프인 걸까? 우리 일행의 마음에 그런 의문이 퍼졌다.

"자, 들어. 마음이 차분해지는 허브티야."

손수 우려낸 차를 우리에게 대접해준 하이 엘프는 그렇게 말한 뒤 자신이 먼저 차를 입에 가져갔다. 같은 포트에서 따른 것이니 독이 없음을 증명하는 의미도 포함된 거겠지. 그 후 크론 씨가 입을 댔고, 다들 저마다 차를 마셨다. 너무 뜨겁지 않고 적당한 온도였다. 향이 풍부한 허브티는 위에서 전신으로 서서히 따뜻함을 퍼트려갔다. 하아, 맛있어라.

"자, 무슨 이야기부터 할까. 아, 먼저 이름을 말해야지. 나는 마르티넬시라. 이 장소에서 나간 적 없이 벌써 오천 년 정도 됐어."

반사적으로 차를 뿜을 뻔했다. 오, 오, 오천 년?! 터무니없는 숫자다. 그렇구나, 초월자 같은 분위기가 날 만도 하네!

"그리고 현 족장의 누나이기도 해. 족장에 대해서는 알지? 못 말리는 꼬맹이라니까."

마르티넬시라 씨는 차분하게, 별거 아니라는 양 그렇게 말했다. 네? 족장의 누나라면 그 셰르멜호른이라는 사람의 누나요? 게다가 못 말리는 꼬맹이라니. 뭐지? 우리가 뭘 착각하는 게 있나?

"하지만 족장의 말은 거스를 수 없어. 이건 하이 엘프에게 내려진 일종의 저주 같은 거야."

"저주……?"

살짝 시선을 내리고 저주라는 말을 입에 담은 마르티넬시라 씨. 그 단어를 되짚은 마왕님이 눈썹을 찡그렸다.

"이렇게까지 오래 살면 그동안 당연하게 해왔던 것을 깨트린다는 건 쉽게 할 수 있는 일이 아니야. 계속 족장의 말을 들어야 한다는 가르침을 받으며 자랐으니, 그 가르침을 어기려고 하지 못하는 거지. 마법 같은 건 아니야. 신기하게도."

난처한 듯 웃으면서 여전히 차분하게 이야기를 계속해가는 마르티넬시라 씨는 어쩐지 쓸쓸해 보이기도 했다. 기분 탓인가……?

"하지만 그걸 해낸 사람이 옌나리에아르였어."

"옌나……! 옌나는 여기에 있는 건가?!"

갑자기 튀어나온 옌나 씨의 이름. 그 이름에 가장 먼저 반응한 마왕님은 아주 조금 위압감이 새어 나오고 있는 모양이었다. 어우, 무서워라!

내가 기르 씨에게 매달려서 토닥임을 받는 와중에도, 위압감을 받으면서도 전혀 동요하지 않은 마르티넬시라 씨가 여전히 차분한 미소를 지었다. 바닥이 보이지 않는 두려움을 느낀 사람은 나뿐인 걸까?

"……메구. 너는 소원을 이루었구나."

"네……?"

마왕님의 질문에는 대답하지 않은 채 그런 말을 중얼거린 마르티넬시라 씨. 무심코 얼떨떨해져서 되물은 것도 어쩔 수 없지 않을까? 게다가 소원이라니? 무슨 말이지.

"옌나는 여기에 있는지 물었다! 부디 대답해주지 않겠나?"

마음이 급한 건지 마왕님은 조금 전보다도 더 강한 위압감을 흘리면서 한 번 더 그렇게 물었다. 좀 진정합시다. 크론 씨도 은근히 말리고 있지만 귀에 들어오지 않는 모양이다.

"그걸 가르쳐주려면 네가 조금 더 침착해져야겠네."

마왕님을 일별하고 그렇게만 대답한 뒤, 마르티넬시라 씨는 허브티를 마셨다. 하지만 그런 말로는 침착해질 수 없는 마왕님이었다. 결국 자리에서 일어나고 말았다.

"어째서냐. 어째서 가르쳐주지 않는 거지? 나는, 계속…… 계속 그녀를 찾았다! 부디, 부디 부탁한다……! 지금 당장에라도 그녀를 만나고 싶다! 가르쳐다오!!"

"자하리아슈 님, 진정하세요!"

언성을 높이기 시작한 마왕님. 그렇겠지. 계속 만나지 못했던 사랑하는 사람이 가까이 있을지도 모르니까. 하지만 냉정함을 잃었으니까 크론 씨의 말대로 조금 진정했으면 좋겠다. 나는 어떻게도 하지 못한 채 안절부절못하고 있을 뿐.

"저런. 난감한 사람이네. ……하지만 지금 같은 상태인 네게는 더욱 가르쳐줄 수 없어. 조금 침착해질 수 없을까?"

"어떻게 침착할 수 있다는 말이지? 드디어 만날 수 있게 되었는데! 왜 만나게 해주지 않는 거냐. 만날 수 없는 이유라도 있는 건가?!"

마왕님의 마음은 이해할 수 있다. 나도 아빠가 가까이 있는데 만나지 못했다면 이렇게 되었을지도 모르니까. 하지만 상황적으로 조마조마해졌다. 왜냐하면 여기는 하이 엘프 마을이니까. 이 사람도 온화하게 나오고 있지만, 언제 화를 내도 이상하지 않잖아. 그렇게 화난 얼굴은 상상이 안 가긴 해도.

마왕님의 말이 끝나고 잠시 후, 마르티넬시라 씨는 가볍게 한숨을 내쉰 뒤 입을 열었다.

"알았어. 가르쳐줄게. 가르쳐줄 테니까 우선은 역시 진정해줘. 여기에 싸우러 온 건 아니잖아?"

더없이 차분하게, 달래듯이 그렇게 말하는 마르티넬시라 씨. 그 말에 마왕님도 퍼뜩 정신이 든 모양이었다.

"……면목이 없구나. 너무 흥분한 모양이군."

마왕님은 털썩 의자에 앉은 뒤 눈앞에 놓여있던 허브티를 한 모금 마셨다. 그 후 가늘고 긴 한숨을 쉬더니 이번에는 단단하고 침착한 어조로 말하기 시작했다.

"미안하다. 이제 괜찮다. 이 허브티는 마음을 차분하게 해주는군. 이렇게 될 줄 알고 있었나. 대단한데."

"글쎄, 그냥 연륜이 쌓였을 뿐이야."

다시 평온한 분위기가 감돌기 시작하자 나는 드디어 안도의 숨을 내쉬었다. 기, 긴장했네!

"이야기를 하기 전에 물어보고 싶은 게 있는데, 괜찮을까?"

마르티넬시라 씨는 먼저 그렇게 확인을 했다. 지금 이야기의 주도권을 잡은 사람은 그녀이기 때문에 거부하는 사람은 없었다. 다들 고개를 끄덕였다.

"바깥 세계, 그러니까, 하이 엘프 마을 밖을 말하는 건데. 너희가 사는 세계에서는 하이 엘프에 대해 어떤 인식이 퍼져있어? 어느 정도는 아니까, 거짓 없이 가르쳐줘."

그건 즉 하이 엘프가 그리 좋지 않은 이미지라는 건 알고 있다는 뜻이겠지. 대표로 크론 씨가 대답하는 모양이었다. 음, 크론 씨의 냉정함은 이 자리의 적임자라고 본다.

"네. 하이 엘프는 배타주의자 집단으로, 다른 종족을 받아들이려 하지 않고 영역에 침입하려고 든다면 곧바로 배제하는 비정한 종족이라는 인식입니다."

"조금은 우회적으로 말할 수 있지 않으냐, 크론!"

크론 씨는 너무 직설적이었습니다! 기르 씨와 니카 씨까지 조금 당황했다. 이것 참 귀중한 모습이긴 한데?!

"아니야, 괜찮아. 대놓고 말해주는 게 고마워. 게다가 예상했었으니까."

우리가 초조해하거나 말거나 마르티넬시라 씨는 즐겁다는 듯

까르륵 웃었다. 어쩜 이렇게 마음이 넓은 거지. 아니, 겉으로만 온화할 뿐 속마음은 다를 수도 있으니까…… 하지만 그런 느낌은 안 든다. 그냥 감이긴 하지만.

"소문이란 참 신기하지. 처음에는 소문에 불과했지만, 그게 사실이 되어버렸으니."

"사실이 되었다……? 그렇다면 하이 엘프는 역시 다른 종족을 좋게 여기지 않는 것입니까?"

크론 씨가 또다시 직설적인 질문을 던졌다. 마르티넬시라 씨는 기분이 상하진 않은 것 같았지만, 아주 조금 슬프다는 듯 '아니야' 하고 중얼거렸다.

"사실을 말하자면. 우리는 밖에 간섭하려 하지 않는 것뿐이야. 결계가 있으니까. 같은 하이 엘프나, 한 번이라도 여기에 찾아온 적이 있는 사람 말고는 절대 찾을 수 없는 구조거든. 위험도 없는데 굳이 공격하지도 않아."

듣고 보면 확실히 그렇다. 어지간히 다른 종족을 싫어하지 않는 한, 평화로운 생활을 위협하는 짓을 나서서 하지 않는 게 보통이다. 이 결계가 있으니까 침략당할 우려도 없고.

"하지만 북쪽 산에 들어가면 감시당하는 것을 느꼈고, 여기에 가까워질수록 적의도 느꼈습니다."

그리고 크론 씨의 말 또한 사실이다. 간섭할 마음이 없다면 왜 그런 짓을 하는가. 모순된 느낌이 든다.

"그게 족장의 의사이기 때문이야."

족장의 의사…… 즉 셰르멜호른의 의사이기 때문이라는 건가?

"바꿔 말하자면, 족장만이 다른 종족에게 간섭하는 거야. 나나 다른 하이 엘프는 아무도 관심조차 없는데 말이지."

"그건, 즉 다른 하이 엘프들은 다른 종족에 관심이 없다는 말씀이시죠? 하지만 당신이 저희를 받아들이고 관여하신 이유는 무엇입니까?"

확실히 관심이 없다면 이렇게 우리를 마을에, 그것도 집에 초대해서 이야기를 나누려 하지 않을 터이다. 그런데 이 사람은 자발적으로 이것저것 가르쳐주고 있단 말이지. 그런 의문에 크론 씨가 추궁해준 셈인데.

"그래, 나도 별일이 없었다면 너희와 대화하려 하지 않았을 거야."

그렇게 말한 뒤 허브티를 한 모금 마신 마르티넬시라 씨는 짧은 침묵 후 이렇게 말했다.

"다름 아닌 옌나리에아르가 부탁했으니까. 만약 너희 같은 사람이 찾아오면, 이야기를 해달라고."

"……옌나는 왜 직접 말하지 않는 거지?"

어쩐지 불길한 예감이 들었다. 분명 이 자리에 있는 모든 사람의 뇌리를 스쳐 지나가지 않았을까.

마르티넬시라 씨는 그제서야 의자에서 일어나더니 문으로 향하며 이렇게 말했다.

"안내할게. 옌나리에아르에게."

따라오라며 부드럽게 웃은 마르티넬시라 씨는 그대로 돌아보지 않고 밖으로 나가버렸다.

우리는 말없이 그 뒷모습을 쫓아갔다.

Welcome
to the
Special
Guild

4 옌나리에아르

"여기야. 예쁜 곳이지? 순백의 성역이라고 부르고 있어."

하이 엘프 마을 안에서도 가장 공기가 맑으며 마력도 충만한 장소라는 설명을 받은 그곳은, 작은 샘을 중심으로 새하얀 꽃이 흐드러지게 피어있으며 신성함이 느껴지는 장소였다. 그리고 군데군데 보이는————— 묘비. 그중 가장 최근에 만들어졌을 새하얀 묘비에는 이런 글귀가 새겨져 있었다.

〈누구보다도 아름답고 용감한 하이 엘프 옌나리에아르, 이곳에 잠들다〉

역시 죽었구나…….

"옌나…… 이럴 수가."

마왕님이 비틀비틀 그 묘비로 걸어가 두 무릎을 털썩 꿇었다. 너무나도 침통해 보이는 그 등에 아무도 말을 걸지 못하고 있었다.

"마왕과의 사이에서 생긴 아이의 출산. 위험은 숙지하고 있었겠지. 그 아이니까 출산 후에도 몇 년은 살아있을 수 있었던 거야. 너에게는 알리고 싶지 않았다고 해. 하지만 나는 알아주길 바라니까 밝힌 거야."

고개를 푹 숙인 마왕님은 반응을 보이지 않았지만, 제대로 듣고는 있는 듯했다. 움켜쥔 주먹에 미약하게 힘이 들어간 느낌이 들었으니까.

"사실은 조금 더 오래 살 수 있었어. 지금까지도."

"……왜."

마르티넬시라 씨의 말에 마왕님이 쥐어 짜내듯 그 한마디를 뱉었다. 원통함과 분노가 담겨있는 듯한 음색이었다. 그러자 마르티넬시라 씨는 내 쪽으로 몸을 돌렸다. 가까이 다가오더니 내 눈높이에 맞춰서 몸을 숙이고는 손을 들어 내 뺨을 살며시 만졌다.

"너를 지키기 위해서야, 메구. 어머니로서, 옌나는 자신의 생명을 깎아낼 각오로 너를 지켰어."

"나 때……."

나 때문이라는 말이 나오려고 했으나 고운 검지가 내 입술을 눌렀다. 마르티넬시라 씨다. 싱긋 웃고는 내가 하려던 말을 정정했다.

"너를 위해서, 야."

"나를, 위해서."

"그래."

나 때문에. 나를 위해서. 이 둘은 의미가 크게 달라진다. 이 사람은 그걸 알고 있구나. 즉, 옌나 씨는 직접 그렇게 하기로 결심하고 후회하지 않았다는 뜻이 된다. 그리고 훗날 내가 자책하지 않도록 이렇게 따뜻한 말을 해준 거다.

"자세히, 알려주세요……."

뚝뚝 흐르는 눈물을 닦지도 못한 채 나는 그렇게 부탁했다. 제대로 알고 싶다. 나를 낳은 어머니가 어떻게 나를 지켜주었는지. 그리고 왜 그렇게 해야만 했는지, 제대로 알고 싶었다. 내가 지금 이렇게나 큰 행복을 느낄 수 있는 건 옌나 씨 덕분이니까.

부드러운 손이 내 머리를 쓰다듬었다. 등 뒤에서 커다란 손이 희고 깨끗한 손수건을 건네주었다. 나는 그 손수건을 꽉 움켜쥐었다.

"너도 제대로 들어주겠어?"

마르티넬시라 씨는 마왕님의 등을 향해 그렇게 물었다. 몇 초 후, 간신히 일어난 마왕님은 그 표정에 비통함을 머금으면서도 단단한 말투로 대답했다.

"……꼭 듣고 싶다. 잘, 부탁한다……."

머리를 푹 숙이고 부탁하는 그 모습은 무언가를 필사적으로 참고 있는 것 같았다.

【마르티넬시라】

옌나는 마을에서 나갈 때도 갑작스러웠지만, 돌아올 때도 갑작스러웠어. 우리에게는 아주 짧은 기간의 가출. 어린아이의 반항기 같은 것이지. 셰르멜호른 말고는 다들 그렇게 생각했으니, 아무도 뭐라고 하지 않았어. 하이 엘프의 규칙? 그래, 확실히 가출은 금기로 규정되어 있지만 아무도 그런 건 신경 쓰지 않았거든. 한 명을 빼고는.

그래, 그래서 돌아온 그 아이는 바로 셰르멜호른에게 호되게 혼나고, 몇 년 동안 반성실에서 지내라는 명령을 받았어. 나는 식사를 가져다주기 위해 그 아이를 찾아가서는 잠시 그 아이와 대화를 나누는 게 일과가 되었지.

"족장님의 생각에는 찬동하기 어려워요. 다른 종족을 근처에 굴러다니는 돌멩이 정도로만 생각하는 주제에, 다른 종족의 불행을 보면서 즐기고 싶다는 이유로 바깥세상에서 길드를 만들다니. 취향이 고약한 것에도 정도가 있죠!"

"그래, 확실히 고약한 취향이지. 게다가 유치해. 셰르멜호른은 아직 어리니까."

옌나는 벌레 씹은 듯한 표정으로 '저보다 훨씬 오래 살았는데도요?'라고 말했었지. 응? 아, 맞아. 그 아이가 바깥세상에서 길드를 세운 건 다른 종족을 지배하에 두면서 자신의 우위를 느끼기 위해서야. 철이 없지?

저런, 그렇게 화난 표정 짓지 말아 줄래? 너희에게는 민폐의 극치일지도 모르지만, 그 아이에게는 진지한 문제고 우리에게는 그냥 철없는 어린아이의 말썽으로 보이거든. 무슨 일이든 보는 사람에 따라 받아들이는 것도 달라지는 거야.

"그 아이는 절대 인정하려 하지 않겠지만, 그 아이는 다른 종족을 동경하거든."

"거짓말이에요! 누구보다 다른 종족을 혐오하는데요!"

옌나 또한 어린아이라고 생각했지. 만사를 자신의 시선으로밖에 보지 못하니까. 이 아이는 바깥에 나가서 뭘 배워온 걸까? 하는 의문을 느꼈어. 하지만 이것도 분명 개체차인 거겠지.

"그 아이는 고지식하거든. 그냥 고지식하고, 족장으로서 하이 엘프 마을을 지키기 위해 필사적인 거야. 그래서 사실은 마음속 깊은 곳에 다른 종족에 관심을 갖고 있는데도 다른 종족을 해충이라고 생각함으로써 그 마음을 부정하는 것에 불과해."

"전혀…… 믿어지지 않아요. 다른 종족을 쉽사리 학살하려 하는 사람인걸요. 이제 시대는 바뀌어야 해요. 하이 엘프가 신이 된다는 건…… 애초에 다른 종족을 하등하게 보는 신 따위는 되고 싶지 않아요."

확실히 그 아이의 심정은 다른 사람은 이해하기 어려운 부분일 테지. 그 아이 자체가 그걸 부정하고 있으니 더욱더. 다른 종족을 학살하려는 생각을 하는 것 자체가 다른 종족에게 집착한다고 말하는 것이나 마찬가지인데. 슬픈 일이야. 옌나리에아르의 말도 일리는 있지만, 신을 모독하는 발언은 간과할 수 없었어. 신이 전부 그렇다고 정해진 게 아니니까.

"옌나리에아르, 불경하잖니."

"……죄송합니다."

그 점에서 그녀는 바로 반성을 보였지. 하지만 그 후에 터무니없는 소릴 한 거야.

"하지만 저는 이렇게 생각해요. 신은 분명 여럿 존재하는 거라고요. 그런 게 아니라면 바깥세상은 더 혼돈으로 가득했을 테니까요. 우리의 선조는 다른 종족에게 애정을 느끼지 않는 신이었겠죠. 아무리 선조가 그랬다고 해도 같은 사상을 지닐 필요는 없다고 봐요. 저는 다른 종족을 사랑하는 신을 믿고 싶어요. 선조가 아니라."

하이 엘프로서는 놀라울 정도로 어린 나이에 그걸 알아차리다니. 역시 이 아이는 우수하다고 새삼 느꼈어. 응? 어리잖니. 고작 3천 년 정도밖에 살지 않았는걸. 너희의 상식에서 보면 이상할 지도 모르지만, 하이 엘프 기준이면 어린 게 맞아.

내가 아는 진실도 바로 그거였어. 하지만 같은 의견이라고 해도 반드시 그게 정답이라고 할 수 없는 법이지. 그래서 나는 이렇게 대답했어.

"옌나리에아르. 나는 무턱대고 그 의견을 부정하지 않아. 스스로 생각해서 스스로 이끌어낸, 너만의 대답이니까. 근사한 일이지. 다만 지금은 네 주위의 작은 세계를 지키렴."

"네……?"

"나는 너와 너의 그 아이가 행복해졌으면 좋겠어."

"……알고 계셨군요."

옌나리에아르가 돌아온 이유는, 그때의 표정과 분위기로 대충 눈치채고 있었어. 그녀가 밖에서 아이를 잉태하고 돌아왔다는 걸. 물론 상대가 누구인지 궁금하긴 했지. 하지만 옌나리에아르의 선택이니 걱정하지 않았고, 무엇보다…….

"아이가 생기다니, 너는 역시 특별한 하이 엘프야."

"……하지만 상대는 하이 엘프가 아니에요."

"그야 그렇겠지."

나는 그렇게 대답했어. 왜냐하면 바깥에 하이 엘프가 있을 것 같지 않았으니까. 셰르멜호른이 있지만 그쪽은 고려의 대상도 아니고.

"알겠니? 네가 밖에서 아이를 잉태했다는 건 확실히 문제가 산더미인 사항이야. 하지만 우선은 네 몸에 새 생명이 깃들었다는 걸 무엇보다도 기뻐해야 해."

"······!!"

분명 무척 불안했을 거야. 다른 종족과의 사이에서 생긴 아이가 태어났을 경우에 대해 조사하고, 저주에 대해 알고······ 슬픔과 불안으로 가득했겠지. 그걸 혼자서 끌어안는 건 당연히 무리잖아.

옌나리에아르는 그날 내가 그 자리를 떠날 때까지 계속 내 옷자락을 붙잡고 울었어. 나는 그녀가 진정할 때까지 손을 잡아주었지. 마음껏 다 쏟아내길 바라면서.

이렇게 나는 매일 옌나리에아르의 이야기를 조금씩 들었어. 시간은 많이 있었으니까. 상대가 마왕이라는 걸 들었을 때는 아무리 나라도 놀랐지만. 설마 이 나이가 되어서 놀랄 일이 있을 줄이야. 귀중한 체험이었어.

시간이 지나고 옌나리에아르의 배가 조금씩 눈에 띄기 시작했어. 다행이 그녀는 배가 눈에 띄는 편이 아니었고, 반성실에 틀어박혀 만나는 사람도 없었기 때문에 아무도 눈치채지 못했지만. 그래도 출산할 때는 무척 조마조마했어. 셰르멜호른은 최근 여기에 잘 돌아오지 않으니까, 그 아이가 없어서 정말 다행이라고 행운에 감사했지.

출산은 무척 힘든 일이더라. 나도 출산 경험이 없고, 누군가가 출산하는 걸 본 적도 없었으니까. 조사는 많이 했지. 수천 년 전의 기록도 찾아봤고, 아이를 낳은 적이 있는 동포에게 은근슬쩍 물어보기도 하고. 다양한 문헌을 읽기도 하는 등 정말 필사적이었어. 공부 자체도 그야말로 몇 년 만이었는지.

하지만 그렇기 때문에 잘 알 수 있었어. 그 아이는 소위 난산이었다고. 그 아이가 괴로워하고, 슬슬 태어날 때가 되었는데도 꼬박 이틀이나 걸렸지 뭐야. 옌나리에아르는 계속 고통스러워했어. 내가 방음 결계를 펼쳐놓았는데도 크게 비명도 못 지르고 끊임없이 눈물을 흘리며 견뎠지. 힘내, 힘내, 아가야. 계속 그렇게 중얼거리면서.

영혼이 없었으니까. 애초에 아기에게는 몸 밖으로 나가려는 움직임 자체가 힘들었던 거야. 괴로워하는 그녀를 지켜보는 동안 그걸 알아차린 나는 세심한 주의를 기울여 마법을 사용해 출산을 도왔어. 그게 맞는 건지는 모르지만, 할 수밖에 없다고 생각했지. 그렇게 하지 않았다면 옌나리에아르도 아기도 위험해 보였거든. 이쪽으로 나오라고 마력으로 아기를 유도했지. 조금씩, 조금씩.

그렇게 두 번째 밤이 밝아올 무렵, 네가 태어났단다. 메구. 옌나리에아르의 첫마디는 이랬어.

"……역시, 여자아이였네요. 힘내줘서 고마워. 앞으로 열심히 살자. ……메구."

이름은 이미 정해놓았던 것 같았어. 그때의 행복해 보이는 얼굴을, 나는 평생 잊지 못하겠지. 그 정도로 출산을 마친 옌나리에아르는 아름다웠어.

갓 태어난 아기는…… 솔직히 처음에는 죽은 게 아닌가 했어. 울지도 않고, 움직이지도 않고, 미동 하나 없이 누워있기만 했으니까. 하지만 숨을 쉬는 걸 확인한 뒤에야 나도 옌나리에아르도 그 저주가 사실이라는 걸 이해했지.

————다른 종족과의 사이에서 태어난 하이 엘프 아동은 영혼이 없다————.

"저는 포기하지 않을 거예요. 영혼이 없어도, 언젠가는 분명 무언가를 느끼는 정도는 가능할지도 모르는걸요."

"하지만 옌나리에아르. 너는……."

"알아요. 제가 힘이 다하는 마지막까지, 포기하지 않겠다는 거예요. 그게 어머니로서 해줄 수 있는 최선이니까요."

옌나리에아르는 그렇게 말했지만, 당신의 나는 울지도 웃지도 않고 아무런 반응도 보이지 않는 아기를 그리 귀엽다고 느끼지 못했어. 시간을 정해서 꼬박꼬박 우유를 주고, 재우고, 운동시키고. 그런 똑같은 나날이 반복되는 가운데 갑자기 고열이 나질 않나, 구토하지 않나. 평범한 아기보다 몸도 약한 개체였으니까 아무튼 고생이 많았지. 어디가 아프다고 울어서 표현하지도 않으니까, 계속 달라붙어서 지켜봐야만 했거든. 조금이라도 내버려 두었다간 순식간에 사라져버릴 생명이었어.

하지만 옌나리에아르는 늘 웃는 얼굴로 말을 걸었지. 애정을

듬뿍 쏟으면서, 늘 사랑을 속삭였어. 그렇게 육아를 도와주는 사이에 나도 드디어 조금씩 애정이 솟아나게 되었지. 그녀의 말대로 언젠가 이 아이가 자신의 의사를 표현하게 될지도 모른다고. 그런 어렴풋한 기대를 품게 된 거야.

메구가 울지도 웃지도 않는 아이였기 때문에 다행인 점도 있었어. 때때로 찾아오는 셰르멜호른의 눈을 쉽게 속일 수 있었거든.

이 아이의 존재가 알려지면 당장 죽이려 할지도 모른다고 염려한 우리는 마을의 모든 사람에게 메구의 존재를 은폐했어. 다행이 옌나리에아르와 함께 폐쇄적인 공간에서 자랐고, 다른 사람은 아무도 이쪽에 관심을 두지 않았으니까. 하지만 셰르멜호른은 달랐지. 돌아올 때마다 옌나리에아르를 보러 왔어. 그러는 동안에는 내가 메구를 몰래 메구를 데리고 다른 곳에 가 있는 등 숨겨왔어.

덕분에 20년이 조금 넘게 메구의 존재가 밖으로 드러나는 일이 없었어. 메구는 순조롭게 자랐지. ……그래. 물론 움직이는 인형 같은 상태이긴 했지만, 변화도 있었어.

"이걸 보세요! 이 아이, 그림을 그릴 수 있어요! 역시 의사가 조금 있는 거예요!"

메구는 스스로 무언가를 하는 행위를 일절 하지 않았지만, 땅바닥에 손가락으로 무언가를 끄적끄적 그리는 것만은 했어. 의미가 없는 낙서 같은 것이었지만 그건 커다란 변화였지.

"……슬슬 세리머니를 해야만 하는 나이네요."

"옌나리에아르, 그건……."

"알아요. 그러면 마력이 순환되어 그 사람에게 메구의 존재를 들키게 될 테죠."

하이 엘프나 엘프에게 무엇보다 중요한 의식. 그것조차 해주지 못하는 것에 나도 가슴이 미어졌어. 하지만 메구를 지키기 위해서는 참아야 할 필요가 있었지.

그렇게까지 해가면서 숨겨왔는데…… 어느 날, 마침내 그런 나날이 끝을 고하는 때가 오고 만 거야.

"……하이 엘프가 한 명 늘었군."

메구의 몸이 성장하면서 기척을 숨기지 못하게 되었거든. 결국 셰르멜호른이 메구의 존재를 알아차렸다.

"어떻게 된 일이냐! 더럽게도…… 벌레와의 아이라니……!"

"이 아이는 확실히 다른 종족과의 사이에서 낳은 아이지만 엘프가 아니라 틀림없는 하이 엘프예요! 당신도 아시잖아요?! 다른 종족 간의 아이라고 해도 하이 엘프로 태어날 수 있다는 증거예요!"

"흥, 벌레의 피가 섞여 있는 시점에서 벌레와 마찬가지다. 알맹이가 없는 그릇뿐인 존재 따위는 생물로서의 가치조차 없지 않은가."

"무슨……."

생명으로 보지도 않는다는 발언에 옌나리에아르의 분노가 폭발할 뻔했어. 하지만 그때 셰르멜호른이 어떠한 사실을 깨달았지.

"음? 잠깐. ……그런가, 이 그릇의 부친은 마왕이군? 흐음, 제법 재미있을지도 모르겠는데. 벌레치고는 꽤 좋아. 그 그릇, 내가 잘 써주마. 내놔라."

셰르멜호른은 타인의 생각을 읽을 수 있는 능력을 지니고 있거든. 그래, 맞아. 하이 엘프라면 다들 지니고 있는, 그 사람 고유의 뛰어난 능력 말이야. 그래서 우리는 늘 마음을 읽히지 않도록 조심하지만 옌나리에아르의 감정이 격정에 흐트러진 그 잠깐 사이를 파고들어 생각을 읽어버린 모양이야. 옌나리에아르는 그 후에도 계속 이때의 일을 자책했어.

"싫어요! 누가 당신 같은 사람에게……!"

"성가시게 구는군. 하지만 네 물건인 것은 맞지. 나도 악마는 아니다. 잠시 시간을 주마. 오늘 밤 그것을 나에게 넘겨라. 알겠지? 족장의 명령이다."

"!!"

족장의 명령. 그것은 하이 엘프의 피에 깊게 각인된 저주 중 하나. 결코 거역할 수 없는 명령이야. 명령을 내린 지 오랜 시간이 지났다면, 마을에서 나간 적도 있는 그녀라면 깨트릴 수 있었을지도 모르지만 이 명령은 지금, 그것도 개인적으로 내려온 명령. 명령을 무시하는 건 불가능했어. 떠나가는 셰르멜호른을 노려보는 옌나리에아르의 눈에서는 원통함의 눈물이 끊임없이 흘렀어.

"지금이 바로 내 능력을 사용할 때야. 너와, 그 아이. 자, 소원을 말해."

물론 나도 얌전히 그 상황을 간과할 수는 없었어. 힘을 빌려주는 데 아무런 주저도 없었지. 그래서 세르멜호른이 떠나자마자 나는 그녀에게 그렇게 말했어. 내 능력을 활용할 수 있다고 생각했거든.

내 특수 체질은 한 사람당 딱 한 가지, 어떤 소원이든 이뤄줄 수 있다는 거야. 후후, 그래. 상당히 특이한 능력이지. 아무리 그래도 불로불사나 죽은 사람을 되살리는 것처럼 이뤄줄 수 없는 소원도 있지만.

마을 사람들은 다들 이미 소원을 이루어줬기 때문에, 최근 이 능력을 쓸 일도 없어져서 잊고 있었다가 문득 생각난 거야. 그녀가 미래 예지로 아직 소원을 빌면 안 된다는 걸 알고 기회가 남아있었다는 것을. 지금이 바로 그때. 와야 할 때가 온 거야. 나의 그런 생각은 정확했던 건지, 그녀는 이쪽을 똑바로 보고 말했어.

"이 아이를, 안전한 장소에."

"……아이만?"

"네. 저도 포함하면 이 아이의 소원이 되어버리잖아요? 이 아이에게는 이 아이의 소원을 이루어줬으면 하니까요."

메구를 안전한 장소에. 그건 그녀의 소원. 만약 거기에 그녀도 포함하면 두 사람의 소원으로 환산된다. 평생 한 번밖에 받을 수 없는 은혜를 이쪽의 사정으로 메구에게 쓰게 할 마음은 없다고 말했어.

"하지만, 이 아이는……."

"네, 영혼이 없죠. 하지만 미약하게 의사 같은 것을 느낄 때가 있었잖아요? 분명 언젠가 이 아이에게는 이 아이의 소원이 생길 거예요. 그 소원을 이뤄주세요."

"그래…… 알았어. 그렇다면 방식을 조금 바꾸자. 엔나리에아르, 그 아이의 이어커프를 줘."

그렇게까지 말한다면 무언가를 본 것이라는 생각에 그 이상 아무 말도 하지 않았어. 그리고 태어났을 때 아이에게 준 이어커프를 받았지. 여기에 힘을 담아두어서, 언젠가 소원이 생겼을 때 자동적으로 이루어지도록.

"여기에 능력을? 그런 것도 가능하군요……."

"나도 처음 해본 거지만 의외로 가능하네. 이 아이와는 앞으로 만나지 못할 수도 있잖아. 그렇다면 언제든 내 능력이 발동할 수 있도록 해두고 싶었어. 이 아이 본인이 강하게 무언가를 바랐을 때 힘이 발동되도록."

"감사합니다…… 마라 고모님."

"괜찮아. 후후, 그렇게 불리는 건 오랜만이구나. 기뻐. ……하지만 메구가 무엇을 바랄지는 모르는 일이야. 어쩌면 눈앞에 진수성찬을 차려달라고 부탁할지도 몰라."

"그건 그거대로 괜찮아요. 이 아이의 소원인걸요. 하지만 분명 더 중요한 것을, 바랄 거라고 생각해요."

"미래 예지야?"

"네, 그것도 멀지 않은 미래예요. 하지만 어디까지나 그건 예정에 불과해요. 미래는 크든 작든 늘 변화하니까요."

이렇게 나는 마법을 건 이어커프를 메구의 귀에 다시 달았어.

그리고 이번에는 옌나리에아르의 소원을 이루기 위해 마력을 불어넣었지. 안전한 장소라고 해도 어디에 가게 되는지까지는 몰라. 행선지를 알면 족장이 알아차릴지도 모르니까. 족장의 명령도, 주어를 '그것'이라고 했던 게 다행이었지. 그것이 무엇을 의미하는 건지는 이쪽에 달려있는걸. 그녀의 물건을 적당히 넘겨주면 그만이니까.

소원을 이루기 전에 옌나리에아르는 자신이 지닌 모든 힘을 이어커프에 쏟아부었어. 무슨 일이 있어도 몸에 위해가 가해지면 메구를 지킬 수 있도록. 강력하고 절대적인 보호 마법을. 그리고 메구를 보호해줄 수 있으며 믿을 수 있는 사람과 만날 수 있길 바라는 마음도 담아서. 그게 마왕이거나, 그녀가 함께 여행했다는 동료이면 좋겠다고. 아주 조금 그렇게 생각했다는 모양이지만 특정은 하지 않았다고 해. 위험하니까.

이렇게 옌나리에아르의 소원을 이루는 마법을 발동해서 메구를 무사히 어딘가로 전송했어. 헤어질 때, 그녀는 너와 무언가 대화를 했었는데…… 그때의 기억은 남아있지 않겠지. 분명. 어쩔 수 없는 일이지만, 조금 아쉬워.

그로부터 얼마 지나지 않아 옌나리에아르는 숨을 거두게 되었어. ……평온한 표정으로, 잠들었지.

【메구】

"……메구를 빼돌린 후, 족장에게 무언가 말을 듣지는 않은 건가?"

"물론 들었지. 하지만 사실을 간단히 설명해줬을 뿐이야. 이렇게 된 거 내 마법을 발동했더니 사라졌다고. 내가 축복을 주는 것에 문제는 전혀 없는걸."

"하지만, 그래서는 그대가……."

변함없이 우아하게 웃으면서 이야기하는 마르티넬시라 씨. 그냥 마라 씨라고 하자……. 제대로 발음하지 못할 자신이 넘치니까. 그건 그렇고, 마왕님의 우려도 이해된다. 마라 씨가 벌을 받은 게 아닌지 걱정하는 거겠지?

"어머, 날 걱정해주는 거구나? 괜찮아. 그 아이는 내 동생인걸. 족장으로서 그 아이를 존중하지만, 내 개인적인 행동에 그렇게까지 강하게 말하지는 않아. 쓸데없는 짓을 했다고 실컷 빈정거리는 정도지."

그렇구나, 남매였지. 흐음, 셰르멜호른에게 마라 씨는 보호자 같은, 조금 특별한 존재인 건지도 모른다. 하지만 족장으로 해야 할 역할에는 불만을 표할 수 없다는 건가. 작은 독재사회가 형성되었잖아.

"……메구는 센트레이의 던전에 있었다. 안전한 장소라고는 하기 어렵다만……."

대화가 끊어지자 계속 침묵을 지키던 기르 씨가 그렇게 입을 열었다. 아, 그러게. 마물이 득시글거리는 던전 안은 위험하잖아?

"던전? 모험가가 실력을 테스트할 때 쓰는, 마물이 출몰하기 쉬운 공간을 말하는 거지? 그런 곳에 있었어?"

기르 씨의 말을 듣고 마라 씨는 눈을 살짝 동그랗게 떴다. 조금 놀란 모양이다.

"……아뇨, 의외로 던전 안은 메구 님께는 가장 안전한 장소일지도 모릅니다."

거기에 턱에 손을 대고 생각에 잠겨있었던 크론 씨의 의견이. 엥? 던전이 안전하다고? 내 머릿속이 물음표로 가득해졌다. 크론 씨는 이어서 자신의 생각을 설명했다.

"메구 님께서는 특수한 처지. 그리고 당시 상태로 추정컨대 보호자가 없다면 살아가는 것조차 불가능했을 터입니다. 그럼에도 불구하고 옌나 님께서는 메구 님을 홀로 떠나보냈죠. ……아마도 바로 보호자가 나타나는 것도 소원에서 말한 '안전'에 포함되어 있던 게 아닐까요. 강력한 보호 결계가 있다면 던전은 한층 더 적절한 장소입니다."

평범한 길거리나 마을이었다면 일반인이 보호할 수도 있다. 하지만 특수한 상황인 나를 제대로 지킬 수 있는 존재가 바람직하다. 그렇기 때문에 던전으로 넘어가서, 옌나 씨의 지나치게 강력한 보호 마법으로 던전 안에 이변을 발생시켜 실력자를 불러야 하는 상황을 만들어냈다.

그, 그렇구나……. 거기까지 고려하고 전송한 거였구나. 마라 씨, 너무 대단한 거 아닌가요?! 본인조차 전혀 알지 못했던 모양이지만 완전히 만능이잖아!

"어머나, 대단해라. 그래서 정말 안전한 장소에 보호된 거야?

나도 제법이네?"

그러게 말입니다! 마라 씨, 천진난만한 면도 있구나! 왠지 어깨에서 힘이 쭉 빠져버렸다.

"……메구의 소원은 이뤄진 거지?"

그런 마라 씨에게 기르 씨가 진지한 눈빛으로 물었다. 나 말고 메구의 소원을 말하는 거겠지. 마라 씨의 특수 체질 말인가?

"그래. 그런 것 같아. 너는 마법의 흔적을 조사하는 게 특기니? 근거는 이어커프에 마력이 남아있지 않으니까. 맞아?"

마라 씨가 막힘없이 대답하자 기르 씨는 그렇다고 고개를 끄덕였다. ……메구의 소원이라. 메구에게 의지가 생겨났다는 건가? 내가 이 몸에 오기 전에? 대체 무엇을 바랐을까. 나는 팔짱을 끼고 고개를 갸웃거렸다.

"메구 본인은 아무것도 모르는 모양이구나. 나도 진상은 몰라. 직접 눈앞에서 마법을 사용한 게 아니니까, 소원의 내용까지는 알 수 없어. 하지만 지금의 메구를 보면 대충 상상은 가."

어? 지금의 나? 무슨 소리지.

"……영혼을 바랐다."

"그래, 같은 의견이야. 분명 희미하게 생겨난 의지가 강하게 바란 거겠지. 자신도 생각하고 싶다고. 바라고 싶다고. 아니, 바랄 수 있었던 거야. 자신의 힘으로. 하이 엘프의 저주를 뿌리칠 정도의 의지력으로."

메구가 바란 것은 영혼. 확실히 그럴지도 모른다는 생각이 들었다. 그와 동시에 내 안에 메구가 그렇다고 긍정하는 느낌이 들었으니 틀림없다. 그렇고 보면 아까 마라 씨가 소원이 이루어졌다고 했는데, 이걸 말하는 거였구나.

하세가와 메구는 과로사했다. 그 타이밍에 내가 이 몸에 깃들었다고 생각했는데, 아닌 느낌이 든다. 타이밍이 너무 절묘하니까. 메구가 바랐기 때문에 내가 적절히 죽었다는 가설도 틀린 것 같다. 마라 씨의 이 능력은 생사에는 관여하지 못하는 것 같으니까.

그리고 무엇보다 시차다. 아빠가 사라지고, 즉 아빠가 이 세계에 온 뒤로 200년 이상 지났는데 일본에서는 몇 년밖에 지나지 않았다. 처음에는 두 세계의 시간의 흐름이 다르기 때문이라고 생각했고, 그런 부분도 있을 테지만. 아마 마라 씨의 마법이 시간을 넘어간 거다. 시간과 세계를 넘어 나를 불러왔다. 그렇게 생각하는 게 더 그럴듯했다.

내가 그때 과로사한 것은 자업자득의 운명이고, 그 영혼을 메구가 원한 덕분에 나는 지금 이렇게 이곳에 있을 수 있다. 원래대로라면 아무것도 모른 채 끝났을 삶. 그게 메구 덕분에 이렇게 다시 살아가고 아빠와도 만났다.

아아…… 메구. 고마워. 원해줘서 고마워. 앞으로도 같이 살아가자. 나는 가슴 앞에서 두 손을 모아 잡고 마음속으로 메구에게 감사를 전했다.

그때였다. 돌풍이 휘몰아쳤다.

바람이 너무 강해서 숨도 쉴 수 없다. 나는 작으니까 순식간에 하늘 높이 날아갔어도 이상하지 않다. 하지만 돌풍이 오기 직전에 기르 씨의 팔과 마법이 지켜준 덕분에 무사하다. 다만 역시 숨을 쉬는 게 조금 힘들어서 머릿속으로 쇼를 통해 후우를 불렀다. 사람들의 호흡을 편하게 해주고 싶어서.

『미안해, 주인님! 바람의 상위 정령이 쓴 마법이라 후우의 힘으로는 대항할 수 없다고 해!』

보아하니 정령들은 내 옆에 없었다. 아무래도 이 돌풍으로 날려가 버린 모양이었다. 정령까지 간섭할 수 있는 마법이라는 거야? 목소리가 들리는 건 쇼가 내 계약 정령인데다 목소리의 정령이기 때문인 걸까. 상위 정령을 부리는 사람이 일부러 이 돌풍을? 무엇을 위해……? 그 의문은 바로 해소되었다.

"우리의 신성한 마을에…… 왜 벌레가 있는 게냐?!"

사람이 이렇게까지 격노한 모습을 보는 건 처음인지도 모른다. 눈이 번들거리고 전신이 분노로 부들부들 떨리고 있다. 아름다운 이목구비가 화를 내면 이렇게나 무서워지는 건가. 은백색의 길고 찰랑찰랑한 머리카락이 거꾸로 두둥실 떠오르는 것은 그 감정에 의해 마력이 흘러나오기 때문인 것 같다. 무심코 몸이 부르르 떨렸다.

무서워……! 사람을 보고 이렇게까지 공포를 느낄 수 있을 줄이야. 나는 기르 씨에게 꼬옥 매달렸다.

"마르티넬시라! 너냐! 아무리 누나라고 해도 용서할 수 있는 범위를 넘어섰다……!"

"……면목 없습니다."

너무해! 마라 씨에게 화를 내다니……! 마라 씨는 옌나 씨의 부탁을 들어준 것뿐인데!

"옌나리에아르와 아이 때도 그렇고, 이번에도 그렇고……. 슬슬 네게 벌을 주어야만 하는 모양이군!!"

그렇게 말한 은백색 머리의 남자는 무시무시하게 빠른 속도로 마라 씨의 눈앞으로 왔다. 나는 이동하는 게 전혀 보이지 않았을 정도다.

"사라져라."

마라 씨는 눈을 감고 그저 모든 것을 받아들이려는 것처럼 보였다. 어, 어……?! 잠깐, 왜…… 누나잖아?!

"안 돼!!"

무심코 그렇게 소리쳤지만 내 목소리는 격렬한 굉음에 지워졌다. 동시에 남자와 마라 씨 사이에는 어느샌가 짙은 감색의 인물이 끼어들어 가로막고 있었다.

"우리가 억지로 밀고 들어왔다. 그녀는 협박을 받은 것에 불과하다."

"흥, 협박? 하이 엘프인 나의 혈육이 벌레 따위에게 밀릴 리 없지 않은가. 그런 것도 모르다니, 역시 지능까지 벌레 수준이로군."

마라 씨를 등 뒤로 감싸듯이 서서 은백색 머리의 남자와 대치하는 마왕님. 남자가 마라 씨를 공격하는 걸 다른 방향으로 튕겨낸 모양이었다. 무슨 일이 일어난 건지는 모르겠지만, 아마도!

"그렇다면 그 벌레를 쓰러트리는 것쯤은 간단할 테지. 고작집에 벌레가 들어왔다고 아우성을 칠 만큼 속 좁은 남자여. 하이 엘프의 족장은 제힘으로 벌레를 쫓아내지도 못하는 건가?"

마왕님이 위압감을 흩뿌리며 도발했다. 두 사람 사이에 불꽃
이 튀었다.

5 과격해지는 전투

마왕님과 족장의 모습은 순식간에 사라져버렸다. 사라졌다는 건 틀린 표현이려나. 군데군데에서 폭발이 일어나거나 바람이 휘몰아치는 걸 보면 아마 그거다. 너무 빨라서 보이지 않는 거다. 절찬 전투 중인 거겠지. 안 보이지만.

"……점점 마을 쪽으로 가고 있네. 순백의 성역에서 싸우는 것보다는 낫지만. 사람들에게 알려야겠어."

마라 씨는 가볍게 한숨을 쉬더니 그렇게 말하고 정령에게 말을 걸었다. 마을 입구에서 안내해준 그 커다란 개 정령이었다. 같은 물의 정령을 지닌 동족에게 전달해달라고 하는 거겠지.

『주인이여. 그자의 기척을 감지하지 못해 미안하다.』

"그건 나도 그런걸. 서로 마찬가지야. 미안해, 디론."

"……나도, 눈치채지 못했다. 미안하군."

"나도. 온 의미가 없네."

정령과 사과를 주고받고 있다는 걸 알아차린 듯한 기르 씨와 니카 씨가 마찬가지로 사과했다. 기르 씨조차 눈치채지 못했다니. 족장은 정말 터무니없이 강한 사람이구나.

"어머, 금발의 너는 그 아이의 공격 궤도를 바꿨잖아. 게다가 흑발의 네가 아슬아슬하게 결계를 펼쳐준 덕분에 아무도 날려가지 않았고, 묘소가 엉망이 되지도 않았어. 감사 인사를 하고 싶을 정도야. 아인 중에서도 특히 실력이 뛰어나구나?"

대단하구나, 기르 씨랑 니카 씨! 내가 모르는 곳에서 그런 일을 했을 줄이야! 역시 공격을 당하기 전에 대비해야 하는구나. 나는 도저히 무리지만…… 훌쩍.

"아니, 고작 그거밖에 못해서 면목이 없다고 해야 하니까."

니카 씨가 쑥스러운 듯 머리를 긁적이며 그렇게 말했다. 하지만 그 얼굴은 분해 보였다. 충분히 대단하다고 생각하는데. 내 기준에선 그렇다.

"……마왕이 이 자리에서 떨어지고 싶어 하는군. 그렇다면 여기에 결계를 치자."

"소중한 사람이 잠든 장소라서 그런 걸까. 너도 결계를 치는 걸 도와주면 든든하지. 나 혼자 만들어내는 결계는 불안했거든. 아, 그리고 입구는 아직 열어주겠어? 마을 사람들을 여기로 피난시키고 싶어."

"그래."

그렇게 간단한 대화를 마친 마라 씨와 기르 씨는 각각 마법을 써서 이 순백의 성역에 결계를 치기 시작했다. 어떤 마법이고 어떤 작용을 해서 결계를 만드는 건지 나는 전혀 이해할 수 없었지만, 무언가 대단한 것을 하고 있다는 것만은 알았다. 뭘까, 이 머리 나빠 보이는 감상은.

그로부터 잠시 후, 마라 씨가 부른 마을의 하이 엘프들이 이 자리에 모이기 시작했다. 우리의 존재에 더 당황할 줄 알았는데 마라 씨가 미리 전달했던 것도 있어서 반응이 희박했다. 있는 게 당연하다고 받아들여 주는 걸까? 아니, 굳이 따지라면 관심이 없어 보였다.

무엇보다 위화감을 느낀 것은 조용함이었다. 족장과 마왕이 여기서 치고받고 있는데 누구 한 명 당황하지 않았다. 그저 불렀으니까 모인 것뿐이라는 듯 감정의 희박함을 느꼈다. 그리고 모였다고 해서 무언가 대화를 나누는 일도 없이, 저마다 조용히 마음에 드는 장소로 가서 편하게 쉬기 시작했다. 누워서 자는 사람도 있는데 왠지 으스스했다. 게다가…….

"이게, 다야……?"

마라 씨가 전부 모였다고 말하고 결계를 닫으라 했으니 틀림없을 테지만, 이곳에 모인 하이 엘프들은 눈으로 보고 충분히 셀 수 있을 만큼 적은 인원뿐이었다. 족장과 마라 씨를 포함해서 다 합쳐 고작 14명이다. 그 사실에 경악했다.

"우리는 조금씩, 느릿하게 멸망해가는 종족이야. 우리는 이 사실을 받아들이고 있지. 그래서 새삼 생명의 위기가 닥친다고 해도 아무것도 느끼지 않아."

하지만 아픈 건 싫으니까 싸움에 휘말려서 죽을 마음은 없어. 마라 씨는 윙크하며 그렇게 덧붙였다. ……어? 어?! 무지 아무렇지도 않게 말했지만 꽤 심각한 이야기 아니야?! 멸망해가는 종족…… 그걸 받아들였다고?

"동족 간에만 아이를 낳을 수 있다는 하이 엘프의 저주가 하이 엘프를 멸망의 위기로 이끈 건가."

"맞아. 하지만 나도 포함해서 다들, 거기에 대해서는 아무런 감흥도 없어. 지나치게 긴 생이 지긋지긋하기도 하거든. 어릴 때는 다른 종족에 관심을 갖기도 했지만, 이곳의 생활은 평온하고 행복하니까 그걸로 만족하는 사람이 대부분이야. 이대로 평화롭게 죽어갈 수 있다면 불만도 없어. ……하지만 이대로는 싫다며 행동한 사람이 지금 마을에 두 명 있었지."

"두 명, 입니까?"

묵묵히 팔짱을 끼고 마왕님 쪽을 지켜보던 크론 씨가 시선은 그대로 두고 의문을 입에 올렸다.

"그래. 첫 번째는 셰르멜호른. 그리고 두 번째는 알다시피 옌나리에아르야."

"그 사람 말입니까……. 뭐, 그럴지도 모르겠군요. 혐오도 집착이니까요."

확실히. 족장은 다른 종족을 내려다보고 자신이 우위에 서 있음으로서 마음의 평온을 유지하는 것처럼 보인다. 이야기를 들은 바에 따르면 그렇다는 거지만. 굳이 다른 종족이 사는 세계에 섞여서 길드까지 창설하고 말이야. 심지어 특급 칭호까지 받았잖아. 바깥세상에서 줄타기 한번 잘하네. 이래저래 수상한 일도 하는 것 같지만 들키지도 않고 오랫동안 살면서…… 어? 응? 옌나 씨는 마을 밖으로 뛰쳐나오는 바람에 중죄인 취급이었잖아? 그래도 되는 거야?

"족장님도 마을에서 나갔짜나요. 어무니처럼 중제인이 아닌 거에요?"

오히려 보기에 따라서는 바깥 세계를 만끽하고 있지 않아? 셰르멜호른 씨. 고작 자기의 내면에 있는 하찮은 자존심을 채우기 위한 오락에 온갖 사람을 끌어들이는 건 용서할 수 있는 일이 아니지만, 신나게 즐기는 것 같은 느낌이 드는데요.

"확실히, 그렇지……. 그 아이는 족장이니까 신경 쓴 적이 없었는데. 그 아이도 중죄인이잖아. 마을에도 별로 안 돌아오고. 지금 깨달았어."

네?! 아, 아무도 눈치채지 못한 거야?! 이렇게 오랫동안?! 그건 너무 이상하다. 거기서 한 가지 가정이 떠올랐다.

"특수 떼질, 일까요?"

아 진짜 거기서까지 발음이 꼬이냐! 특! 수! 체! 질! 마라 씨도 긴장이 풀려서 조금 웃고 있잖아!! 됐어, 나는 언제 어디서나 웃음을 뿌리고 다니는 어린이…….

"그래. 그것도 관련이 있을지도 몰라. 그 아이는 타인의 마음을 느낄 수 있으니까, 그걸 이용해서 각각에게 맞춰 미약한 정신 간섭 마법을 방출하고 있었어. 미약한 수준이라면 우리는 어지간히 의식하지 않는 한 눈치채지 못하고, 오랫동안 축적되어 모르는 사이에 그렇게 믿게 되었다……?"

마라 씨는 '왠지 머리가 맑아졌어' 하고 말했다. 그리고 어째서인지 고맙다는 인사를 들었다. 어? 나 아무것도 안 했는데? 당황하는 나를 두고 마라 씨는 혼자 고개를 주억거리면서 혼잣말을 중얼거렸다.

"옌나리에아르나 메구와 엮이면서 나는 조금씩 영향이 흐려져 있었던 거야. 와, 어떡하지! 다들 저렇게 멍하니 있는 것도 정신 간섭 때문인 거야. 바깥에서 손님도 왔고, 주위에선 전투가 일어나고 있는데 아무리 그래도 반응을 너무 보이지 않잖아! 사려 깊은 종족이라 불리는 하이 엘프가 저 아이 한 명의 언동에 아무도 그 어떤 의문을 느끼지 않았다니 이상하다고. 우리는 모르는 사이에 의사가 없는 인형이 되어가고 있었던 거야!"

어? 어? 어째 상황이 너무 급전개라서 따라가지 못하겠는데요?! 조금 전까지 부드럽고 태연자약하던 분위기가 꿈이었던 것처럼 흥분한 모습에 당혹을 감출 수 없다. 어디 보자, 정리 좀. 그러니까 다른 하이 엘프들이 어딘가 으스스해 보였던 건 족장에 의한 마법 때문이라는 거야? 그리고 지금 막 그걸 깨달은 거고? 어, 어라? 머릿속이 혼란스러워서 기르 씨의 얼굴을 올려다보았다.

"……정신 간섭 계통의 마법을 해제하는 기본은 '깨닫는 것'이야. 메구는 자기도 모르는 사이에 그걸 도와준 거지."

내 의문을 적확하게 헤아린 기르 씨가 그렇게 가르쳐준 덕분에 그제야 이해했다. 그, 그렇구나……. 자세한 건 모르겠지만, 결과적으로 잘 된 거겠지? 다시 마라 씨에게 시선을 돌리자 허둥지둥 다른 하이 엘프들 사이를 뛰어다니는 모습이 보였다. 아무래도 동족들에게도 방금 깨달은 걸 설명하고 다니는 모양이었다. 그거라면 나도 도울 수 있을지도 모른다며 기르 씨와 함께 따라다니기로 했다. 다들 눈을 떠!

해제의 기본은 깨닫는 것이라는 말대로, 우리가 설명하자 다들 바로 정신을 차린 모양이었다. 기르 씨는 오랫동안 간섭을 받은 것치고는 지나치게 빠른 속도라며 조금 당황한 것 같았지만 그 부분은 역시 하이 엘프라고 해야 하는 건지도 모른다. 요컨대 하이 스펙이라는 뜻이다.

정신을 차린 하이 엘프도 다른 동족에게 설명해주었고, 원래 인원수도 적었기 때문에 순식간에 전원이 정신을 차린 모양이었다. 우선은 잘된 일이라고 해야 할까.

"아아, 귀여워라……. 우리의 새 생명이구나."

"하이 엘프가 멸망하는 것도 조금 미뤄진 걸까?"

참고로 나에 대해서도 다들 이런 식으로 선뜻 받아들여 주었다. 오히려 환영하는 듯한 분위기였다. 기르 씨, 니카 씨, 크론 씨를 보고는 조금 놀란 모습을 보였지만, 흥분하거나 적대시하지도 않았고 제대로 이야기도 들어주었으니 원래 온화한 종족인 건지도 모른다. 밖에서 들었던 하이 엘프의 이미지는 소문이 부풀려진 것이라는 걸 실감했지 뭐야. 그나저나 하이 엘프에게 '조금'이라는 게 어느 정도인 건지 물어보는 게 무섭다.

"……이런 반응이라면 엔나리에아르와 필사적으로 숨길 필요도 없었던 걸까……. 아니, 정신 간섭을 받고 있었으니 셰르멜호른에게 더 일찍 알려졌을지도 모르고, 결과적으로는 최선이었던 거야."

마라 씨는 턱에 손을 짚고 홀로 생각에 잠기며 또 혼잣말을 중얼거렸다.

"하, 하지만 제 아부지는 마왕님이에요. 순수한 하이 엘프가 아닌데요……?"

너무 환영해주는 바람에 내 쪽에서 먼저 솔직하게 정체를 밝히기로 했다. 아버지가 마왕이라는 걸 들은 그들은 다들 놀란 표정을 지었다. 그, 그렇겠지…….

"혼혈이어도 하이 엘프가 태어나잖아!"

"……네?"

하지만 놀란 이유는 내 생각과는 달랐다. 듣자 하니 피가 섞이면 하이 엘프는 엘프가 된다고 믿고 있었다고 한다. 그래서 먼 옛날의 하이 엘프는 자신들의 종족을 지키기 위해서도 다른 종족과의 혼인을 금지하고 저주를 걸게 되었다고 한다. 하지만 나는 틀림없는 하이 엘프. 그건 보기만 해도 동족은 감지할 수 있으니까 틀림없다고. 그건 나도 대충 알겠지만.

아무튼, 그렇게 하이 엘프들은 내가 하이 엘프라는 사실에 가장 놀란 모양이었다. 지금까지 믿어왔던 건 대체 뭐야?! 라는 기분이겠지, 분명.

"그렇다고 해도 출생률이 한없이 낮은 건 변함이 없지만……."

"그래도 우리 하이 엘프는 절멸하지 않을 수 있다는 희망이 생겼잖아!"

"맞아. 우리는 좀 더 다른 종족과 어울려야 했던 거야!"

그런 목소리가 여기저기에서 들렸다. 뭐야, 다들 사실을 알면 기본적으로는 다른 종족과 엮이는 것에 대해서는 긍정적인 사람이 많잖아. 물론 망설이면서 자기는 계속 이 마을에 있겠다는 사람도 있는 모양이었지만.

"분명 이 마을의 환경이 특수한 거겠죠. 이곳의 공기가 청결하고 넘쳐흐르는 마력이 아름답기 때문에 하이 엘프는 더 장수한다고 합니다. 자하리아슈 님께서 옌나 님께서 알려주신 이야기라고 말씀하시는 걸 들은 적이 있습니다."

"어라, 그래? 처음 듣는 이야기인데."

"그럴 겁니다. 옌나 님께서도 마을 밖으로 나와 생활해보면서 그 몸으로 직접 체험하고 실감한 일이라고 하니까요. 계속 마을에서 지내신 분은 눈치채지 못하실 겁니다."

긴 수명과 강한 힘을 타고난 하이 엘프. 거기에 더해 이곳의 환경이 더 오래 살게 해주었던 거구나. 내 기준으로는 아인이라는 것만으로도 이미 장수인 데다, 소중한 사람을 떠나보내기만 하게 될 것 같으니까 너무 오래 사는 건 싫지만.

"……더욱 바깥세상에 가고 싶어졌어. 남은 생은 밖에서 보낼까."

"나, 나도……."

"저도요!!"

요컨대 수명이 짧아진다는 소리인데, 그걸 바라는 하이 엘프가 몇몇 있는 모양이었다. 하지만 마음은 이해한다. 앞으로는 하이 엘프도 책 속의 존재가 아니게 되는 날이 가까운 걸까? 숫자가 적으니까 어려우려나.

그나저나 다들 생각했던 것보다 더 활발하다. 폐쇄적인 공간에서 편향적인 사고관으로 오랫동안 생활했을 테니까 조금 더 종교적이고 머리가 꽉 막힌 위험한 사상의 집단인 줄 알았는데. 뭐 편견이지만. 하긴, 그러고 보면 입구의 간판부터 이상했지. 그걸 읽을 수 있는 사람은 하이 엘프 뿐이고, 족장 말고는 보는 사람도 없을 텐데. 그게 하이 엘프식 농담이라는 건가. 역시 발

랄해…….

"이만큼 오래 살다 보면 많은 게 보이게 돼. 우리의 생활이 분명 부자연스러운 것이라고. 알고는 있어도, 바꾸려는 생각은 들지 않았어. 정신 간섭이 없었어도."

본래 하이 엘프는 평화주의자라고 한다. 그리고 밝은 성격이 많다고 한다. 족장의 언동이나 다른 종족을 가차 없이 처분한다는 먼 옛날의 사실에서는 전혀 상상할 수 없었지만.

"사소한 일에는 신경 쓰지 않아. 누구와 누가 결혼했다거나, 누가 바깥세상에 갔다거나. 족장이 다른 종족을 학살하려 든다거나, 족장의 딸이 가출했다거나. 너희에게는 용서하기 어려운 일도 우리에게는 사소한 일일 뿐이거든. 악의는 없어. 미안해, 다들 천성이 그래."

그로 인해 밖에서 하이 엘프에게 편견을 품고 있다거나, 이미 존재조차 환상 취급인 종족이 되었다는 것도 그들에게는 사소한 일이라고 한다. 뭔가…… 인류를 초월했구나. 족장님, 노력하지 않아도 이미 신에 가까운 존재인 거 아닐까? 신선 같은 거 말이야.

"자연과 함께 그저 삶을 살아가고, 끝난다. 그것만이 우리의 존재의의야."

바깥세상에 아직도 관심이 없는 하이 엘프들은 그 사고방식을 지금도 유지하고 있다고 한다. 누가 무엇을 하든 별로 관심이 없다. 자연과 동화하듯 존재하는 그 모습은 정신을 차린 지금조차 사람으로서의 기척이 잘 느껴지지 않았다. 한편, 여생을 바깥세상에서 보낸다는 의견에 찬동한 사람은 자신의 의사를 지닌 하이 엘프들. 동족끼리 끊임없이 피를 섞어서 핏줄이 아주 진해진 사람이 전자고, 그렇지 않은 사람이 후자인 건지도 모른다고 마라 씨가 말했다.

"나는 이미 바깥세상에 가고 싶다고, 오래 전부터 그렇게 생각했던 건지도 몰라. 나도 옌나리에아르와 마찬가지로 죄 많은 하이 엘프. 더는 영원과도 같은 삶의 시간을 여기서 보내는 것에 지쳐버렸어."

더 일찍 행동에 옮겼다면 무언가가 달라졌을까. 그렇게 중얼거린 마라 씨를 시작으로 같은 의견을 보인 하이 엘프들은 다들 눈을 숙였다.

"……앞으로의 일은 각자 원하는 대로 해보도록 해. 하지만 지금은 저쪽을 어떻게든 해야 한다. 미안하지만 생각하는 건 나중으로 미룰 수 없을까."

짧은 침묵이 흐른 뒤 기르 씨가 그렇게 말을 꺼냈다. 맞다. 지금도 족장 vs 마왕전이 한창 벌어지는 중이었지!

"하이 엘프들과의 전면전쟁을 치를지도 모른다고 생각했던 만큼, 최악의 사태는 피했다고 보지만 말이야."

"우리와 전면전쟁?"

쓴웃음을 짓고 말한 니카 씨의 발언에 마라 씨가 눈을 동그랗게 뜨고 되물었다. 그제야 우리가 여기에 온 경위와 어떤 각오로 왔는지를 밝히게 되었다. 사실은 더 일찍 말해야 했는데!

"……그렇구나. 하지만 만약 그렇게 되었다고 해도 우리에겐 싸울 힘이 없어."

방어하기 위한 힘은 있으니까 자신들을 쓰러트릴 수는 없을 테지만, 공격에 적성이 있는 하이 엘프는 두 명밖에 없다고 한다. 그 두 명이란 족장과 옌나 씨. 엉뚱하게도 부전여전이라는 생각이 들었지 뭐야.

"흠. 그건 즉, 저걸 막을 수 있는 자가 이곳에……."

말끝을 흐리듯 입을 연 기르 씨. 그리고 그 말을 이어받은 마라 씨가 시원스레 대답했다.

"없어. 저 두 사람이 싸움을 멈추거나, 승패가 갈려야 끝나겠지."

아무래도 사태는 생각했던 것보다 더 심각했던 모양입니다……! 아, 아, 아버지이이이?!

【자하리아슈】

녀석이 손을 들어 올리자 그것만으로도 내 주위에 바람이 휘몰아치고, 손을 내리자 그 바람이 회오리바람이 되어 나를 공격했다. 그런가 하면 그 회오리바람은 바람의 칼날로 모습을 바꾸고, 또 어떤 때는 내 주위의 바람을 조종해 호흡을 하지 못하도록 틀어막는다. 바람의 의사를 지니고 녀석의 수족처럼 움직이는 것 같다는 생각이 들 정도로 녀석의 마법 실력은 칭찬할 만했다.

하지만 나 또한 이래 봬도 마왕의 이름을 받은 자. 이 정도로 밀리지는 않는다. 회오리바람은 마법으로 궤도를 바꿨고, 칼날은 몸을 살짝 틀어서 전부 피했다. 이공간 마법을 응용해 공기를 직접 흡입하면 호흡도 문제가 없다. 그러한 대처법은 생각보다 먼저 몸이 움직인다. 유진, 옌나와 함께 여행하던 그 시절이 떠올랐다. 역시 전투는 나의 마왕으로서의 본능을 뒤흔드는 좋은 것이다. 가끔은 몸을 움직여줘야 함을 재인식했다.

"그렇게 무덤이 소중한가."

"!!"

자연스럽게 일행으로부터, 그리고 옌나의 묘소로부터 멀어졌지만 눈치채고 있었군. 하지만 이 자는 옌나의 아버지가 아닌가. 그렇다면 딸이 잠든 무덤을 끌어들이고 싶지 않다고 생각하는 게 일반적이지 않나. 내가 그 자리에서 떨어진 것은 이 녀석에게도 좋은 일일 텐데. 나는 그렇게 믿고 있었다.

"그런 부끄러운 계집은 우리의 성역에 무덤을 만드는 것조차 주제넘은 짓이다. 하이 엘프의 수치 같으니! 존재했다는 사실조차 필요 없다!!"

내가 방심한 아주 잠깐 사이에 셰르멜호른은 옌나의 무덤을 향해 강렬한 일격을 날렸다. 이런 짧은 시간에 이 정도로 강한 위력의 공격을 가할 줄이야……!

"이런……!"

"으갸아아아악……!"

내가 돌아본 것과 동시에 메구의 비명이 울려 퍼졌다. 무사한 것이겠지?! 그림자독수리여! 믿고 있으마!!

"혼혈 따위는 진정한 하이 엘프라고 할 수 없다! 인정할 수 없다! 하지만 사용하기 좋은 패이기는 하지. 평생 유익하게 사용해주는 것이야말로 저 아이에게 가장 행복한 삶이다. 얌전히 넘기고 바로 사라져라!!"

눈앞이 검붉게 물드는 느낌이 났다. 안 돼. 부정적인 감정에 삼켜지면 나는……! 하지만 이 말은 참을 수 없었다. 사랑하는 아내인 옌나에게 가해진 폭언. 그리고 딸을, 나와 옌나의 보물을! 인격체로서 대우하지 않는 저 사상……!

"닥쳐라, 노친네가!!"

반마형이 된 나는 용의 포효를 지르면서 그렇게 소리쳤다. 용서할 수 없다. 사랑하는 사람들을 우롱하는 것은 누구라 한들 용서할 수 없다! 나는 단숨에 녀석을 향해 거리를 좁혀 목에 이빨을 세웠다. 투둑. 불쾌한 소리와 함께 피의 맛이 났다. 거북한 맛이다. 그럼에도 녀석은 일절 개의치 않고 그대로 마법을 사용했다.

내가 아닌, 옌나의 묘소를 향해.

"흐억……!"

"큭……!"

"설마, 이중 결계를 쉽게 깨트리다니!"

시선 끝에는 메구를 자신의 품 안에 가두고 등으로 공격을 받은 그림자독수리와 놀라서 눈을 부릅뜬 하이 엘프 마르티넬시라.

그리고…… 파괴된, 옌나의 희고 아름다운 무덤.

눈앞이 검붉게 물들었다. 나는 분노의 감정에 집어 삼켜져 본래의 모습으로 돌아왔다. 폭주하는 마력에 지배된 것을 느꼈다. 그것은 정말 오랜만이고, 다시는 맛보고 싶지 않다고 바랐던 그 감각이었다.

【메구】

"샘 건너편으로! 범위를 좁히면 결계는 한층 단단해질 거야! 다들 협력해! 원하는 방식대로 죽음을 맞고 싶다면!"

별안간 옌나 씨의 무덤이 날아갔다. 그 원인인 악마 같은 회오리바람이 그대로 우리 쪽으로 날아왔다. 그건 순식간에 일어난 일이었다. 내가 내 눈으로 확인한 것만으로도 장한 건지도 모른다. 그것 말고는 아무것도 못 했다고도 할 수 있지만.

"기르 씨……!"

"괜, 찮아. 잡아."

내 시야는 어느새 검은색으로 가득 채워지는 바람에 상황을 잘 파악할 수 없었다. 하지만 작은 신음 소리가 들린 것으로 봐서 아무래도 기르 씨가 공격을 맞았다는 것만은 이해했다. 살짝 숨을 죽인 목소리. 그 기르 씨가 가벼운 상처로 이런 목소리를 낼 리가 없다는 걸 알기에 무서워졌다. 당연히 자신에게도 결계를 쳐 놓았을 테고, 전투복도 입었는데 대미지를 입다니.

어쩌지. 어쩌지. 허둥지둥 걱정밖에 못하는 나 자신이 분해서 입술을 깨물었다. 울지 않을 거야.

"먼저 안쪽으로 가! 내가 잠깐 눈속임을 할게. 절대 돌아보면 안 된다? 잠시 아무것도 안 보이게 될 테니까!!"

등 뒤에서 니카 씨의 그런 목소리가 들렸다. 동시에 느낀 부유감. 기르 씨가 나를 안아 들고 일어난 모양이었다.

"밖은 안 보일 테지만 메구도 만약을 위해 눈을 감고 있어."

안 울어. 안 운다고. 나는 시키는 대로 눈을 질끈 감았다. 눈물을 흘리지 않도록.

"안쪽에 사당이 있어. 그곳에 모이자. 그 장소라면 우리 하이엘프도 더 단단한 결계를 칠 수 있어."

"알았다."

마라 씨의 목소리에 기르 씨가 대답한 뒤 속도를 올리는 게 느껴졌다.

"저는 이 자리에 남겠습니다. 자하리아슈 님께서 떨어질 수는 없으니까요."

"……조심해라."

"굳이 말씀하실 필요도 없지만…… 그 말씀, 감사히 듣겠습니다."

한편 크론 씨는 마왕님이 걱정되어 남는 모양이었다. 휘말리는 게 아닌지 걱정이었지만 분명 크론 씨도 평범한 사람은 아닐 테니까. 지금은 믿을 수밖에 없다.

체감 3분 정도 만에 마라 씨가 말하는 사당에 도착한 듯했다. 중간에 뜨거운 바람을 느꼈는데, 니카 씨의 마법일까? 눈속임을 한다고 했었지. 눈을 감은 데다 기르 씨의 가슴에 얼굴을 파묻고 있는데도 주위가 환해졌다는 걸 느꼈으니 대단하다.

잠시 후 드디어 기르 씨가 나를 내려놓았다. 주위를 둘러보면서 눈이 적응하기를 잠시 기다렸다. 당연히 나는 상처 하나 없었다. ……하지만.

"기르 씨…… 등이……!"

"괜찮아. 너무 보지 마. 봐서 기분 좋은 것도 아니잖아."

눈이 익숙해지자마자 기르 씨의 상태를 확인했다. 역시 공격을 맞았구나! 전투복의 등 부분은 망토째로 날아갔고, 등 전체에 깊이 베인 상처가 수없이 많이 남아있었다. 보기만 해도 아파서 얼굴이 일그러졌다.

"티료해야 해요!"

"약은 가져왔으니까 문제없어. 진통제도 있고."

"하지만, 하지만!!"

바닥에 앉아 아픔을 참으면서 너덜너덜해진 윗옷을 벗는 기르 씨. 그 주위를 허둥지둥 얼쩡거리는 것밖에 못 하는 나. 치료하고 싶지만 이렇게 깊은 상처를 앞에 두고 뭘 해야 하는지 알 수 없어졌다. 머리가 새하얘졌다. ……뭐 하는 거야, 나는!

"등은 혼자서 치료하기 어렵잖아? 상처 주위를 씻는 것과 약을 바르는 건 내가 할게."

"……고맙다."

그런 우리를 보고 마라 씨가 그렇게 나서주었다. 척척 조치를 취하는 그 모습을 바라보며 나는 또다시 내 무력함에 힘이 빠져버렸다.

그때였다.

눈앞에 다른 아이들보다 한층 더 크고 아름답게 빛나는 정령의 빛이 나타났다. 조금 진한 하늘색의 빛이었다. 왠지 모르게 그 정령이 나에게 무언가를 말하고 싶어 한다는 느낌이 들었다. 이 감은 하이 엘프의 피와 관련이 있을 테니까 아마 맞겠지. 나는 주저 없이 그 정령에게 말을 걸었다.

"……물의 정령님, 이에요?"

아무래도 정답이었던 모양이다. 하늘색의 빛이 강하게 빛나더니 목소리를 냈다.

『고맙다. 갑작스럽지만 부디 나와 계약해다오. 그대를 계속 기다리고 있었다.』

나를 기다렸다고? 무슨 소리지. 내가 여기에 온다는 걸 알고 있었던 건가?

의문이 몇 개 치솟았지만, 어느새 옆에 와 있던 쇼와 후우, 호무라도 '계약! 계약!' 하면서 부추기는 걸 보면 인품은 보장된 정령인지도. 정령에게 인품이라고 해도 되는 건지는 좀 그렇긴 한데.

……음. 모르는 건 나중에 물어보면 되겠지. 그런 단락적인 생각 하에 나는 물의 정령의 제안에 고개를 끄덕였다.

『그렇다면 나에게 이름을.』

맞다. 이름을 생각해야 하지. 으윽, 왜 매번 이렇게 갑작스러운 거야! 하지만 그런 푸념을 늘어놓을 때가 아니다. 번뜩여라, 나의 네이밍 센스!

"으음, 시즈쿠. 네 이름은 시즈쿠야!"

『시즈쿠. ……좋은 이름을 줘서 고맙다, 새로운 주인이여.』

기쁘다는 듯 그렇게 인사한 물의 정령, 시즈쿠의 모습이 순식간에 변해갔다. 마라 씨의 정령보다 진한 하늘색의 모피가 근사한 개의 모습. 어쩌면 늑대인 건지도 모른다. 덩치가 무척 커서 나만 한 어린아이 두 명 정도는 가볍게 태우고 달릴 수 있을 정도다.

그런 늠름한 모습에 넋을 놓으면서도 신경 쓰이는 발언에 무심코 반응했다.

"새로운, 주인?"

시즈쿠는 분명히 이렇게 말했다. 그렇다면 예전에도 누군가와 계약을 맺은 적이 있었던 건지도 모른다. 하이 엘프 마을에 있으니 이상한 건 아닐 테지만 궁금했기 때문에 직접 물어보았다.

『내가 계약한 사람은 주인이 두 번째다. 이전 계약자는 죽었으니까.』

"……그랬, 구나."

『그대의 어머니다. 옌나리에아르. 전 주인이 죽은 후, 영혼이 승천하기 직전에 정신세계에서 부탁을 받았다. 언젠가 찾아올 딸과 계약해달라고.』

어? 옌나 씨라고? 죽은 뒤에도 딸을 위해 정령에게 맡기려고 한 거구나……. 그래, 계약자가 사라지면 정령은 혼자 남겨지는구나. 정령은 소위 영체라고 해야 하나, 영혼만 있는 존재에 가까워서 수명이 없으니까.

수긍은 하면서도 왠지 쓸쓸했다. 장수하는 하이 엘프에게 정령이라는 존재는 무척 귀중한, 함께 긴 생애를 살아가는 상대다. 그야말로 평생의 파트너고 무척 소중한 존재라는 걸 새삼 느꼈다.

『하지만 내가 계약하고 싶은 마음이 들지 않으면 하지 않겠다고 대답했다. 그래도 괜찮다고, 전 주인은 그렇게 말했지.』

"……계약하고 싶다고, 그런 마음이 들었구나. 고마워."

『……너무 약해서 걱정이 된 것뿐이다. 내가 지켜보지 않으면 위태롭더구나, 주인은.』

뭐지 이 츤데레. 맞는 말이긴 하지만! 여태까지 긴장해서 뻣뻣해져 있던 표정이 나도 모르게 풀어졌다.

"응. 나는 아직 힘이 업쓰니까 도와주면 정말 기뻐. 잘 부탁캐. 시즈쿠."

『……어쩔 수 없으니 힘을 빌려주는 거다.』

얼굴은 다른 곳으로 돌리고 있으면서 꼬리를 붕붕붕 마구 흔들어대는 게 정말 최고다. 덕분에 어깨에서 힘이 빠졌다.

"그럼 바로 부탁해도 댈까? 쇼, 말 좀 저내줘."

『알았어! 시즈쿠! 내가 주인님의 지시를 이해하기 쉽게 전달해줄게!』

내 부름에 바로 대답하며 춤을 추듯 시즈쿠의 앞으로 뛰어나온 쇼. 의욕에 넘치는 모습이 참 귀엽다! 네, 팔불출 맞습니다.

『목소리의 정령인가. ……그래, 확실히 이해하기 쉽군. 설마 목소리의 정령에 이런 능력이 있었을 줄이야.』

『에헴, 대단하지!』

내가 설명하기 전에 쇼의 힘으로 내 의도가 정확하게 전해진 모양이었다. 정말 고마워! 말로 설명하는 것도 어려우니까 말이야! 훌쩍.

"가능하까……? 물은 생명의 근원이니까 치유의 힘이 있지 아 늘까 했는데……."

『문제없다. 요컨대 물을 변질시키면 되는 것이지? 이런 식으로 써본 적은 없으나, 마력도 거의 필요 없을 것 같군. 먼저 받아 가도 될까?』

"고마워! 물논이야. 가져가."

다행이다! 잘 될 것 같다. 내가 손을 내밀자 시즈쿠는 코끝을 내 손에 대고 마력을 흡수해갔다. 음, 확실히 마력이 거의 안 필요한 모양이다.

『저 자에게 쓰는 것이지? 함께 가자꾸나.』

"응! 잘 부탁캐!"

나는 시즈쿠와 함께 기르 씨의 곁으로 달려갔다. 마라 씨는 일련의 흐름을 보고 있었고 그걸 기르 씨에게도 전달해준 모양이다.

"물의 정령과 계약한 건가."

"네! 그래서 바로 기르 씨의 상처를 조금 낫게 할 수 이써요!"

"어? 물로? 그 아이는 옌나리에아르의 최초의 계약 정령이었던 아이잖아. 치유의 힘이 있다는 말은 들은 적 없는데?"

내가 의욕적으로 보고하자마자 씨가 놀라서 되물었다. 아니 근데 첫 계약 정령이었어?! 내가 더 놀랐는데?! 아니, 그렇기 때문에 죽은 후에 영혼만 남은 상태로도 잠시 대화할 수 있었던 건지도 모르지. 이해는 되지만 놀랍다. 동시에 어머니의 사랑이라는 것을 느끼고 가슴이 따뜻해졌다. 아차, 지금은 그보다 치료부터!

"간단히 할 수 있는 것 가타요. 물의 성질을 바꺼서, 약으로 만드는 거예요."

하지만 아무리 판타지 세계라고 해도 순식간에 뾰로롱 나아버릴 정도는 아닌 것 같았다. 루드 선생님 등 의료 부문의 전문가라면 또 사정이 달라질지도 모르지만. 나와 시즈쿠가 할 수 있는 건 이게 한계다. 그래도 자연치유력을 높여주는 데다 기르씨니까 빨리 낫겠지. 무엇보다 지금보다 훨씬 편해질 테니까 안 한다는 선택지는 없다!

"디론, 너도 할 수 있어?"

『아마도 가능하겠지. 하지만 원리는 잘 모르겠군. 이 자는 정령에게 그런 부분을 전달하는 게 탁월한 모양이다.』

"그래. 술자의 역량이라는 거구나. 대단하네, 메구."

직설적인 칭찬에 쑥스러워졌다. 하세가와 메구일 때의 소소한 지식과 마력과 정령이 합쳐져서 가능한 거지만, 그것도 내 힘의 일부라고 생각하자. 칭찬은 그대로 받아들이는 게 좋다!

"그럼 시즈쿠, 잘 부탁캐."

『그대의 뜻대로!』

칭찬을 받아 의욕이 한층 더 쭉 올라간 나는 주먹을 불끈 쥐고 시즈쿠에게 부탁했다. 음, 마력을 건네고 구체적인 설명을 전달하고 나면 그 뒤엔 부탁만 하면 되는 간단한 일입니다! ……뭐 문제라도?

시즈쿠가 공중제비를 한 바퀴 돌자 마치 안개처럼 물이 춤을

추었다. 평범한 물이 아니라 약의 성분을 지닌 물이다. 그 안개
는 내 이미지대로 상처투성이가 된 기르 씨의 등을 덮었다. 안
개라면 상처도 덜 쓰라릴 것 같았기 때문이다.

"음……."

"와아……."

기르 씨와 함께 나도 무심코 감탄을 흘렸다. 한눈에 봐도 깊은
상처가 살짝 메워진 게 보였기 때문이다. 헐. 진짜 효과 좋네?

"시즈쿠, 대다내!"

『별것 아니다!』

작은 손으로 짝짝 박수를 보내자 시즈쿠는 쑥스러운 듯 고개
를 돌리면서 그렇게 말했다. 꼬리가 살랑거리는 게 너무 귀엽다.

"무척 편해졌어. 고맙다, 메구."

"에헤헤. 하지만 길드에 도라가면 루드 선생님에게 꼭 진탈받
아야 해요."

"……그래. 약속하지."

통증을 참는 듯한 표정이 사라졌다는 게 무엇보다 나를 안심
하게 해주었다. 그리고 나도 힘이 되었다는 점이 무척 기뻤다.
물론 나 혼자만의 힘은 아니지만.

그래도 나는 앞으로도 다양한 사람의 힘을 빌리며 살아갈 것
이다. 혼자서는 아무것도 못 하는걸. 더는 혼자서 뭐든 다 할 필
요도 없다. 누군가의 힘을 빌림으로써 나도 다양한 사람들의 힘
이 될 수 있다.

하세가와 메구일 때는 눈치채지 못했던, 그런 간단한 사실을

이제 와 간신히 이해했다. 나는 더 이웃이나 직장 동료들에게 의지해야 했다. 마음이 괴로워하는 걸 알고 있었으니 병원에도 갈 걸 그랬다. 할 수 있는 일이 많이 있었는데도 하지 않았다.

후회한다. 하지만 지금은 그걸 다음에 살릴 수 있다. 이번 일은 내가 나의 존재를 인정하고 용서할 수 있다는 생각을 하게 해주는 계기가 되었다.

"기르, 괜찮아?"

뒤늦게 사당으로 온 니카 씨가 걱정하는 말을 걸면서 이쪽으로 다가왔다. 맞다, 발을 묶어주었지. 어떤 식으로 그, 눈을 틀어막고 있어도 알 수 있을 만큼 눈부신 광경을 만들어낸 건지 조금 궁금했지만 보자마자 내 시각이 마비될 테니까 나는 알 방도가 없다.

"문제없다. 그쪽은?"

"몇 초 정도 시간을 벌긴 했지만…… 조금 난감한 상황이 되었어."

난감한 상황? 고개를 갸웃거리고 있었더니 니카 씨가 설명해주었다.

"여전히 마왕과 족장이 싸우고 있는데, 마왕이 그때처럼 되어버렸거든."

"……전쟁 때, 말인가?"

"어떻게 된 일이지?"

전쟁 때라는 말에 피부에 소름이 쫙 돋았다. 마왕으로서의 힘이 너무 커서 제어하지 못하고 힘에 삼켜져 파괴를 반복했다는 그때를 말하는 거지? 설마 지금도……?

"옌나리에아르의 무덤이 파괴되는 바람에 분노로 물들어버린 거구나. 말 그대로 200년 전의 전쟁이 일어날 법한 상황인 건가."

그리 자세한 것은 모른다고 하면서도 마라 씨의 눈썹이 찌푸려졌다. 세상에……. 어떻게 해야 하지?!

"상정하지 못한 일이 일어났어. 이거 동료들에게 알려야겠는데."

"저, 저기! 슈리에 씨랑 커터 씨에게는 바로 던달할 수 이써요!"

후우는 네프리에게, 호무라는 지그루에게 전언을 부탁하면 바로 전해질 것이다. 같은 계통의 정령이니까!

『주인님, 일이야? 나 바로 갈게.』

『주인님, 나는 다른 녀석들보다 조금 시간이 얼릴지도 몰라. 그래도 할게!』

자연에 존재하는 바람이나 곳곳에서 타오르는 불을 통해 말을 전달한다고 하니까 확실히 불은 바람보다 느릴 것 같다. 그래도 정령들이 직접 이동하는 것보다 훨씬 빠르니까 충분하다. 아, 쇼의 이동속도는 예외고. 쇼에게 부탁할 수도 있지만, 요즘은 계속 멀리 가는 일을 맡겼으니까 걱정되는 것도 있고, 만약 무슨 일이 있을 때 옆에 있어 주길 바라기 때문에 이번에는 휴식이다!

"부탁할 수 있을까?"

"네! 마왕님이 분노로 이성을 일코 폭주하고 있씀미다, 라고 하면 대요? 너무 길면 정령이 외우지 못하거든요."

"그거면 돼. ……부탁한다."

기르 씨가 머리를 쓰다듬어준 덕분에 나는 한층 의욕이 차올랐다. 단순하다!

"맡겨주세요!"

주먹으로 가슴을 쿵 두드린 후 바로 후우와 호무라에게 전언을 맡겼다. 부탁할게! 하고 보내고 있었더니 기르 씨가 조용히 입을 열었다.

"메구. 사과해야만 하는 게 있다."

사과? 기르 씨가? 뭐지…….

"사실은 네 어머니가 이미 숨을 거뒀을 가능성이 크다는 걸 알고 있었어."

"네……?"

힐끗 올려다보자 니카 씨도 밍망한 표정을 짓고 있었다. 이야기를 들어보자, 나를 던전에서 발견한 그때 기르 씨는 내 이어커프에서 보호 마법이 발동하고 있었다는 걸 알아차렸다고 한다. 그리고 그 마법이 나를 발견했을 때는 깨끗하게 사라졌다나. 이어커프에는 마력이 남아있지 않았다고 했다. 그게 의미하는 건…… 술자의 사망. 분명 나를 지키려고 한 누군가가, 아마도 어머니가 그때 죽은 게 아니냐고 예상했었다고. 그 이야기는 두목인 아빠도 들어서 알고 있었지만, 하이 엘프 마을이라는 특수한 장소에 있으니까 마법이 끊어졌을 가능성이 있고, 마법을 건 사람이 다른 사람일 가능성도 있으니까 결국 말을 하지 않기로 했다고 설명해주었다. 아마 아빠도 마왕님에게 그 이야기를 하지 않았을 것이라는 말도.

"불안을 자극하는 건 피하고 싶었다. 사실이 확실해질 때까지 말할 수 없었어. ……미안하다."

가볍게 머리를 숙여 사과하는 기르 씨를 당황하며 바라보았다. 당연히 나는 그것에 대해 화나거나 슬퍼하지 않는다. 왜냐하면 나를 위해 말하지 않은 거니까. 그러니 나는 다급히 고개를 붕붕 도리질했다.

"지금 말해주셨자나요. 그러니까 갠차나요."

그래. 결과적으로는 가르쳐주었는걸. 불평할 만한 이유는 전혀 없다. 내가 기르 씨를 향해 웃자 부드럽게 머리를 쓰다듬어주었다. 에헤헤.

『주인님! 답변 왔어.』

"어? 벌써?!"

그때 후우의 목소리가 들렸다. 무시무시한 속도다. 역시 바람이구나. 나는 기르 씨, 니카 씨, 그리고 마라 씨에게도 말을 걸어 후우가 전달해준 전언을 듣기 시작했다.

6 네모 조사반

【케이】

　우리 네모 조사반은 이틀 정도 순조롭게 정보를 모아나갔다. 아니, 제법 스릴 만점이었지만 말이야. 보람이 있는 임무였다고. 이 스릴이 또 흥분된단 말이지. 중독될 것 같다.

　뭐, 네모의 보스라고 하는 하이 엘프가 자리를 비웠기 때문이기는 해. 중요서류가 있는 방이며 보스의 방이며 여유롭게 침입할 수 있었으니까. 두 번 정도 들켜서 약 10명을 재워야 했지만. 역시 특급 길드라고 해야 할까. 아, 물론 기억 조작도 잊지 않았다. 나는 최면계 마법도 특기거든. 오르투스가 불리해지는 정보는 지워야지. ……우리와 마찬가지로 기억을 뒤지면 들키겠지만. 사소한 일이다. 내가 잡히지만 않으면 돼.

　"뭐라고 해야 하나, 할 줄 알기는 했지만. 용케 이렇게까지 긁어모았구나……."

　아하. 조금 황당해하네. 하지만 뭐 어때. 나는 일 처리가 철저하다고.

　"역시 케이로군요. 이쪽도 상당한 정보를 모았습니다. 네모는 빈곤 지역의 몇몇 마을에 금전적 원조를 하고 있더군요."

　나를 칭찬해준 건 고맙지만, 슈리엘레치노의 조사 결과도 제법 대단했다. 흐음, 그렇군. 기브 앤드 테이크라는 거지. 네모도 참 잘 굴리고 있네. 그냥 악랄하기만 한 길드가 아니라는 건가. 뭐, 특급 길드니까 당연한 일이지만, 두목의 얼굴을 봐도 석연치 않다는 게 본심이다.

"다만 눈물을 머금고 능력이 뛰어난 인물을 넘기고 있는 것 같기는 했습니다. 능력이 뛰어난 자를 빼가기 때문에 마을의 발전이 거기서 멈춰버리는데 말이죠. 그 때문에 빈곤에서 벗어나지 못합니다. 당장 급한 수입에 눈이 멀어서 그걸 눈치채지 못하는 모양입니다."

완전히 악순환이다. 네모 역시 그 점은 눈치채고 있을 터. 그런데도 그 점을 지적하지 않고, 그저 인재를 확보해서 원조만 한다. ……나쁜 짓을 하는 것도 아니고 그에 걸맞은, 오히려 그 이상의 금전적 원조를 해주기 때문에 영웅 대접까지 받는다는 구조인가. 근본적인 해결이 되지 않는다는 걸 알아차리는 사람은 그렇게 빼돌려진 우수한 인재뿐. 아, 진짜 답답하다니까.

"귀찮아 죽겠네. 확 쓸어버릴까."

"단락적이고 과격하지만, 일리가 아예 없지는 않은 의견이군요."

결국 무언가를 계기 삼아 네모라는 조직을 한 번 박살 내 놓는 것이 편하긴 하다. 불행한 사고나 자업자득인 시비 같은 걸로 말이지.

"그럼 슬슬 네모도 우리 길드에……?!"

"왜 그래? 슈리에."

슈리엘레치노가 중간에 말을 멈췄다. 뭐지. 정령에게서 연락이라도 왔나? 내 예상은 적중했다.

"……두목. 메구가 보낸 전언입니다."

"메구에게서……?"

길드 대기반인 줄 알았더니 뜻밖의 메구였다. 하이 엘프 마을에서 무슨 일이 일어난 건가? 걱정되네…….

"들려줘."

"네. '하이 엘프 마을에서 마왕이 분노로 이성을 잃었다'고 합니다."

"그, 그 녀석이……!!"

이거 조금 난감한 상황이 되었나? 기르난디오가 있으니까 괜찮을 테지만, 다들 메구의 안부가 걱정될 것이다.

"……어쩔 수 없지. 이쪽을 빨리 정리하지 않는 한 달려갈 수도 없으니까."

"……즉?"

그런 거지? 후후, 흥분해서 몸이 떨려.

"쳐들어간다."

두목의 그 한마디에 우리는 제각기 입가에 미소를 띠었다.

【유진】

"하지만 갑자기 쳐들어가서 공격을 가하자는 건 아니야. 잠시 기다려. 곧 찾아올 혼란에 편승하자고."

아슈가 분노로 이성을 잃었다. 즉 200년 전의 악몽이 재현되었다는 거다. 참나, 그 녀석은 무슨 짓을 하는 건지. 사알짝 예상은 하고 있었지만. 그건 닥치고 있자.

성가신 사태지만, 써먹으려면 써먹을 수 있다. 어차피 일어나 버린 일이고 아슈를 제압할 수 있는 건 나 정도다. 당분간은 이 상황을 이용하도록 하자. ……메구가 걱정이긴 한데. 기르가 잘 버텨주길 바라야지. 니카도 크론도 있고. 하지만.

"하이 엘프들이 어떻게 나올지가 문제군요……. 아무래도 적대는 하지 않는 모양이지만요."

"그걸 메구에게 물어봐 줄 수 있어? 안다고 서두를 수 있는 건 아니지만, 마음가짐이 달라지잖아."

슈리에는 '알겠습니다'라고 대답하며 바로 정령에게 지시를 내렸다. 짧은 문장만 주고받을 수 있다는 게 단점이지만, 이 세계에서 바로 전언을 교환할 수 있는 수단은 한정되어 있는 만큼 귀중한 능력이기도 하다. 심지어 슈리에는 정령 중에서는 가장 빠르게 대화를 주고받을 수 있다는 바람이 가장 특기인 엘프. 메구에게서는 조금 시간이 걸리지만, 슈리에가 보내는 전언은 아주 빠르다.

그렇게 잠시 기다리고. 전언 교환을 마친 듯한 슈리에가 다소 놀란 얼굴로 보고했다.

"아무래도 하이 엘프 마을의 주민은 이쪽에 협력적인 모양입니다. 적대하면서 현재 세간에 퍼진 하이 엘프의 나쁜 이미지대로 나오는 건 셰르멜호른 뿐이라고 하네요. 이거 좋은 오산이었는데요."

이거 놀라운 사실인데. 네모 녀석들과 하이 엘프들과도 전쟁이 벌어질 줄 알았으니 상황이 아주 편해졌다. ……아니. 아슈가 폭주하고 있었지. 200년 전처럼 마물들이 난동을 부리고 적·아군 상관없이 공격해대는 걸 고려하면 더 나쁜 상황인가.

"그리고…… 역시 옌나리에아르는 죽었다고 합니다."

"……그래."

일말의 희망은 붙잡고 있었지만. 그럴 가능성이 컸다. 하지만 설마 그 이유 하나로 아슈가 분노한 것은 아닐 테지?

"셰르멜호른이 옌나리에아르를 모욕하고 무덤을 파괴하는 바람에 마왕이 분노하여 이성을 잃었다고 하네요."

그렇군. 죽음을 알게 된 직후에 그런 일이 벌어졌다면 어쩔 수 없지. 그 녀석은 원래 금방 감정적으로 구는 녀석이니까. 장점이기도 하고 단점이기도 하다.

그렇게 된다면 일단 분노의 칼끝은 셰르멜호른을 향했다고 생각해도 될 것이다. 적·아군의 경계가 무너질 정도로 자아가 붕괴하기 전에 달려갈 수 있다면 좋겠는데. 거기까지 가면 정말 악몽의 재래가 되고 만다.

"그나저나…… 한정된 단문 교환으로 용케 거기까지 자세한 내막을 알았네."

케이가 감탄하며 슈리에게 말을 걸었다. 확실히 그 말대로다. 교환 자체도 세 번 정도밖에 하지 않은 것 같던데.

"메구가 아주 정확하게 알려주거든요. 목소리의 정령의 힘도 크고요. 메구가 하고 싶은 말을 목소리의 정령이 정령의 말로 변환해서 전달해줄 수 있다고 합니다."

"와, 그거 반칙 수준이잖아? 즉 그만큼 자연 마법도 잘 다룰 수 있다는 거로군."

"후후, 메구도 우리의 어엿한 전력이구나. 대단한데."

정령을 다루는 게 얼마나 까다로운지는 옛날에 옌나에게 들은 적이 있다. 하이 엘프는 엘프보다 고위 정령을 사역하기 쉬울 뿐, 다루는 것 자체는 다른 자와 마찬가지로 고생한다. 수명이 길기 때문에 오래 다루면서 익숙해진다는 점도 더해져 무시무시한 힘을 지니는 것에 불과하다나. 아무튼 강한 힘을 지녔다는 시점에서 위협적이지만.

하지만 메구는 그렇게 어린 나이에 다들 고전하는 관문을 이토록 쉽게 돌파하고 말았다. 이건 성장이 기대되기도 하고, 무섭기도 하다.

"! 왔군."

그러는 사이에 기다리던 '때'가 온 모양이었다.

"······마을을 수호하는 방벽도 큰 의미가 없군요. 세인슬레이국은 특히 치안이 나쁜 나라이니까요."

"으음, 돈벌이만 생각하니까 그런 방면에 돈과 수고를 들이지 않는 거지. 여차할 때 막대한 피해가 나오는데 말이야. 안타깝게도."

그 말대로다. 다른 나라는 200년 전의 일을 잊지 않고, 그리고 여차할 때를 위해 마을을 에워싸는 방벽을 제법 튼튼하게 만들어두었다. 그렇게 간단히 돌파되지 않는다. 적어도 길드원이나 모험가가 달려올 때까지는 버틸 수 있다. 하지만 이 나라의 방벽은 장식이다. 뭐, 그렇기 때문에 나쁜 짓을 하기도 쉬워서 치안도 나쁜 거지만. 즉 무슨 소리냐 하면.

"마을에 마물이 침입했습니다. 계속 기다릴까요?"

"그래. 길드 내부가 혼란스러워질 때까지 기다리자고."

아슈의 영향으로 흉포해진 마물이 평소에는 접근도 하지 않는 마을을 공격하기 시작한다. 마물은 마력을 감지해 생명 반응을 확인하고 공격한다. 전투본능을 극한까지 끌어올린 마물들은 이성을 잃고 본능을 따르니까.

"으음, 마을 중심부에서도 비명과 전투 소리가 들리기 시작했어."

드디어 대혼란이 코앞이다. 하지만 이 땅에 사는 사람들을 구해줄 의무는 없다. 매정한 것 같지만 우리의 목적은 따로 있으니까. 게다가 무법자가 많은 이 나라에 사는 사람들은 만든 적은 스스로를 보호할 수단을 지닌 자들이다. 방심이나 제힘을 과신해서 마물에게 덤볐다가 죽는다고 해도 그건 본인의 책임이다. 역량을 파악한 자들은 처음부터 도망쳤고, 그 정도의 시간과 도망칠 곳은 있으니까.

"움직이기 시작했습니다. 특급 길드 주제에 반응이 늦군요."

무엇보다 여기에는 특급 길드 네모가 있다. 마을 사람들의 구조는 녀석들의 일이다. 구조하는 사이에 마물이나 **무언가**에 의해 본거지가 엉망이 된다고 해도 구조를 우선해야만 한다. 어이쿠. 나도 모르게 입꼬리가 올라가는구먼.

"두목, 완전히 악당 같은 얼굴이야."

"너무하잖아. 세상을 구한 영웅에게."

쿡쿡 웃는 케이도, 우리 둘을 보고 쓴웃음을 짓는 슈리에도, 그리고 나도. 오랜만에 느끼는 마물들이 날뛰는 기척과 이 분위기에 감정이 고양되는 걸 느끼고 있다. 특히 케이는 마족 다음으로 마왕의 마력 폭주 영향을 받기 쉬운 아인이니까. 자꾸만 피가 끓어오르는 모양이었다. 다만 착각은 하지 말 것. 나는 평화를 좋아한다. 오히려 평생 빈둥거리다가 가고 싶다. 하지만 역시 이런 전장에 가슴이 들뜨는 것은 아인이나 엘프로서의 본능인 거겠지. 나? 뭔 소리냐. 나는 평범한 인간이다. 마찬가지로 가슴이 들뜨는 건 아슈와 교환한 반쪽의 영혼 때문이다.

우리는 계속해서 건물 뒤에 숨어 특급 길드 네모를 관찰하며 각자 언제든지 뛰쳐나갈 수 있도록 간단히 준비운동을 시작했다.

"나왔습니다. 분명 마을 구조대와 마물 토벌대겠죠. 지금이라면 길드 안쪽은 수비가 약합니다."

"……지금 잠입했다면 정보를 편히 모을 수 있었을 텐데."

"무슨 소리야. 지금이면 마물의 습격에도 조심해야만 하잖아?"

"으음, 그도 그렇지."

그런 가벼운 대화를 주고받으며 시야 구석에 마물의 모습을 포착했다. 길드를 지키는 녀석들이 응전하는 모양이었다. 하지만 마물은 계속해서 길드를 향해 덤벼들었다. 그야 강해 보이는 마력을 뿌리는 장소에 모여들 테지. 제 몸에서 발산하는 마력을 억누르지도 않는 걸 고면, 이건 더 진한 마력이 느껴지는 곳을 향해 모여드는 마물의 습성을 활용한 작전이다. 마을에 가지 않도록 하는 미끼 작전이라는 건가. 좋은 아이디어이긴 하네. 실력만 받쳐준다면 그렇겠지만.

"두목, 아직입니까?"

슬슬 마물들에게 밀리기 시작했을 때 인내심이 끊어진 슈리에의 목소리가 들렸다. 오, 별일인데.

"좋아. 밀리고 있는 불쌍한 네모를 도와주자고. 그때 건물이 붕괴하거나 인재가 도망치는 등의 사고가 일어날지도 모르지만, 각자 **조심해라.**"

"알았어."

"알겠습니다."

나는 대답을 듣자마자 뛰쳐나갔다. 혹시 가장 근질근질하던 사람은 나였나? 슈리에와 케이가 쿡쿡 웃은 거 다 들었거든? 어쩔 수 없지. 이건 아슈의 영혼 때문이라고. 아슈의 영혼.

마물 무리로 돌격해서 척척 쓰러트려 나가는 우리들. 늦다, 부족하다, 그런 감상이 튀어나왔다. 이상하네. 나는 원래 평화에 절여져 있기로 유명한 현대 일본인인데. 확실히 이 세계에 온 직후에는 마물이라고 해도 죽이는 걸 주저했다. 하지만 전쟁 한복판에서도 계속 망설일 수는 없었기에 어느새 익숙해지고 말았다. 말투도 거칠어졌다는 자각이 있다. 이거 우리 딸에게는 들려줄 수 없겠는걸. 오, 또 세 마리. 몇 초 만에 10마리 정도의 마물을 처치하면서 그런 생각을 할 여유마저 있었다.

"언제 봐도 반칙이군요, 그 무기."

"그러니까 말이야. 나도 쓰고 싶어."

"미안하다. 하지만 이건 내 전용기라서."

슈리에가 '알고말고요' 하고 농담을 던지며 바람이며 물의 자연 마법을 투척해댔다. 누가 반칙이라는 거냐.

"으음, 하지만 두목은 그런 무기를 쓰지 않아도 충분히 강한데."

"무슨 소리야. 나도 슬슬 나이를 먹었으니까 편하게 좀 가자."

케이는 '나이를 먹었으니까 몸을 더 움직이는 게 좋다고 보는데.'라며 생글생글 웃는 얼굴로 춤을 추듯이 채찍을 날려댔다. 진짜 이 녀석은 조용하고 아름답게 싸운단 말이지. 채찍에는 독의 마력도 담겨있다고 하니 골치 아프다. 역시 뱀. 보기만 화려한 게 아니다.

"간단하고 빠르게 많은 적을 쓰러트리기에는 딱 좋다고, 총이라는 건. 게다가 마물은 최대한 만지기 싫어."

"그건 전면적으로 동의하지만, 두목의 이상한 점은 그런 작은 마력 덩어리로 한 번에 급소를 꿰뚫어서 쓰러트린다는 점이에요."

"으음, 확실히 이 상태의 마물은 특히 정신을 뒤집어놓는 마력을 방출하니까. 그리고 두목이 이상하다는 것도 동의."

이 녀석들, 나에 대한 인식이 너무하지 않아? 뭐, 됐다. 그렇다. 내가 사용하는 건 연사가 가능한 권총. 하지만 총알이 아니라 마력을 담는 거니까 예전에 살던 세계에 있던 권총과는 구조부터 다르다. 솔직히 권총의 구조에 대해 아는 게 없었으니까. 완전히 내 상상력만으로 만들어낸 내 전용 무기다.

즉, 총 자체도 마력으로 구현한 것에 불과하다. 따라서 내가 손에서 놓으면 바로 사라져버린다. 하지만 이게 손에는 착 감긴

다. 참고로 차도 같은 원리로 만들어내고 있다.

"너, 너희는 누구냐?!"

셋이서 요란하게 날뛰고 있으면 그야 바로 눈치채겠지. 오히려 늦은 편이다. 네모 녀석들이 우리의 존재를 알아채기 시작한 모양이었다.

"거 뭐냐, 신경 쓰지 마."

"지나가던 사람입니다."

"아, 한눈파니까 건물 안으로 마물이 들어갔잖아."

적당히 대꾸하면서 마력을 날려 마물이 건물 안으로 들어가도록 은근슬쩍 유도했다. 뻔뻔한 케이의 발언에는 조금 웃음이 터질 뻔했다. 우리가 무너트리는 것보다는 마물들이 날뛰다가 무너트리는 게 편하잖아. 다만 네모에 있는 인재라는 이름의 노예들 쪽으로는 가지 않도록 세심한 주의를 기울이는 걸 잊지 않았다.

"토벌 도와줄 테니까 실례."

"무슨, 자, 잠깐……!"

"비켜주세요, 방해됩니다."

"실례합니다."

다소 혼란스러운 듯한 남자를 밀치고 길드 안에 성큼성큼 들어갔다. 거짓말은 아니다. 마물도 제대로 퇴치하고 있다고. 건물을 배려하지 않을 뿐이다.

"내 뒤를 따라와. 내부는 이미 파악했습니다."

"오, 편하게 가도록 할까."

"으음. 안 돼, 두목. 진행 방향을 청소하는 건 제대로 도와줘."

마물을 퇴치하면서 앞장서는 줄 알았는데 아쉬워라. 전혀 안 쓰러트리겠다는 건 아니었지만. 에둘러 혼자 놀지 말라는 잔소리를 들은 기분이다. 살아있는 뱀처럼 매끈하게 휘어지는 채찍이 마물의 급소를 적확하게 노리고 있으니 일소하는 것도 불가능한 요구는 아니잖아?

"두목은 게으름을 피우는 습관이 있으니까요. 아, 보세요. 돌아 들어왔습니다. 마물과 길드원."

"슈리에 너. 네가 바람으로 녀석들이 가는 길을 유도했잖아."

'뭐 문제라도 있습니까?'라는 말과 함께 날아온 미소. 지금은 닥치고 있어야겠다. 진짜 무섭다니까!

아무튼, 마침내 네모의 길드원도 우리의 적이 되기 시작했다. 드디어. 역시 이 길드는 연계와 고찰, 그 외 기타 등등의 교육이 제대로 되어있지 않다. 우리 길드였다면 건물 안에 수상한 사람이 들어온 시점에서 함정의 먹잇감이 되었을 텐데. 애초에 건물에 접근한 시점에서 감시가 붙는다. 너무 예민하다고? 유비무환인 법.

"멈춰라!"

"어이쿠."

오오, 드디어 쓸만한 녀석이 등장했나? 이 두 녀석은 본 적이 있다. 전쟁 때 봤던 것 같은데. 실력은 뛰어나지만 아무래도 사고방식이 위험한 녀석과 야만적인 녀석이라 스카웃은 하지 않았던 걸로 기억한다. 그랬더니 왜 자기들을 부르지 않은 거냐며 적반하장으로 원망했지. ……저 원한 어린 눈빛을 보아하니 아직도 꽁해있는 모양이다. 이름은…… 어, 잊었고.

"왜 오르투스 녀석들이 여기에 있는 건지 모르겠지만, 작전에 참가하지 못했던 울분을 풀기에는 딱 좋은데!"

"어라, 작전이라고요?"

"흥, 안 가르쳐줄 거다!"

히죽히죽 득의양양한 미소를 짓는 두 사람. 너무 멍청해서 반대로 애착이 생길 수준이다. 우리가 아무것도 모른 채 온 줄 알고 있는 거겠지. 다행이다. 왜 우리가 여기에 왔는지 조금 더 생각해보자꾸나.

"가르쳐달라고 바란 적도 없는데요."

"이 자식…… 반질반질한 얼굴로……!"

게다가 발화점도 낮다. 역시 스카웃하지 않길 잘했다.

"따라와!"

"싫습니다. 애초에 지금 그럴 상황이 아니라는 건 알고 계신 건가요? 빨리 마물을 퇴치하시죠?"

"아하하. 소용없어, 슈리엘레치노. 이 사람들의 지능으로 알 수 있을 리가."

"……진짜로 붙자 이거지?"

오, 슈리에와 케이의 도발에 홀랑 넘어갔네. 두 사람의 분위기가 바뀌었다. 그 아우라는 역시 강자의 그것이긴 한데……. 너무 단순해서 종합적으로 낙제점인 녀석들이다.

"남자인지 여자인지 알 수 없는 놈들에게 지지 말라고."

"당연하지."

저런, 일 났네. 그거 지뢰거든. 보라고. 나는 지금 두 사람의 뒷모습밖에 보이지 않으니 미소 옵션은 보이지 않지만, 범상치 않은 냉기가 떠돌고 있다. 정면에 있는 너희들은 분명 무서울 테지. 순간 얼어붙은 거 다 봤거든?

"사, 사실을 말한 것뿐이잖아! 남자라면 남자답게 주먹으로 덤벼!! 마법밖에 못 쓰는 비실이 새끼야!"

"⋯⋯그렇다고 합니다만. 괜찮을까요? 두목."

"⋯⋯하아, 마음대로 해."

뒤를 돌아보지 않은 채로 그렇게 말한 슈리에게 한숨을 쉬면서 허가를 내렸다. 즉 마법으로 건물을 파괴하는 건 바랄 수 없다는 거지. 쳇, 편히 가려고 했는데.

"그럼 나는 저쪽의 작은 사람을 상대하면 되나?"

"누가 꼬맹이냐, 이놈아!"

"꼬맹이라고 한 적도 없고 나는 놈도 아닌데 말이야."

아무래도 슈리에도 케이도 의욕은 넘치는 모양이니, 나는 몰래 마물을 유도하면서 여유롭게 관전하도록 하실까. 이 녀석들도 슬슬 분노를 발산하고 싶을 테고.

"우리 동료에게 손을 대려는 녀석들이니까. 사양할 필요 없어."

"이해력이 넘치는 사람이라 다행이네요."

"아하. 그럼 사양 않고 가도록 할게."

건물 안의 좁은 복도에서 오르투스와 네모라는 두 특급 길드의 주요 전력일 네 사람의 전투가 지금 시작되었다.

케이와 마주 보고 선 녀석은 키가 작은 남자. 아마 도마뱀인가 뭐 그 친척 아인으로 보인다. 자세한 종족은 모르고. 솔직히 우리 길드원의 종족조차 헷갈릴 정도다. 그것도 어쩔 수 없다. 이것만큼은 이전 세계의 상식이 덜 전환되었으니까. 뭐, 옛날부터 사람의 이름을 외우는 걸 어려워했다. 대충 양해해주라.

"큭……. 슬렁슬렁 피하기나 하다니. 도망치기만 하고 공격은 안 하는 거냐? 새끼야!"

키가 작은 남자는 나이프에 마력을 담아 던지면서 공격해왔지만 케이에게는 맞지 않았다. 케이는 춤을 추는 듯한 스텝을 밟으며 어렵지 않게 모든 나이프를 피해냈다. 아닌 척 대단하잖아. 던지는 쪽도 반드시 급소를 노려대는 데다 한 번에 30개씩 던져댄다. 아마 하나라도 맞았다간 즉사할 법한 공격인데. 그걸 태연하게 던지는 걸 보면 역시 녀석도 어느 정도 실력이 좋다는 게 잘 보였다. 하아, 아까워라.

"어? 공격해도 괜찮아?"

"뭐라고?!"

뭐, 케이에게는 의미가 없는 공격이지만. 육탄전이 아니라면 케이는 어지간해선 지지 않는다. 그나저나 바로 공격하지 않는 걸 보면 케이도 짜증이 났나 보네. 전부 쉽게 피해버려서 상대방에게 네 공격은 헛수고임을 보여주고, 그 자신만만한 콧대를 꺾어놓고 있다. 키가 작은 남자는 짜증을 숨기려고 하지도 않았다. 저거, 이 길드에서는 톱클래스라면서 떠받들어졌던 거겠지. 몸만 작은 게 아닌가 보다.

"그럼 리허설 가볼까? 자, 오른손. 다음은 왼쪽 어깨."

"무슨, 큭…… 끄악!!"

일부러 공격 부위를 선언해주고 있는데도 케이가 날리는 채찍에 농락당하고 있다. 그도 그럴 것이, 케이의 공격은 보통 사람은 눈으로 보는 것조차 어려운 수준이니까. 선언과 동시에 공격하고 있다고 생각할지도 모르지만 저건 확실하게 선언을 먼저하고 나중에 손을 움직이는 거다. 저런, 케이에게는 연습 상대조차 되지 않나 보다. 힘내라.

"이, 이게…… 여자는 여자답게 얌전히 있으란 말이다!!"

실컷 도발을 당하다 결국 격노한 건지. 키가 작은 남자는 마물형으로 모습을 바꾸었다. 오오, 크네. 2m 정도 되는 도마뱀이다. 하지만 이 장소에선 움직이기 불편하지 않나?

"으랴!!"

"음."

오오, 덩치가 큰 것 치고는 재빠른데. 좁은 복도의 벽과 천장을 타고 단숨에 케이와의 거리를 좁혔다. 덕분에 호리호리한 케이는 거대 도마뱀에 깔리고 만 모양이었다.

『히히히…… 이제 움직이지 못하겠지? 그럼 어떻게 요리해줄까? 응? 아가씨.』

혀를 날름거리면서 승리에 젖어있는 거대 도마뱀. 우와, 징그럽다. 옆에서 보는 내 속이 울렁거린다. 케이의 불쾌 지수는 천장을 돌파해서 하늘을 찌르고 있겠지.

"난 접근전은 안 좋아하는데 말이야."

진심으로 질색이라는 듯 눈썹을 찡그리며 중얼거리는 케이. 그걸 본 거대 도마뱀은 어째서인지 아주 기뻐하면서 천박한 웃음을 터트렸다.

『그럼 여자답게 귀여운 비명이라도 지르면서 살려달라고 빌어봐. 그 전에 짓눌러……?!』

거대 도마뱀은 끝까지 말하지 못했다. 왜냐하면 마물형으로 모습을 바꾼 케이가 박수가 나올 정도로 훌륭한 조르기를 선보였기 때문이다. 케이는 마물형이 될 때 크기도 어느 정도 자유롭게 바꿀 수 있다. 지금은 아마 최대치까지 키운 크기겠지. 저 거대 도마뱀이 케이에게 칭칭 감겨서 움직이기는커녕 목소리조차 내지 못하고 있으니까.

이윽고 거대 도마뱀인 축 늘어져서 움직이지 않게 되었다. ……끝났군. 묵념. 하얗고 매끈한 꽃빛뱀은 평상시의 케이의 모습으로 돌아왔다.

"남자답다, 여자답다…… 그런 누가 정한 건지도 알 수 없는 애매한 기준으로 사람을 재단하다니 한심하기는. 무엇보다 자신답게 살아가야 하는 법이잖아?"

휘우, 멋있어라. 나는 무심코 휘파람을 불었다.

다른 쪽에서는 슈리에가 자신을 향해 덤벼드는 키 큰 남자의 공격을 바람 마법과 민첩한 움직임으로 피하고 있었다. 남자의 무거우면서도 재빠른 주먹. 맞으면 날아가겠는데. 휘두르기만 해도 주위의 벽과 바닥이 푹푹 파인다. 이대로 건물을 모조리 파괴해주지는 않으려나?

"엘프는! 마법만 쓰고! 비실비실한 놈이! 많단 말이지!"

"뭐, 마법 특화라는 건 사실이니까요. 특기 분야를 구사하는
건 당연하잖아요?"

"흥! 그것 말곤! 재주가 없다는! 거지!"

공격을 날릴 때마다 일일히 말하는 남자. 그건가? 잔챙이는
말이 많다는 방정식이라도 잇는 건가?

"당신도 같은 공격밖에 안 하잖아요. 재주가 없는 건 어느 쪽
인가요? 심지어 스치지도 않고 있는데요."

"여유 부릴 수 있는 것도 지금뿐이다!"

별안간 남자가 슈리에를 향하고 있던 주먹을 발치로 날렸다.
바닥에 금이 가더니 거기서부터 벽을 타고 천장까지 균열이 퍼
졌다. 오, 좋은데. 그대로 건물 파괴해주라.

"날아가라!"

"! 조금은 하는군요."

한발 늦게 무너진 파편 하나하나가 폭발하기 시작했다. 좋아,
이거야. 이거! 이 능력이라면 순식간에 건물을 날려버릴 수 있
는데. 이 녀석은 아마 바위와 대형짐승 쪽 아인일 거다. 부수는
것도 되돌리는 것도 자유자재. 하지만 이 녀석은 마력 제어가
어설프니까 되돌리는 건 어려워할 것이다. 뭐, 아무래도 상관없
는 분석이지만.

"고마워, 두목. 알아서 막을 수 있었는데."

"뭐 어때. 너희는 싸웠으니까. 이 정도는 하게 해줘."

"심심풀이도 안 됐는걸?"

"……말은."

이쪽으로 날아온 바위에 맞지 않도록 나와 케이 주위에 간이 결계를 쳤다. 맞아봤자 우리에게는 별다른 대미지도 안 들어오지만. 굳이 맞아주는 것도 싫었고. 슈리에게는 아무것도 하지 않았다. 손을 댔다간 나중에 들을 잔소리가 무섭거든!

"무슨…… 멀쩡하다니!"

"어라, 막혀본 경험이 없나요?"

상처 하나 없이 서 있는 슈리에를 보고 경악하는 남자. 보통은 수많은 파편을 다 피하지도 못하고 결계를 친다고 해도 다소 대미지가 남을 정도의 위력이기도 했으니까. 한 번 더 말하지만, 보통은 그렇다는 거다.

"우리 길드에는 이 정도는 숨을 쉬듯 대처할 수 있는 사람이 여럿 있는데요. 상당히 좁은 세계에서 대장 노릇을 하며 살아오셨군요?"

"이, 자식……!"

변함없이 슈리에의 도발은 천하일품이다. 곱디고운 미소로 저런다는 게 또…… 알면서 일부러 웃는 거겠지. 어후, 무서워라.

"그럼. 이제 그만 끝내도록 하죠."

"뭐, 라고?!"

말 그대로 순삭이었다.

슈리에는 말을 마치자마자 모습을 감췄다. 다음 순간, 슈리에의 하얀 주먹이 남자의 오른쪽 뺨에 꽂히더니 그대로 바닥을 향해 남자를 때려눕혔다. 그 충격으로 주위의 벽과 천장이 우르르 무너져내렸다. 자신이나 우리 주위에는 파편이 떨어지지 않도록 바람 마법으로 대응하는 여유까지. 뭉게뭉게 피어오른 먼지구름이 가신 것과 동시에 슈리에가 일어나는 그림자가 보였다.

"친절히 요청사항에 맞춰서 주먹으로 해결해드렸습니다. 남자답게, 말이죠."

한층 더 날카로운 비아냥! 하지만 못 들었겠지. 슈리에의 발치에는 흰자위를 까뒤집고 기절한 남자가 쓰러져 있었으니까.

마물 습격도 조금 진정된 것 같으니, 우선 우리는 바닥에 굴러다니는 이인조 앞에서 대화하기 시작했다.

"애초에 이 녀석들, 내 존재를 너무 무시하잖아. 승산이 없다는 것도 눈치채지 못하다니. 뇌가 얼마나 청순한 건지."

그걸 빼고 생각해도 우리 길드의 주요 구성원은 자신의 약점을 숙지하고 있으며 대응책도 보유하고 있다. 그런 점까지 생각하지 못한다는 게 영락없는 잔챙이라니까. 에휴.

"뭐, 이러니저러니 해도 이 녀석들 덕분에 건물을 쉽게 파괴할 수 있었으니 잘 된 걸로 쳐야지. 남은 건 국왕에게 연락하면서 보란 듯이 비합법 증거서류를 놓고 튀는 것뿐인가. 노예들은 국가에서 보낸 사람이 발견하게 하자고."

"……두목. 이걸 봐주세요."

생각했던 것보다 쉬운 일이었다며 하품하는 나에게 슈리에가 말을 걸었다. 그쪽을 보자 쓰러져 있는 남자 옆에 연락용 마도구가 떨어져 있었다. 이건 두 개가 하나의 짝을 이루는 마도구로, 보기에는 약한 유리판이지만 그리 쉽게 깨지지 않는 신기한 소재로 만들어져 있다. 한쪽에 적힌 메모가 다른 한쪽에도 나타나는 게 끝인 간단한 구조지만 쓰기 편하기 때문에 세계적으로 유통되는 도구다. 그 유리판에는 이렇게 적혀 있었다.

〈타깃인 아이를 수중에 넣었다.〉

"이 녀석들이 여유로웠던 이유가 이거였나……!"
"……틀렸어요. 마구에게서 대답이 없습니다."
바람의 정령으로 연락을 시도한 모양이었다. 슈리에가 조금 초조해하며 그렇게 알렸다.
"두목, 빨리 가자."
"그래. 이러고 있을 때가 아니야."
우리는 부리나케 사후처리를 끝낸 후 곧장 하이 엘프 마을로 향했다. 대체 무슨 일이 있었던 거지……?!

제2장 ✦ 인연

1 오르투스 대기반

"좋아! 준비는 완벽해!"

다들 떠나간 뒤, 우리 길드 대기반은 서둘러 준비를 시작했다. 길드에 남은 인원을 모조리 긁어모아서 작업. 그리고 무엇보다 중요한 건에 대해서는 절대로 실수할 수 없으니까 확인 작업은 내가 직접 돌아다녔다.

"사우라, 민간인 피난은 괜찮았지?"

"아, 루드. 괜찮았어. 네가 확인한 거라면 틀림없다는 건 알지만 확인 작업은 몇 번을 해도 과하지 않은 법이니까. 만에 하나는 생각하기도 싫은걸."

"직접 현장에 가서 확인하는 건 헛수고가 아니야. 그 의견에는 동의해."

그렇다. 가장 중요한 건 마을 사람들의 안전. 이 마을은 우리 오르투스의 힘으로 치안을 유지하고 부족함 없이 생활할 수 있는 대신, 여차할 때는 위험에 노출될 가능성이 있다. 그걸 받아들인 사람들에게만 거주 권리가 주어지니 이 마을의 사람들은 다들 이해해주지만…….

"미리 습격이 온다는 걸 알고 있잖아. 마을에까지 피해가 가진 않을 거라고 보지만…… 혹시 모를 사태를 대비하는 건 반드시 필요한 일이야."

나는 이 마을을 좋아한다. 마을에 사는 사람들을 좋아한다. 그러니 사람들에게 최대한 피해가 가지 않도록 최선을 다하는 것은 당연하다. 건물 피해도 최소한으로 줄이고 싶으니까 간이 결계 마도구를 마을 곳곳에 설치했다. 무엇을 위한 예산인데. 이럴 때 써야지!

"이랬는데 습격이 없으면 헛고생한 셈이네요."

어느새 옆으로 와서 대화에 참가하는 오웬. 어두운 갈색의 짧은 머리카락이 가볍게 흔들렸다.

"그건 그거대로 좋은 일이야. 피난 훈련이라고 생각하면 돼."

"하지만 아무 일도 없었잖아! 하고 불평하는 녀석이 꼭 나온단 말이지."

오웬의 뒤에서 얼굴을 빼꼼 내민 그의 동생 와이엇이 연갈색 머리카락을 긁적이면서 끼어들었다. 으음, 쌍둥이인데도 역시 안 닮았다니까, 이 두 사람. 아, 그래도 눈동자 색은 둘 다 녹색이다. 와이엇이 조금 더 연하지만.

"어차피 불평하는 사람은 어떤 상황에서도 트집을 잡아서 불평하기 마련이야."

"그래. 그런 녀석은 불평을 해야만 마음의 평온이 유지되는 거야. 어느 의미 병이지."

루드의 말은 틀리지 않다. 무슨 일에든 트집을 잡아대는 사람은 불안한 마음을 불평에 담아서 누군가에게 쏟아내는 것에 불과하다고 보거든. 그렇게 생각하면 무슨 말을 들어도 관대하게 봐줄 수 있다. 불안하구나? 우쭈쭈, 하면서.

"아하. 하나 더 배웠네요."

이해했다는 듯 오웬이 고개를 끄덕이는 걸 보고 조금 장난기가 발동했다.

"맞아. 누구 씨처럼 좋아하는 사람의 관심을 끌고 싶다고 불특정 다수의 상대와 데이트하는 것도 비슷한 게 아닐까?"

"아하하! 그거 형 말하는 거잖아? 헤이, 헤이. 언제 고백할 거야? 응?"

"시끄러워!"

살짝 얼굴을 붉히며 놀려대는 와이엇을 쥐어박는 걸 보면 일단 자각은 있구나. 참나, 언제쯤이면 직접 들이댈 생각인 건지. 계속 그런 식이면 메어리라도 도망칠 거라고!

"어이쿠. 슬슬 잡담은 끝낼 시간인가 보군. 피난 훈련이 시작될 것 같아."

루드가 마을 안에 뻗어둔 실에 반응이 걸린 모양이다. 날카로운 눈빛으로 먼 곳을 보고 있다. 드디어 네모 녀석들이 쳐들어오는구나. 의식을 집중시켜보자 살기를 숨기지도 않는 단체가 이쪽을 향해 다가오는 것이 감지되었다. 진짜 야만적이야!

"오랜만에 실전이라 긴장되는데."

"거짓말은. 형 지금 신났잖아!"

그렇다고 해도 이쪽에 있는 사람들은 태연하다. 음음, 기분 좋은 긴장감을 느끼는구나. 든든해라. 특히 이 쌍둥이. 아직 미숙한 부분도 많지만 언젠가 오르투스의 중요한 전력이 될 아이

들이다. 이렇게 된 거 경험치를 벌어오렴!

"! 엎드려!!"

별안간 루드가 소리쳤다. 우리는 반사적으로 그 자리에 엎드렸다. 동시에 사나운 폭발음과 열기를 느꼈다. 시야가 새파란 불꽃과 연기로 가득 메워졌다. 반사적으로 눈도 감아버렸다. 으윽, 뜨거워! 하지만 결계를 펼쳐놓은 덕분에 열은 느껴지지만 피해는 없을 것 같다. 감각으로 상황을 확인하고 있었더니 마을 전체에 들릴 정도로 커다란 목소리가 귀에 들어왔다.

"납치범 길드! 하이 엘프 아이를 되찾으러 왔다!"

먼지구름이 걷힌 곳에 서서 당당하게 소리치는 저 남자는 창염귀 라지엘드. 파란 머리카락을 목 뒤에서 꼬리처럼 나부끼는 거구의 남자가 고요하게 서 있었다. 역시 방금 전의 열은 저 녀석의 짓이었구나. 보호 마법 결계를 쳤는데도 그만한 위력이라니. 방심할 수 없어. 그리고 여전히 눈매가 더럽다!

그리고 흘려들을 수 없는 발언. 그래, 그렇게 나오셨다? 우리가 메구를 납치한 악당이라는 설정이구나. 참나, 예전에 에핑크에게 논파해주었는데 저걸로 밀고 나갈 생각인 걸까.

"완전한 트집인데. 증거도 제시하지 않고 갑자기 파괴 행동이라니. 반격당해도 불만은 없겠지?"

오르투스의 대표로서 내가 길드 앞으로 걸어 나와 큰 목소리로 받아쳤다. 이럴 때 소인족은 불리하단 말이지. 몸이 작은 만큼 아무래도 박력이 떨어진다. 하지만 마음과 각오만큼은 절대로 지지 않아! 무서워하지도 않는다. 여유를 보이면서 당당히 행동하는 게 중요하니까.

"핫. 소인 따위가 대표라니, 이 길드도 별것 아니로군. 증거 제시? 그런 건 필요하지 않다. 우리 보스가 그렇게 말했으니, 그 이상의 증거는 필요 없을 터."

오렌지색의 삼백안을 번뜩이며 조용히 대답하는 라지엘드. 음량 자체는 그리 크지 않지만, 또렷하게 잘 들리는 낮은 목소리다. 보스지상주의를 넘어선 맹신자구나. 가장 엮이고 싶지 않은 상대다. 이런 상대는 대화해봤자 소용이 없다. 오니는 강한 사람일수록 대단하다는 사고방식을 지녔으니, 약한 개체인 나를 헐뜯거나 보스인 셰르멜호른을 숭상하는 건 이해하지만…… 정도가 지나치면 악질 종교단체로 전락한다는 거지. 기억해두자.

"……대화해봤자 소용없겠네."

"소용없지. 비켜라."

"어……!!"

순식간이었다. 아니, 제대로 인식조차 하지 못했다. 라지엘드가 손을 들어 올린 것만 가까스로 판별할 수 있었다. 방심한 것도 아니었는데. 하지만 나는 원래 함정 말고는 제대로 싸울 수 없는 비전투원. 전투의 프로 앞에서는 일반인보다도 못하다. ……전투 전의 대화조차 제대로 하지 못하는 상대라는 걸 간과했구나. 이대로 죽는 걸까. 그렇게 생각했다.

울려 퍼지는 굉음과 뜨거운 열기, 그리고 충격. ……응? 하지만 어디도 아프지 않은데.

"윽……, 괜찮으세요? 사우라 씨."

"레, 레키이이이!!"

나는 어느새 레키의 품에 안겨 있었다. 그 찰나의 순간에 나를 안전한 장소까지 데려오다니! 계속 어린아이라고 생각했는데 잘 컸구나! 어우, 어우!! 무심코 목에 달라붙어 레키의 머리를 마구 쓰다듬어주었다.

"무슨, 놔……! 윽……! 누, 눌린다고!!"

아차, 미안해. 뭐가 눌렸냐고? 상상에 맡길게. 이런 구석은 아 직 어린아이라니까.

"살았어. 고마워, 레키! 든든해졌구나!"

"따, 딱히 이 정도는……. 게다가 내 임무니까 당연하지……."

임무? 레키의? 의아해하며 조금 떨어진 위치에 피난해 있던 루드를 쳐다봤다. 루드는 살짝 쓴웃음을 지으면서 이렇게 설명 했다.

"중증 환자가 없는 한 사우라를 호위하라고 했어. 괜한 참견 이었나?"

"그렇지 않아! 고마워, 루드! 레키도!"

레키는 나와 함께 비전투원이지만, 무지개늑대이기 때문에 재 빠른 움직임이 특기. 그래서 적의 공격을 피하는 것만큼은 이 길드 안에서도 톱클래스다. 나는 작고 가벼우니까 레키가 안고 도망치는 것도 쉽다. 잘 생각해 보면 적임자지. 역시 루드! 임무 를 수행한 레키도 물론 대단하고! 전부 끝나면 상을 줘야겠다.

"흥. 한 번 공격을 피한 정도로 호들갑스러운 녀석들이군. ……사라져라."

나 역시 방심만 하는 건 아니라고. 당연히 다음 공격은 우리에게 닿지 않는다. 그걸 알기 때문에 부리는 여유다. 라지엘드가 손을 휘둘러 조금 전에도 사용했을 푸른 불꽃의 창을 던진 그때. 붉은 그림자가 뛰쳐나가 모든 불꽃의 창을 수도로 날려버렸다.

"네! 상대는! 나다!!"

그렇게 소리치며 착지한 사람은 오르투스의 최강화력을 자랑하는 빨간 머리카락의 루키. 우리와 길드를 등지고 선, 작지만 든든한 등. 우리에게서는 표정이 보이지 않지만, 이글이글 투지를 불태우고 있다는 게 생생히 느껴졌다. 분명 그 금색 눈동자는 지금 번뜩이며 빛나고 있겠지?

"강한 녀석과 싸우는 게 너도 즐거울 거 아냐? 그렇지? 라지엘드."

"강한 녀석이라. 네가 그렇다고 말하는 건가? 최약체 오니라고 이름 높은 천상귀, 오니 일족의 수치여."

눈에는 눈, 오니에는 오니! 실력만 따지면 라지엘드에 한참 못 미칠 테지만…… 믿을게! 쥬마!

한편 길드의 양 사이드에서 공격해오는 다른 네모 길드원에게 우리 길드원이 응전하는 모습도 얼핏얼핏 보이기 시작했다.

"끄아아아아아!!"

돌격해온 네모 녀석들 중 절반 정도가 우스울 정도로 내 함정이 차례차례 걸려들었다. 우후후, 보기 좋아라. 이 근방 일대에 설치한 함정은 말하자면 구덩이 형식이다. 당연히 이 사우라 씨

가 손을 댄 함정이니 평범한 구덩이가 아니다. 마력을 흡수하는 구덩이, 내부가 늪으로 차 있어 빠져나오지 못하게 하는 구덩이, 복통을 일으키는 구덩이, 환각을 보여주는 구덩이 등 종류도 풍부. 어떤 효과의 구덩이에 빠지는지는 빠져봐야 알 수 있는 서프라이즈 시스템이란 말씀! 선물이 마음에 드는 것 같아서 정말 다행이야. 구덩이 함정은 다들 우습게 보곤 하지만, 사실 이건 지극히 단순한 구조인데다 의외로 잘 걸려들기 때문에 집단을 상대할 때 애용하는 함정이다. 역시 함정의 원점을 잊으면 안 된다니까!

"와이엇! 하늘!"

"오케이!"

물론 다들 함정에 빠지는 건 아니다. 함정을 잘 피한 녀석들은 오웬과 아이엇 쌍둥이나 다른 사람들이 상대한다. 쌍둥이는 연계 플레이로 어렵지 않게 쫓아내고 있구나. 둘 다 보조계 마법이 특기인 지원형이긴 하지만, 역시 오르투스 소속이라고 해야 할까. 자기들끼리만으로도 싸울 수 있을 만한 실력을 갖추고 있다. 그러니 걱정은 하지 않는다. 다른 길드원도 소규모의 팀을 짜서 반격하며 침착하게 대처하는 모양이다. 정말 든든하다니까! 덕분에 현재 길드 안에 들어오는 사람은 없었다. 루드가 딱히 초조해하는 기색도 없이 즐겁게 참전하고 있다는 건 사방에 뻗어둔 실이 그렇게 알려주고 있다는 뜻이니까. ……정말 즐거워 보인다, 루드. 역시 아인은 본능적으로 전투에 임하면 피가 끓는 걸까.

참고로 나는 레키의 호위를 받고 있다. 때때로 이쪽을 향해 날아오는 공격의 여파 등은 레키가 피해 주고 있다. 편해라! 덕분에 오르투스 주변에서 일어나는 싸움의 전모를 파악하며 쥬마의 전투도 곁눈질로 살펴볼 수 있다. 하지만 이쪽은 너무 걱정이었다. 왜냐하면 쥬마는……!

"뭐냐. 역시 입만 살았나."

"시끄러워……! 아직이다!"

벌써 넝마가 되었으니까. 한편 라지엘드는 상처 하나 없다. 걱정되는 게 당연하지! 쥬마의 속도와 묵직한 대검으로 가하는 일격은 상당히 위협적일 텐데 말이야. 간파하는 것조차 어려운 수준인 건 맞다. 그럼에도 라지엘드는 그런 공격을 전부 흘려넘기면서 반격까지 하고 있다. 쥬마는 몸이 튼튼하니까 평소에도 방어를 하지 않는 습관이 있다. 방어할 바에야 공격에 전력을 쏟아붓겠다고 생각하는 모양이었지. 진짜 뇌가 근육으로 차 있다니까. 그래서 라지엘드의 공격도 전부 그대로 받아버리고 있는데…….

"커헉……!"

"어릴 때부터 변하질 않았군. 너는 여전히 약하다."

"젠장, ……아직, 이다아아아아아!!"

상대는 오니족 중에서도 특히 강하다는 인물. 화력만이라면 쥬마도 지지 않지만…… 라지엘드는 특히 대인전이 특기인 녀석이라고 들은 적이 있다. 반면 쥬마는 대마물전 특화. 요컨대 공격패턴이 자꾸 단조로워진다. 당연히 라지엘드는 그걸 전부 간파해낸다. 쥬마가 대검을 크게 휘두르면서 발기술을 펼치는 것도, 머리 위에서 떨어지는 일격을 노리는 것도 전부 다 보인다는 양 회피했다. 그야 그럴 테지. 나조차 예상이 가니까. 하지만 라지엘드가 아니었다면 온다는 걸 알아도 피할 수 없었을 거다. 그 위력과 속도야말로 쥬마의 장점이니까.

하지만 라지엘드는 빈틈이 생긴 부분을 적확하게 노렸다. 푸른 불꽃을 주먹에 휘감고 쥬마의 복부며 턱을 향해 일직선. 그런 공격을 계속 받으니까 넝마가 되는 거라고! 그건 일방적이라고 할 수 있을 법한 싸움으로 보였다. 으음, 공격 횟수 자체는 쥬마가 더 많은데! 아아, 진짜! 그러니까 방어나 회피도 조금은 체득하라고 입이 마르도록 말하는 거잖아! 하지만 아무리 라지엘드라고 해도 재빠른 쥬마의 움직임을 막지는 못하는 것 같다. 승기를 찾아낸다면 거기일까…….

가슴 졸이면서 지켜보고 있었더니 길드 안에서 누군가가 다가오는 기척을 느끼고 돌아보았다. 어라? 커터와 마이유잖아. 비전투원인 두 사람이 여기까지 오다니 별일이네. 그렇게 생각하며 무슨 일이냐고 물었다.

"메……, 연……!"

"레이디 메구에게서 정령을 통한 연락이 왔다고 합니다."

"메구에게서?"

마이유는 통역하러 온 거구나. 신기하게도 다들 대략적으로밖에 알지 못하는 커터의 말을, 마이유는 어째서인지 제대로 이해할 수 있다. 아니, 이럴 때가 아니지!

"내가 설명하죠. 오는 길에 들었으니까요. 역시 나는 대단해! 아름다운 데다가 일 처리도."

"알았어, 대단하고 잘났으니까 빨리 보고!"

마이유는 확실히 유능하지만 탈선하면 길어지니까 곤란하다. 나는 마이유의 자아도취를 싹둑 잘라버리고 보고를 들었다.

"마, 마왕이 폭주했다고?!"

대체 뭘 하는 거야, 그 주접 팔불출 팔푼이 마왕은! 앗, 아니 뭐. 메구는 끝내주게 귀여우니까 마음을 이해하지 못하는 건 아니지만! 참나, 이래저래 계산이 꼬였잖아!

아니지. 그래도 셰르멜호른을 제외한 다른 하이 엘프가 협력적인 건 반가운 오산이다. 일어나버린 일은 어쩔 수 없다고 치고. 좋아, 한탄 끝! 지금 제일 위험한 문제에 대해 생각해야지.

"마물의 폭주가 시작될 거야……. 마을에는 쉽게 들어오지 못할 테지만, 강한 개체가 집단으로 오면 또 모르는 일이지."

절찬 영격전 중에 마물을 막아낼 인원을 확보해야 한다니. 진짜 하드한 미션이잖아! 마을 사람들을 교회로 피난시켜놓길 잘했지. 그곳은 특히 강한 결계를 쳐 두었으니까. 강한 개체도 접근하지 못할 것이다.

"마……, 우…….."

"어?"

"마물에는 우리가 대응하겠답니다. 어?! 나도 포함?!"

커, 커터! 너 실은 든든한 남자구나! 하, 하지만 어떻게? 의아해하고 있었더니 커터가 우리에겐 들리지 않는 언어로 무어라 중얼거렸다.

『지그라드나이드.』

들을 수 없다는 걸 봐선 아마 정령의 이름을 부른 거겠지. 그
것도 진명을. 그 순간, 커터의 주위로 화르륵 불꽃이 퍼져나갔
다. 열은 느껴지지만 포근한 불이다. 악한 자만을 태우는 커터
의 정령의 불꽃이 아름답게 흔들렸다.

"지……, 괜……."

"으음, 불의 정령 지그루가 동료들을 데리고 마을을 수호할
테니까 괜찮다고 합니다. 아, 그렇군. 커터와 나는 정령들이 놓
친 마물 토벌에 가세하라는 거군요. 좋습니다. 하죠!"

커터의 주변에서 흔들리던 불꽃이 살랑살랑 일렁이면서 흩어
졌다. 바로 출발했구나. 그나저나 불꽃의 수가 무척 많은데……
저거 하나하나가 다 정령인가? 마력을 띤 정령은 다들 눈으로
볼 수 있게 되니까 아마 그렇겠지. 진명으로 마법을 사용한 효
과인 건지, 커터가 본래 지닌 힘이 대단한 건지……. 분명 둘 다
일 거야. 참 든든하다.

"고마워! 그리고 몇 명 정도 적당히 데려가도 괜찮아. ……아
무쪼록 조심해!"

"알……, 그……."

"알겠습니다! 여러분도 몸조심하시길!"

그 말을 끝으로 두 사람은 쏜살같이 떠나갔다. 당연히 길드 안
에 잇는 지하도를 통해서. 이런 전장 속을 뚫고 가게 할 수는 없
으니까. 괜한 싸움은 최대한 피하는 게 제일 좋다. 지하도는 마

을 쪽으로도 이어져 있으며, 지하로 움직이는 자들만이 사용할 수 있는 특별한 길로 쓰인다. 지금 상황에서는 정말 최적의 길인 거지.

그나저나 200년 전의 악몽이 재현되다니, 그럴 수는 없어. 이쪽에 연락이 왔다면 두목 일행에게도 전해졌겠지. 슈리에가 있으니 먼저 정보를 받았을 거다. 분명 두목이 가고 있을 테니까 그걸 믿을 수밖에 없다.

즉 우리가 해야 할 일은 변하지 않는다. 길드와 함께 이 마을을 지키는 것. 오히려 냉큼 네모 녀석들을 쫓아내고 서둘러 마물에 대응해야지! 그러니 결국은 똑같다.

"쥬마! 이 자식아아아아아! 정신 안 차릴래? 메구에게 추태만 보였다고 보고해줄까아아아?! 냉큼 일어나! 오빠잖아?!"

쥬마가 빨리 승부를 내게 해야지! 진짜, 언제까지 질질 끌고 있을 거냐고. 라지엘드 같은 놈은 슥삭 처리하란 말이다!

"그, 그건 싫어!! 오빠는 이길 거야아아아아!!"

내가 격려를 날린 쥬마는 그때 말 그대로 빈사 상태로 쓰러져 있었다. 라지엘드에게 밟히기까지 해서 진짜로 추태였다. 하지만 못 본 걸로 해줄게. 내 말을 듣고서는 벌떡 일어났으니까. 저 녀석도 메구가 엮이면 어지간히 바보가 되는구나. 바보 오빠. 원래도 바보였지만. 자, 얼마나 효과가 있었을까?

"으으으으으랴아아아아압!!"

"하나밖에 모르는 멍청이가…… 윽?!"

라지엘드의 발을 밀치고 기세 좋게 일어난 쥬마가 허공을 달렸다. 빠, 빨라……! 아까보다 더 빨라지지 않았어? 라지엘드도 눈으로 따라잡는 게 고작인 모양이었다.

"?!"

순간 라지엘드가 비틀거렸다. 그래, 비틀거렸다! 아마도 쥬마가 터무니없는 속도와 위력으로 어떠한 공격을 가한 거겠지. 그건 지금까지와 같지만 전혀 다른 일격. 아무래도 위험하다고 느낀 건지 라지엘드도 쥬마가 있는 방향으로 무수히 많은 푸른 불꽃을 날렸다. 아마 쥬마도 저 공격을 전부 받았을 거다. 피하면 그만큼 속도가 떨어지니까. 하지만 그건 공격에 맞아도 마찬가지일 텐데…… 쥬마의 기세는 멈추지 않았다. 전신에 라지엘드의 불꽃이 화살처럼 박혀있기 때문에, 마치 쥬마가 푸른 불꽃을 두른 것처럼 보일 정도였다. 본인은 그걸 눈치채고 있을까?

"……쥬마는 정말 바보란 말이지. 바보니까 공격 패턴도 정해져 있어. 그래서 기르나 슈리에, 니카에게는 좀처럼 이기지 못하지만."

"……그거, 매번 똑같은 소릴 듣잖아. 저 오니."

싸우는 모습을 멀리서 바라보며 옆에 있는 레키에게 중얼거렸다. 레키조차 그렇게 인식하고 있구나.

쥬마의 대검이 처음으로 라지엘드의 복부에 꽂혔다. 공기가 파르르 떨릴 정도의 포효. 이건 쥬마의 것. 그것만으로도 주위에서 싸우는 사람들은 적·아군 상관없이 다들 경직했다. 야, 아군도 끌어들이지 말아줄래? 뭐, 됐다.

몇 채의 집을 희생시키면서 날아가는 것은── 라지엘드. 튼튼한 오니라고 해도 쥬마만큼 튼튼하지는 않은 모양이니, 뼈가 부러졌을 테지. 안됐네. 하지만 종족 특성상 회복도 빠를 테니까 괜찮을 거다. 이걸로 당분간 얌전히 있어 준다면 그걸로 충분하다.

"더없이 바보인데 무언가 계기가 있다면 같은 공격이어도 터무니없는 위력을 발휘한다는 건가. ……바보 아냐?"

"그래. 바보지."

레키가 기가 막힌다는 얼굴로 멀리 날아간 라지엘드의 행방을 눈으로 쫓았다. 그 마음을 전혀 이해 못하는 건 아니야. 이번 계기는 오빠의 자존심을 지키기 위해서였으니까. 생각했던 것보다 더 큰 성과를 올렸구나. 기뻐해야 할지, 황당해해야 할지.

"바보는 최강이거든. 다양한 의미로."

"다양한 의미, 라……."

무의식중에 나도 레키도 먼산을 쳐다보았다. 우르르 무너지는 파편 소리가 한동안 계속 들렸다. 하아. 관통된 집의 수리비는 쥬마의 월급에서 제해야지. 뭘 위한 보호 마법이었냐고……. 그것마저 날려버리다니! 비싸게 뜯어내겠어.

하지만 이겼다. 쥬마가, 이겼다. 힘이 다해 그 자리에 대자로 쓰러진 채 주먹을 치켜든 쥬마를 보고 드디어 실감이 솟았다. 조금씩 기쁨이 치밀어오른 나는 옆에 있는 레키에게 작게 손을 들었다. 그걸 알아차린 레키는 조금 눈썹을 찡그렸지만, 마찬가지로 살짝 손을 들어주었다. 길드 입구 부근에서 가볍게 하이파이브. 아직 싸움은 완전히 끝난 게 아니지만, 이 정도라면 괜찮지?

문득 등 뒤에서 다가오는 누군가의 기척을 느꼈다.

"……찾았다. 흉악한 소인족."

들은 적 있는 목소리다. 레키가 빠르게 나를 등 뒤로 감싸며 그 인물과 대치했다.

"어라? 잘 지냈어? 에핑크."

"덕, 분, 에! 빚을 갚으러 왔다고!"

저런, 앙심을 품는 타입이구나. 2차전 발발인가. 그렇게 생각하며 대비하려던 때.

"……내가 할게."

내가 뭐라고 말하기 전에 레키가 한 걸음 앞으로 나서더니 그렇게 중얼거렸다.

"뭐?! 소인 다음은 꼬맹이냐! 기력이 쭉쭉 빠지는 상대밖에 없어?"

성가신 일은 하기 싫어하는 레키. 이런 상황에서는 나를 데리고 도망칠 법한데, 무슨 심경의 변화인 걸까. ……혹시 메구를 납치하려고 했던 것에 아직 화가 났다거나? 설마……? 하지만 그럴싸해.

"어차피 우리를 쓰러뜨려야만 하니까 상관없잖아. 시끄럽기는."

"너, 너야말로 시끄럽거든? 건방진 꼬맹이가!!"

이래 보여도 레키는 성인데 말이야. 뭐, 됐어. 레키에게도 좋은 경험이 될 거다. 여차할 때를 위한 함정을 준비하면서 나는 레키와 에핑크의 전투를 떨어진 곳에서 지켜보기로 했다.

에핑크는 이전과 마찬가지로 거품을 주위에 날리기 시작했다. 건드리기만 해도 폭발하거나 거품 속에 가두거나, 무언가 함정이 걸려있는 이 거품. 크윽, 이 능력 연구하고 싶어! 내 작품에도 도입하고 싶어어어어! 아, 이럴 때가 아니지. 레키는 어떻게 싸울까? 이 아이, 마물보다는 강하지만 무리를 짓거나 강한 개체가 상대라면 고전할 정도의 역량이었을 텐데. 그냥 싸운다면 에핑크는 틀림없이 이길 수 없는 상대다.

"덤벼, 덤벼! 나를 상대로 어떻게 이길 생각이니? 꼬마야."

에핑크가 적나라하게 도발해도 레키는 움직이지 않았다. 오, 저것만으로도 꽤 성장했는데. 얼마 전이었다면 바로 씩씩거렸을 텐데.

"딱히. 난 너랑 싸울 마음조차 없는데."

"뭐?!"

레키의 발언에는 나도 고개를 갸웃거렸다. 정작 본인은 아무렇지도 않다는 양 갑자기 마물형으로 모습을 바꾸었다. 으음, 언제 봐도 환상적인 털이라니까. 각도에 따라 색이 바뀌는 게 마치 비눗방울 같다. 황홀해라. 보아하니 에핑크도 조금 넋을 놓고 있다. 아항. 레키의 의도를 알겠다.

『넌 왜 네모에 있는 거야? 너는 네모의 보스를 맹신하는 것도 아니잖아?』

마물형이 된 레키가 텔레파시로 에핑크에게 물었다. 아름다운 털과 똑바로 응시해오는 회색 눈동자에 무심코 얼이 빠져있던 에핑크는 허둥지둥 도리질을 하더니 미간을 찡그렸다.

"흥. 나는 별로 곱게 못 자랐거든! 하지만 그렇게 모난 돌이어도 상관없이 받아들여 주는 곳이 네모야. 그러니까 네모에겐 은혜가 있다는 거지! 은혜는 갚아야 하는 거잖아!"

그렇구나. 확실히 네모는 몹쓸 불량배가 많다는 이미지가 있었지만, 그런 식으로 인망을 모으는 거였다. 제대로 의리가 있다는 점에서는 조금 호감도가 올라갔다. 아주 조금. 자신의 머리로 생각하지 못한다는 부분이 꽝이지만.

『흐응. 하지만 착각하는 거 아니야?』

"뭐, 뭐라고?"

레키의 말은 신기하게도 사람의 가슴에 푹푹 꽂힌다. 아마도 마력을 담은 텔레파시이기 때문에. 그래서 그냥 대화하는 것보다 훨씬 효과적으로 에핑크의 마음속에 파고든다.

『보은하는 것과 시키는 걸 뭐든 따르는 건 달라. 쓰기 좋은 장기말이 되는 건 보은이 아니야. 그냥 대가지. 구해줬으니까 자기 말을 따르라고 하는 것뿐이잖아.』

에핑크는 말문이 막힌 모양이었다. 짐작 가는 게 있는 걸까.

"하, 하지만 구해준 대가라고 해도 그 대가를 지불하는 건, 당연한 거고……!"

『애초에 선의로 구해준 사람은 보은을 요구하지 않아. 그래도 무언가 해주고 싶어서, 자신의 생각으로 상대를 위해 무언가를 하는 게 보은이야. 의무를 느낀다면 그건 보은이 아니야.』

뭐라 뭐라 반론하는 에핑크였지만 레키의 말은 멈추지 않았다.

"……그래도, 나는 거기에 따를 수밖에 없어. 구해준 건 사실이니까. 자유롭게 살 수 있는 대가로 일하는 거야!!"

네가 뭘 알아. 나도 어떻게 해야 좋을지 모른단 말이야. 그런 마음의 외침이 들린 느낌이 들었다. 이를 악물고 주먹을 움켜쥐는 에핑크. 흐음. 신자가 아닌 네모 길드원은 대충 비슷한 상황인 건지도? 라지엘드처럼 맹목적인 사람은 어렵겠지만, 에핑크처럼 뭣도 모른 채 믿고 따르는 것뿐인 사람이라면 설득될지도 모르겠네.

『그런 거라면 우리 길드여도 상관없잖아.』

"……뭐……?"

『힘이 있고, 믿을 수 있는 녀석이라면 우리 길드에도 올 수 있어. 그야 신뢰받을 수 있도록 노력이 필요하지만. 그래도 위에서 짓누르는 중압에 견디는 것보다는 나을 것 같은데.』

레키의 작전은 즉 오르투스로 스카우트하기다. 뭐, 성격에 문제는 있지만 그런 소릴 했다간 우리 길드원은 멀쩡한 사람이 없을 정도니까. 에핑크는 그래도 한번 생각해볼 여지가 있다. 레키가 눈빛으로 어떻게 생각하냐고 묻길래 나는 가볍게 고개를 끄덕였다.

동료를 존중할 것. 노력을 멈추지 않을 것. 그것만 가능하다면 가능성은 커. 능력은 좋으니까."

"무, 무슨 소리 하는 거야……! 동정? 소름 끼쳐……. 무, 무슨 꿍꿍이가 있는 거지! 불쌍한 나에게 손을 내밀려고 하는 거지? 선의를 강요하지 마! 어차피 나는 이런 식으로밖에 살지 못하니까!!"

조금 흔들리고 있구나. 현 상태에 의문을 갖고 있다는 증거다. 마무리라는 양 레키는 전신에서 연한 무지개색 빛을 뿌렸다. 아아! 이거야, 이거! 하아아아! 이 빛은 마음을 치유해준다. 적이든 아군이든 상관없이, 무조건적으로. 너무 어둠이 깊은 사람에게는 효과가 약하지만. 그래도 정신적인 힐링 효과를 지닌 레키의 이 능력은 정말로 귀중하다. 으으, 겸사겸사 평소 쌓였던 스트레스도 풀어내야지.

『우리를 의심하는 건 상관없지만, 자신을 부정하는 말은 좋지 않아. 나라면 할 수 있다고 생각해. 조금 전의 자신감 넘치는 태도는 거짓이었어?』

"무슨! 그럴 리가 없잖아! 내 능력은 강력하고 쓰기도 좋아! 여태까지 쫓겨나지 않은 것도 내 실력 때문이라고!!"

무지개색의 늑대는 살짝 입꼬리를 끌어올렸다. 이것이 레키의 카운슬링. 말 자체는 미숙하거나 쌀쌀맞지만, 마음속에 울리는 말을 골라 풀어내고 치유의 빛으로 꿰뚫는다.

『그럼 아무 문제 없잖아. 우리 길드에 오는 것도 한번 생각해봐. 머리 한구석에라도 넣어두고.』

'절대 안 갈 거라고!'라고 소리치면서 머리카락을 거꾸로 세우고 있는 에핑크는 뭐라고 해야 하나, 참 뻔하구나. 동요하는 게 훤히 다 보인다.

만약 에핑크가 정말로 우리 길드에 오게 된다면 오르투스 안에서는 꽤 많이 싸우게 될 것이다. 기르라거나, 특히 싫어할 것 같고. 하지만 그의 태도에 따라서는 고려할 여지가 있다. 뭐, 어차피…… 안 오겠지. 그건 레키도 알고 있을 것이다. 다만 선택지를 열어준 것뿐. 이것 말고는 방법이 없다고 믿고 있던 에핑크에게, 어쩌면 다른 길도 있을지도 모른다고. 조금이라도 그런 생각이 들게 만들면 그걸로 충분하다.

『……아무튼 지금은 피곤하지? 잠시 쉬지 그래?』

"무, 무슨 소리야……."

그거 봐. 레키가 화제를 바꿨다. 정말 스카우트할 생각이라면 좀 더 다른 방법이 있을 텐데.

『아무도 잠을 방해하지 않아. 갑자기 깨워서 용건만 들이대지도 않고, 실패하거나 쉬고 있으면 페널티를 주겠다고 하지도 않으니까.』

"……!"

에핑크의 눈썹이 팔자가 되었다. 저런, 상당히 혹사당한 모양이네. 그에게 지금 가장 필요한 것은 휴식. 어쩔 수 없으니 이 사우라 씨가 덤을 선물해주지!

"네 주변에 결계와 함정을 설치해둘게. 안전한 수면을 보장해."

"하, 하지만."

『피곤한 머리와 몸으로는 임무도 제대로 소화하지 못해. 그런 게 효율이 나빠지는 원인이야. 됐고, 빨리 쉬어. 네 몸은 휴식을 원하고 있어. 의료인이 하는 말은 순순히 듣는 걸 추천해.』

레키가 치유의 빛을 한층 강하게 퍼트리며 에핑크를 감쌌다. 그 빛에서 치유되는 것을 느꼈으니, 에핑크가 방출했던 공격용 거품도……. 그래. 이 빛을 받고선 스르륵 사라졌다. 어느 의미

최강이구나. 이 빛.

마음이 평화로워지면 타인을 공격하려는 생각이 들지 않으니까.

빛에 둘러싸인 에핑크는 천천히 바닥으로 쓰러지면서 그 새카만 눈을 감았다. 몸도 마음도 아주 많이 피곤했나 보구나. 수마에 저항하지도 않고 순식간에 꿈나라로 떠나버린 모양이다. 하아, 아까워라. 레키는 성격 때문에 이 카운슬링을 좀처럼 못 하니까.

"인간형일 때도 이걸 할 수 있다면 완벽한데."

새근새근, 정말 평온한 얼굴로 잠든 에핑크를 내려다보며 그렇게 중얼거렸다. 레키는 마물형이 되지 않으면 이 치유의 빛을 뿜어내지 못하는 게 정말로 아쉽다!

『딱히…… 못 하는 건, 아니야.』

"?! 뭐야, 그거! 처음 듣는데?!"

하라고! 평소에도! 내가 쏘아붙이자 귀찮다는 듯 꼬리를 흔들며 고개를 획 돌려버리는 레키. 어휴, 얄미워라.

『……그야, 무슨 표정을 지어야 할지 모르겠단 말이야.』

……전원 철회. 너무 귀엽다. 즉 그거지? 인간형일 때는 어떤 표정을 지어야 하는지 몰라서 일부러 마물형이 되는 것뿐이라는 거지? 솔직하지 못한 것에도 정도가 있지.

"그런 식이면 두목에게 인정받는 것도 아직 멀었겠네?"

『! 하, 할 수 있어! 언젠가…… 아니, 조만간, 꼭……!』

조금 심술을 부려보자 레키는 발끈해서 반론했다. 후후, 쉬운 녀석.

"흐음? 뭐, 기대 안 하면서 기다릴게!"

『바, 반드시 할 거니까! 나는 내가 한 말은 반드시 지켜!』

레키를 부추길 때는 두목의 이름을 꺼내는 게 최고다. 메구라는 후배가 생긴 뒤로 레키도 많이 성장했구나. 앞으로가 무척 기대된다.

"그러면. 네모의 습격 쪽은 대충 처리될 것 같네. 멍청이 쥬마와 레키 덕분에."

더 가혹한 싸움이 될 것도 상정하고 있었지만, 의외로 빠르게 정리될 것 같다. 손이 비는 사람부터 마물 대책에 보내도록 해야겠다. 레오와 치오리스에게 간단히 먹을 것도 부탁할까. 머릿속으로 앞으로 어떻게 움직일지 시뮬레이션했다. 어떤 것이 최선인지 잘 생각해야지.

"……음, 좋아! 이제는 마왕 문제가 정리될 때까지 마물의 습격에서 이 마을을 지키는 것에 집중. 장기전이 될 거야!"

앞으로 할 일을 정한 나는 주먹을 불끈 쥐고 기합을 다시 충전했다. 우선은 사람들에게 지금 상황을 가르쳐줘야지. 그러자 아직 마물 모습인 레키가 내 앞에 엎드리더니 작은 목소리로 말했다.

『……연락 돌릴 거잖아. 타.』

"만세! 괜찮아? 신난다!"

『쓸데없이 만져대지 마!』

이렇게 귀중한 체험을 다 하고! 나는 재빠르게 레키의 등에 올라타 부드럽고 고운 털을 손에 감았다. 뺨을 마구 비비고 싶은 마음을 꾹 참고 준비됐다는 신호를 보냈다. 타기만 해도 마음이 정화되니까 너무 방심해서 떨어지지 않도록 조심해야지. 자, 기합 넣고 가자고! 가라, 레키! 앗, 잠깐. 너무 빨라!

Welcome
to the
Special
Guild

2 최악의 전황

【메구】

『정리되고 나면 바로 간다. 그때까지 버텨줘.』

아빠가 보낸 답장을 간단하게 요약하자면 이런 느낌이었다. 제일 늦게 돌아온 호무라를 경유한 메시지도 두목이 바로 그곳으로 갈 테니까 그때까지 버텨달라는 내용이었고. 즉, 지금은 아빠를 기다려야 한다는 소리다.

하지만 괜찮을까? 서두른다고 무리하지 않으면 좋을 텐데……. 하지만 솔직히 빨리 오길 바라는 마음도 무척 크다. 왜냐면 무서우니까!!

"괜찮아. 여기에는 들어오지 못해."

"네, 네에에에에……."

의도치 않게 맥없는 목소리가 나왔다. 하, 하지만 사당을 중심으로 반원형으로 퍼져있는 결계 주위에 마물이 우글우글하단 말이야! 평범한 동물보다 전체적으로 거무튀튀하고, 눈에 빛이 없고, 이빨을 드러내고 있거나 어떻게든 결계를 깨트리려고 공격해대거나……. 투명한 벽이 막아주고 잇다고는 해도 눈앞에 그 광경이 보이니까 무지막지 무섭다고! 기르 씨의 옷에 꽉 매달려서 공포를 견뎠다. 안 울었어! 울상이 된 건 인정하지만!

"신선한 반응이네. 괜찮아, 메구. 만에 하나라도 들어오면 나나 기르가 순식간에 날려버릴 테니까!"

밝게 크하하 웃는 니카 씨의 말에 조금 안도했지만 그것만이 아니다. 물론 공격을 받는 게 무섭다거나, 그런 마음도 있지만…… 내가 무서워하는 건 피가 흐르거나, 그, 죽는 모습을 보게 되는 것이다. 하세가와 메구로서 살던 시절에도 어릴 때부터 작은 벌레조차 밟으면 콰직해버리는 건가? 하는 걸 적나라하게 상상해버리는 편이었거든. 그것만으로도 못 견디겠다고! 생명이 사라지는 순간을 보는 건 벌레라고 해도 무서워! 그리고 피나 흉터 같은 건 이야기로 듣기만 해도 소름이 돋는 타입이다. 극도의 쫄보라는 자각은 있다.

참고로 기르 씨가 구해준 그때, 던전 보스를 쓰러트리는 걸 봤을 때는 놀라운 게 더 커서 생각할 여유도 없었지만…… 사실 상처나 쓰러진 보스를 직시하지는 못했다. 던전의 마물이 쓰러지면 바로 사라지는 구조라서 정말 다행이었지. 그게 아니었다면 아마 그때 그로테스크한 광경을 보게 되었을 테니까.

이 세계에서 이게 어리숙한 생각이라는 건 익히 알고 있다. 그래도 지금은 더욱, 마물이라고 해도 피를 흘리는 게 무섭다는 것 말고 다른 이유도 있다고.

『마물들, 피를 달라고 말하고 있어…….』

쇼가 마물의 말도 이해하기 때문이다. 쇼는 아까부터 잔뜩 겁을 먹고 떨고 있었다. 마음이 고통스럽다고. 살려달라고 외치고 있다고. 그걸 해소하고 싶어서, 본능적으로 마력을, 피를 찾아 헤맨다고 한다.

위험하니까, 사람이 마물을 토벌하는 건 어쩔 수 없는 일이다. 수가 너무 많아졌다거나, 약의 재료가 된다거나, 사람에게 해를 가한다면 토벌한다. 해가 되는 자를 퇴치하는 건 어떤 생물도 다 하는 일인걸. 그러니까 마왕님의 영향으로 흉포화한 마물들을 토벌해야 하는 것도 안다. 알지만…… 그런 마물의 마음이나 사정을 알아버렸더니 슬프고 무서워서 안달이 날 수밖에 없잖아. 마물들도 지금은 좋아서 난동을 부리는 게 아닌걸. 개중에는 사람과 마찬가지로 성격이 비뚤어진 아이도 있을 테지만, 무의미한 살생은 피하고 싶잖아.

그렇다고 해서 마왕님이 나쁜 것도 아니다. 마왕님도 말하자면 그냥 일개 사람일 뿐이고, 마왕이라는 이유로 마음이 어지러워지기 십상인 면이 있다. 지금은 아빠와 영혼을 나눴으니까 전보다는 나아졌을지도 모르지만……. 그래도 막대한 양의 마력을 지녔고, 그걸 제어한다는 건 무척 어려운 일이라고 생각한다. ……차기 마왕은, 인정하고 싶지 않지만 나인 거지? 남 일이 아니다. 나도 이렇게 되어도 이상하지 않다. 무척 안이한 생각이지만, 나는 마물들도 무의미하게 괴로워하지 않았으면 좋겠다. 마왕이 되면 마물이 폭주하지 않기 위해서도 마음의 제어가 필요해진다. 그건 터무니없는 중압감이었다. ……내가 견딜 수 있을 리가 없다.

무섭다. 무서웠다. 도망칠 곳이 없다는 게 무섭다. 책임에서, 도망칠 곳이.

결국 나는 회사에서 일하던 때와 마찬가지로 나를 몰아세우며 괴로워하게 되는 걸까. 그렇게 생각하니 무서웠다. 지금이 너무 행복하고, 보호받고, 사랑받으니까. 그게 너무 기분 좋으니까 더욱더.

눈을 질끈 감았다. 그때 쾅! 하고 몹시 큰 소리가 들리는 바람에 전신이 흠칫 떨렸다.

"크론 씨?!"

이쪽으로 날려온 것은 놀랍게도 크론 씨였다. 어떠한 이유로 날려온 그녀는 이 결계의 벽에 부딪쳐버린 모양이었다. 어, 어디서 날아온 건지는 모르겠지만 꽤 많이 날아온 거겠지? 괜찮을까……?

그런 내 걱정을 뒤로 크론 씨는 바로 일어나더니 그 하늘색 눈동자로 자신을 에워싼 마물들을 날카롭게 노려보았다. 그러더니 그 자리에서 마물들을 쓰러트리기 시작했다. 똑바로 쳐다보는 건 무섭지만 대단하다는 감상이 더 컸다. 진짜로 대단하니까! 가벼운 동작으로 마물 사이를 이리저리 빠져나가며 때로는 공중제비를 도는 아크로바틱한 움직임! 그런데도 깔끔하게 틀어 올린 만두 머리는 흐트러지지 않았다. 그리고 무엇보다.

"치마가 안 디지버지는 게 대다내."

"푸핫! 눈이 가는 곳이 그쪽이냐, 메구!"

아차. 나도 모르게 입 밖으로 나오고 말았나 보다. 그야 신경 쓰이잖아. 저렇게 격렬하게 움직이는데도 치마가 뒤집히기는커녕 완벽한 옷차림이 흐트러지지 않는다는 게!

"우선 결계 안으로 들어오게 할까. 저쪽의 상황도 물어보고 싶으니까."

크론 씨가 날려버리는 바람에 일시적으로는 물러난 마물들도 계속계속, 끊임없이 나타나니까 대응에 바쁜 모양이었다. 이렇게 끝이 없으면 크론 씨도 언젠가는 지칠지도. 니카 씨의 부름에 맞춰 기르 씨가 틈을 봐서 결계에 크론 씨가 들어올 수 있는 구멍을 뚫어주었다.

"크론 씨!"

"!"

그 순간 니카 씨가 크론 씨를 불렀다. 이쪽의 의도를 이해한 건지 크론 씨는 살짝 고개를 끄덕이더니 오른손으로 허공을 그었다. 그 자리에서 물이 흐르더니 근처에 있던 마물들이 일제히 쭈우욱 밀려났다. 그 사이 크론 씨는 결계 안으로 들어왔고 기르 씨가 즉시 결계를 닫았다. 나, 나이스!

"크론 씨!"

후우, 하고 숨을 내쉬며 그 자리에 무릎을 꿇은 크론 씨. 역시 지쳤구나! 다친 곳은 없어 보이지만⋯⋯. 걱정이 된 나는 바로 달려갔다.

"메구 님. 무사하셔서 다행입니다."

달려온 나에게 크론 씨는 뻣뻣한 미소를 지으며 그렇게 말했다. 그보다 크론 씨!

"어째서 치마가 안 디디버지는 거에요?!"

"첫마디가 그거야!?"

조금 떨어진 곳에서 니카 씨가 허리를 꺾는 기척을 느꼈다. 아차, 나도 참! 어린아이의 몸에 영향을 받아버린 모양이다. 호기심 해산!! 차, 창피해! 하지만 크론 씨는 눈을 살짝 동그랗게 뜬 뒤에 자연스러운 미소를 보여주었다. 아, 이런 표정도 할 줄 아는구나.

"마왕님의 측근으로서 당연한 소양입니다."

"그걸 또 대답하고 있어?!"

템포 좋게 울리는 니카 씨의 딴죽. 그보다 그거, 이유가 안 되거든요? 프로로서 당연하다는 양 말하고 있지만, 여러모로 이상하거든?

"당신들의 두목에게 그렇게 들었습니다. 일류 메이드는 흐트러진 모습을 겉으로 드러내지 않는다고."

아빠였냐! 메이드복에 대해 대체 무슨 설명을 한 거야! 애초에 크론 씨는 마왕님의 오른팔이지 메이드가 아니지 않았나? 아니…… 깊이 생각하는 건 그만두자. 무엇보다 대단한 건 그걸 실제로 해내는 크론 씨니까!

크론 씨는 '좋지 않은 모습을 보여드려서 죄송합니다'라고 말하며 일어난 뒤 완벽한 동작으로 꾸벅 인사했다. 옷도 머리카락도 어디도 더러워지지 않은 데다 흐트러지지도 않는다니, 대체 어떻게 되어 먹은 걸까. 수수께끼는 깊어지기만 할 뿐이다. 하지만 다친 곳도 없어 보여서 다행이다!

"그럼 보고하겠습니다. 상황은, 네……. 조심스럽게 말씀드리자면 최악입니다."

그런 크론 씨에게서 냉정하게 흘러나온 말은 그리 듣고 싶지 않았던 내용이었다. 하지만 제대로 들어야지. 나도 등을 곧게 펴고 자세를 바로잡았다.

"자하리아슈 님께선 주위가 보이지 않게 되어가고 계신 듯합니다. 처음에는 셰르멜호른에만 표적을 좁히고 있었던 모양이지만요. 상당히 밀어붙이면서 우세를 점했으나, 자하리아슈 님께서 자아를 유지하는 것도 한계였던 것인지 관련 없는 방향으로 공격이 날아가는 횟수도 늘어났습니다. 셰르멜호른이 틈을 봐서 이쪽으로 오는 것도 시간문제 일 듯합니다."

우와, 확실히 최악의 상황이네. 마왕님도 제어하지 못하게 되었다고 하고……. 결계 밖으로 시선을 돌리자 아까 크론 씨가 물로 쓸어버렸는데도 벌써 득시글하다. 짐승 모습의 마물이며 새 모습의 마물. 대형부터 소형까지 다양한 마물들이 마력이 모여있는 이 결계 안을 향해 우직하게 모여든다. 눈에 빛이 없다는 게 아무튼 공포를 자극한다. 이 아이들과 마찬가지로 마왕님도 눈에 빛이 사라져있을까. 그렇게 생각했더니 더욱더 무서워져서 나는 몸을 부르르 떨었다.

"……메구. 그리고 다들, 들어줘."

기르 씨가 나를 껴안은 팔의 힘이 한층 강해진 느낌이 들었다. 무언가 각오를 굳힌 것 같은 분위기를 느끼고 가슴에 불안이 퍼져나갔다.

"두목이 올 때까지 셰르멜호른은 내가 상대한다."

"……그것밖에는, 없지."

"네…… 죄송합니다. 제가 조금 더 강했다면……."

기르 씨는 아주 강하다. 분명 지금 이 자리에 있는 누구보다도 강하다. 그건 잘 안다. 그래서 기르 씨가 싸우는 게 제일 좋다. 하지만, 그렇게 되면…….

"메구. 미안하다. 계속 옆에서 널 지킬 생각이었는데. 하지만 이렇게 되었으니 누군가가 셰르멜호른이나 마왕을 막을 수밖에 없어."

응, 그렇지. 이해해. 잘 알고 있어, 기르 씨.

"이렇게까지 마물에 둘러싸인 이상 셰르멜호른에게 쫓기면서 너를 무사히 도망치게 하는 것도 어려워. 지금은 이 장소가 네게 가장 안전한 장소다."

응, 알아. 그러니까 기르 씨.

"네 곁을 떠나 싸우러 가는 것을 용서해줘. 반드시 이 장소를 지키겠다고 약속하마."

주먹을 꽉 움켜쥐는 기르 씨. 그런 표정 짓지 마. 다 이해하니까. 나는 여느 때처럼 웃으면서 기르 씨를 안심하게 해줘야지!

"네. 믿을께요. 기르 씨, 죠심하세요."

"……그래. 고마워."

머리를 쓰다듬어주는 손이 평소보다 더 다정하다. 사실은 불안하다. 기르 씨가 아까보다 더 크게 다치진 않을까. 무사히 돌아와 줄 수 있을까.

하지만 내가 할 수 있는 건 믿고 기다리는 것뿐. 그리고 발목을 잡지 않도록 지시를 따르는 것뿐이다. 그런 것조차 못할 정도로 꼴사나운 짓은 하고 싶지 않으니까. 울지 않는다. 안 울어!

"……저는 마물을 쫓아내겠습니다. 자하리아슈 님께서 이쪽에 공격을 가하지 않으시면 좋겠는데요……."

"그럼 나는 메구 옆에 있겠어. 나로는 불안할지도 모르지만 참아주라, 메구."

"으으응! 든든해요. 감사함미다, 니카 씨!"

크론 씨는 기르 씨를 보조, 니카 씨는 내 호위를 하겠다고 나섰다. 정말로 고맙기 그지없다. 니카 씨가 기분이 어두워지지 않도록 일부러 밝게 행동하는 것도 잘 알고 있으니까.

"우리도 있으니까. ……미안해. 내 가족인데. 하지만 우리는 저 아이를 거스를 수 없어."

"상관없다. 이렇게까지 잘 대해 주리라고는 생각하지 못했으니까. 오히려 고맙다."

조금 떨어진 곳에서 이야기를 듣고 있던 마라 씨가 말을 걸어 주었다. 그렇구나, 족장 명령이라는 이름의 저주가 있었지.

"……뒷일은 맡긴다."

기르 씨는 그 말을 끝으로 아공간에서 새 옷을 꺼내 갈아입었다. 여느 때의 전투복은 너덜너덜해졌으니까. 심플한 검은색의 롱 티셔츠니까 원래 입었던 전투복만 한 방어력은 없어 보이지만, 평범한 옷도 아닐 것 같다. 기르 씨잖아.

옷을 다 갈아입은 기르 씨는 딱 한 번 이쪽으로 시선을 주었다. 그리고는 바로 앞을 보더니, 무기인 칼을 들고 결계의 경계를 향해 똑바로 걸어갔다. 그 뒤를 따라가는 크론 씨의 발걸음에도 망설임은 없었다.

"오, 안에서 밖으로 나갈 때는 굳이 결계를 다시 치지 않아도 괜찮은 거구나."

성큼성큼 밖으로 나가려는 두 사람을 보고 니카 씨가 감탄한 듯 그렇게 중얼거렸다. 그렇구나. 밖에서는 결계를 다시 쳐야만 해서 들어오기 까다롭지만, 안에서 나갈 때는 별다른 조치를 할 필요가 없는 모양이었다. 분명 거기에 들어갈 힘은 결계 강화 쪽에 사용했을 것이다.

기르 씨가 결계 밖으로 발을 한 발자국 내민 순간, 주위에서 기다리고 있던 마물들이 일제히 움직였다. 윽! 무서워! 하지만 눈을 돌리는 건 더 무서워! 제대로 봐야지. 기르 씨가 무사한지 아닌지 알 수 없으니까!

하지만 그런 내 불안은 괜한 걱정이었다.

허리를 낮춰 자세를 잡은 기르 씨가 그대로 발도. 그것만으로 도 주위에 그림자가 퍼졌고, 이쪽으로 덤벼드는 마물은 물론 기르 씨를 중심으로 반경 수 미터 내에 있던 마물들이 전부 날아가 버렸다. 우, 우와아……!

오른손에 칼을 들고 자연스럽게 서 있는 그 뒷모습에서는 뭐라 말할 수 없는 기백 같은 게 느껴졌다. 눈에 보이지 않는 아우라라고 하는 걸까……. 조금이라도 움직였다간 베인다는, 그런 감각이었다. 물론 우리는 보호받는 입장이니까 위기는 안 느끼지만…… 대치하는 마물들은 죽겠다 싶겠지.

"여전히 대단한 남자란 말이지, 기르는. 잘 봐, 메구. 저게 두목 다음가는 실력을 지닌 길드원, 그늘에서 오르투스를 지탱해

오고 있는 남자야."

아빠 다음으로 강하다고. 솔직히 내가 보기에는 다들 대단하니까 얼마나 대단한 건지 잘 모르겠지만. 그래도 한 가지는 알 수 있었다. 기르 씨가 이 자리를 헤쳐나가지 못한다면 우리는 다 끝이라는 것이다.

"……왔어."

마라 씨의 목소리에 눈에 힘을 줬다. 기르 씨가 바라보는 시선 끝에도 보였던 모양이다. 자신의 몸에 바람을 두른, 아름다운 하이 엘프. 그 바람 때문에 마물은 접근하지도 못하는 모양이었다. 곧바로 이쪽을 향해 다가오는 셰르멜호른의 모습이 내 눈에도 똑똑히 보였다.

"하찮군."

셰르멜호른은 진심으로 귀찮다는 듯 그렇게 중얼거렸다. 하찮다고……? 뭐가 하찮다는 걸까.

"더는 아이를 넘기라고 할 생각도 없다."

"……무슨 소리지."

셰르멜호른의 뜻밖의 발언에 기르 씨는 더욱 강한 경계심을 품은 모양이었다. 몸을 대각선으로 기울여 언제든지 발도할 수 있는 자세가 되었다.

"직접 선택하게 해주마. 그렇다면 불만은 없을 테지."

"뭐, 라고?"

직접? 나더러 선택하라는 거야? 그렇다면 대답은 뻔한데. 하지만 저 여유로운 태도를 보자 왠지 불안해졌다. 니카 씨가 나를 뒤로 휙 감싸주었다. 으윽, 고마워라!

"하이 엘프 메구!"

"앗! 안 돼! 메구!"

마라 씨가 당황하며 나를 향해 달려왔다. 하지만 아마 그건 조금 늦었던 모양이다. 셰르멜호른이 나를 '하이 엘프 메구'라고 부른 순간 몸이 굳어서 움직여지지 않게 되었으니까. 어? 뭐지? 이거 대체 어떻게 된 일이야?

"이쪽으로 와라. **족장의 명령**이다."

"앗······?!"

족장 명령. 그것은 저주의 말이었다. 나는 아무리 애를 써도 몸을 자유롭게 움직일 수 없게 되고 말았다. 가기 싫은데, 원하지 않는데 발이 멋대로 셰르멜호른을 향해 걸어간다. 목소리도 나오지 않았다.

"그, 그렇게는 안 돼!"

니카 씨가 급히 나를 끌어안아 내 발을 멈춰주었다. 나는 그 상태로도 발을 움직이려 했지만, 어차피 어린아이. 의미 없는 발버둥일 뿐이었다. 니카 씨, 부디 이대로 날 붙잡고 있어 줘! 그러나 내 소원은 또다시 셰르멜호른의 한마디로 인해 무너지게 되었다.

"하이 엘프 마을의 주민들이여. ······아이의 걸음을 가로막는 자를 제압하라. 족장의 명령이다."

셰르멜호른은 이 자리에 피난 와있던 다른 하이 엘프들에게도 명령을 내렸다.

"으억, 이, 이거 놔! 마르티넬시라 씨!"

"큭……!"

"멈추세요! 여러분!"

결계 안에 있던 니카 씨는 물론이고 밖에 나와 있던 기르 씨와 크론 씨마저도 마라 씨를 비롯한 하이 엘프들의 마법으로 움직임이 봉쇄되고 말았다. 싸움에 적성이 없는 사람들이라고 해도 하이 엘프가 구사하는 고도의 마법이 여럿 중첩되면 구속을 푸는 것도 어려운 모양이었다. 게다가 이들은 우리에게 협력해 주었던 사람들. 억지로 공격을 가할 수도 없었다. 설마 아군이라고 안심하고 있던 사람들에게 구속당할 줄은 생각하지 못했으니, 셋 다 쉽사리 잡혀버리고 말았다.

"미안해…… 거스를 수 없어. 하지만 폭력적인 지시까지는 내릴 수 없다는 게 불행 중 다행이었을지도 몰라……."

"아니다. 방심한 이쪽의 잘못이니……!"

"하지만 이거, 좀 난감하게 됐는데……!"

물론 하이 엘프들에게 악의가 있는 건 아니다. 다들 미안해하는 표정을 짓고 있으니까. 이건 전부 저주 때문이다. 그걸 알기에 기르 씨나 니카 씨도 원통한 거겠지. 주먹을 너무 세게 쥐어서 손에서 피가 흘렀다.

"큭, 메구……!!"

그리고 붙잡는 사람이 없어진 지금, 나는 세르멜호른을 향해 천천히 걸어가고 있었다. 싫어, 가고 싶지 않아……! 멈춰! 내 발!

"흥. 옌나리에아르가 도망 보낸 후 이래저래 귀찮은 절차를 밟게 되었지만…… 뭐, 좋다. 드디어 내 손에 들어왔군."

그리고 마침내 나는 결계 밖으로 나와 셰르멜호른의 손에 넘어가고 말았다. 속상해. 분해. 억울해! 무력한 나를 용서할 수 없어……! 눈물이 한줄기 흘러내렸다.

"미래를 예지하고 마물을 통솔하는, 세계를 조종할 수 있는 힘을 얻었다. 드디어 세계는 나의 것이 되고, 나는…… 신이 되는 것이다!"

무, 무슨 소릴 하는 거야, 이 사람! 그 힘은 자기 힘이 아닌 주제에! 내가 순순히 말을 들을, 들을, 줄…… 으윽! 저주만, 없다면……!

게다가 세계를 지배해봤자 신이 될 수 있는 것도 아닌데. 참 애잔하다.

"그러기 위해서는, 먼저…… 마왕의 세대교체를 진행해야겠군."

"?!"

세대교체……? 그거, 설마.

"알아서 물러날 마음이 없다면 죽어줄 수밖에 없지, 현 마왕이여."

"윽! 그렇게는 안 됩니다!"

크론 씨가 발버둥 쳤다. 하지만 구속에서는 빠져나오지 못하는 모양이다. 어떻게 해야 하지……?!

"안심해라. 지금 당장은 아니니. 마왕이 조금 더 날뛰게 둬서 세계를 피폐하게 만들어야지. 이 아이를 되찾겠다며 날벌레 모여드는 것도 성가시니 말이다."

그렇게 말한 셰르멜호른은 바람 마법으로 나를 띄운 뒤 그대로 함께 이동하기 시작했다. 자, 잠깐! 어디 가는 거야?!

"메구! 메구!!"

기르 씨가 저렇게 처절히 소리치고 있다. 싫어, 가고 싶지 않아. 기르 씨! 기르 씨!!

더는 틀린 건지도 모른다. 그렇게 포기하려던 때, 대지를 뒤흔들 정도로 커다란 포효가 울려 퍼졌다.

"자하리아슈 님!"

크론 씨의 시선 끝에는 한없이 검은색에 가까운 짙은 감색의 비늘을 두른 커다란 드래곤의 모습. 마왕님이 입에서 불꽃을 토해내고 있었다. 우와, 드래곤 브레스다! 판타지 같아! 그대로 불꽃이 이쪽으로…… 이쪽?! 잠깐! 죽어! 나 죽는다고오오오오!!

"쯧, 방해하기는!"

셰르멜호른이 강해서 다행이다. 이 순간만큼은 정말 기뻐하고 말았다. 나를 감싸는 바람이 한층 단단해지며 아주 강력한 결계가 되었으니까.

"의식이 삼켜졌다 돌아오기를 반복하고 있는 모양입니다! 메구 님을 구하려고 하신 걸 테죠. 하지만 역시 자아가 버티지 못하는 것 같습니다……."

어, 그럼 마왕님은 나를 위해 폭주하는 자신의 마력에 저항하고 있는 거야? 고마워요, 마왕님! 이대로 어딘가로 끌려갈 뻔했다. 심장만이 계속 쿵쿵 울리고 있다.

"칫, 귀찮군."

셰르멜호른은 혀를 찼지만! 그래도 덕분에 시간은 번 모양이었다. 그 사이에 사람들이 움직일 수 있게 되면 좋겠는데…….나를 구해달라는 마음도 물론 있지만, 이대로는 마물들에게 둘러싸였을 때 저항할 수 없어서 위험하니까. 지금은 셰르멜호른이 있으니까 마물들도 다가오지 못하는 것 같지만, 이 자리에서 벗어나면 또 마물들이 모여들겠지.

조마조마해 하면서 지켜보고 있었더니 갑자기 몸이 떠오르는 걸 느꼈다. 어, 어어? 상당히 높은 곳까지 올라가고 있는데?! 그리고 어느 정도 높이 올라가자 그 자리에서 정지. 이, 이건 셰르멜호른의 짓인가? 다쳐도 곤란하고, 근처에 있어도 방해된다는 걸까? 덕분에 싸움의 양상이 잘 보이게 되었잖아. 으, 으으, 무서워! 아, 드래곤 마왕님이 이쪽을 봤다. 잠깐, 또 드래곤 브레스?! 아니, 나를 둘러싼 바람 마법 덕분에 다치지는 않아도 무섭다고!

"메구!!"

불꽃이 지나가자 기르 씨가 나를 부르는 목소리가 들렸다. 어, 어라? 자유로워졌어! 역시 기르 씨. 어떻게든 구속을 풀어낸 뒤 바로 커다란 검은 독수리의 모습이 되어 이쪽으로 날아오려고 한 모양이었다. 하지만.

"무르군."

"큭……!"

마물형으로 완전히 변하기 전, 셰르멜호른이 바람의 칼날로 기르 씨의 등을 베었다.

입에서 피를 토하는, 기르 씨…… 어? 잠깐. 무슨 일이, 일어난 거지……?

"기, 기르 씨이이이이이!!"

상황을 이해한 나는 정신을 차리고 기르 씨의 이름을 외쳤다. 에잇! 에잇! 이놈의 바람! 비켜. 방해라고. 기르 씨에게 가게 해줘……! 어떻게든 나가려고 바람 결계 안에서 발버둥을 쳐보았지만, 이 작은 주먹으로는 아무런 의미도 없었다. 싫어, 싫어, 기르 씨……!

"기, 다려…… 메구……!"

"흥, 끈질기군."

등이며 입에서 피를 흘리면서도 계속 일어나려고 하는 기르 씨. 그럼에도 무자비하게 다시 바람의 칼날을 들이대려는 셰르멜호른.

그만해, 그만하라고. 시키는 대로 할 테니까…… 제발. 이 이상 기르 씨를 다치게 하지 마!!

『흐아아아아아압!!』

"큭, 잔재주를!!"

셰르멜호른의 움직임을 막기 위해 커다란 사자가 팔을 물어뜯었다. 저건 아마도 니카 씨의 마물형이다. 분명 억지로 구속을 푼 거겠지. 그렇게 할 수 있는 것만으로도 대단하다고 보지만, 순식간에 바람의 칼날에 당해 피보라와 고통스러운 포효를 흘리며 날아가 버리고 말았다. 세상에……!

"니카 씨……!"

멀리 날려가는 니카 씨를 눈으로 좇을 수밖에 없다. 제발…….

"움직임을, 막겠습니다! 아악!!"

"방해다."

이어서 여전히 구속되어있는 크론 씨가 그 상태인 채로 홍수를 일으켜 셰르멜호른을 밀어내려고 한 모양이었다. 하지만 셰르멜호른이 쓰는 바람 마법에 의해 그 홍수는 태풍으로 모습을 바꾸어 크론 씨와 용의 모습인 마왕님, 그리고 구속마법을 사용하던 하이 엘프들마저 집어삼켜 하늘 높이 날려버렸다. 동족들도 있는데, 어째서?!

압도적인 힘의 차이. 기르 씨도, 니카 씨도, 크론 씨도 강자로 분류될 텐데……. 셰르멜호른은 이토록 쉽게 날려버린다. 마치 어린아이를 상대하는 것처럼.

"아직, 이다……!"

"큭……!"

하지만 이 사람은 포기하지 않는다. 분명 다들 아직 포기하지 않았다. 칼을 든 기르 씨는 부상이 느껴지지 않는 움직임으로 셰르멜호른에게 몸을 날렸다. 겉으로 봤을 때 느껴지지 않을 뿐, 실제로는 다쳤고 아직 낫지 않았다. 그래서 등에서 뚝뚝 흐르는 붉은빛이 자꾸만 눈에 달라붙었다.

"……우선은 너를 어떻게든 할 수밖에 없는 모양이니까."

"가능하리라 생각하는 거냐. 쓰레기 주제에."

눈으로 따라가지도 못할 만큼 빠른 속도로 칼과 바람의 칼날이 부딪쳤다. 기르 씨가 흘리는 핏자국만이 가까스로 기르 씨가 아직 무사하다는 증거가 되었다. 저렇게 크게 다쳤는데, 그 셰르멜호른을 상대로 조금도 물러나지 않고 공격을 퍼붓는 기르 씨. 셰르멜호른의 공격도 그 이후로는 안 맞는 것 같지만……
그래도 아까 입은 상처가 너무 깊어! 어쩐지 기르 씨의 호흡이 가빠지는 것처럼 보이는걸.

만신창이로 돌아온 크론 씨와 니카 씨가 엄호하면서 대량의 마물을 상대하고, 때때로 날뛰는 드래곤 마왕님을 제지하고 있다. 전투 초보인 내 눈으로 봐도 명백하게 우리가 불리했다.

"피가, 저렇게, 많이……."

나는 하늘에서 그걸 그저 바라보고 있을 뿐. 멋대로 흘러나오는 눈물이 시야를 일그러트렸다.

"다치는 건, 싫다고……!"

쇼에게 물어보지 않아도 사람들이며 마물들의 외침이 들리는 것 같은 느낌이 들었다. 전쟁은 싫다. 무섭다. 괴롭다. 어쩜 이렇게 무의미하지? 싸울 필요가 있어? 싸우는 이유는…… 나야?

무언가, 내가 할 수 있는 일은 없는 걸까……?

————있어.

눈물이 무릎 위로 뚝 떨어진 그 순간. 희미하게 들린 작은 목소리에 천천히 얼굴을 들어 올리자…… 세계가 바뀌어있었다.

"어, 어라……?"

소리도 없이, 그저 새하얀 세계. 어? 무슨 일이 일어난 거지?

기르 씨는? 다른 사람들은? 주위를 두리번두리번 둘러보아도 보이는 것은 그저 새하얀 공간에 앉아있는 나뿐이다. ……아니, 저쪽에서 누군가가 다가왔다. 저 사람은…….

"메구……?"

무표정하지만, 틀림없이 나와 눈을 마주치고 있는 메구가 느릿느릿 손을 내밀며 내 앞에 멈춰 섰다. 나에게 무언가 전하고 싶은 말이 있는 거야……? 나는 그 작은 손에 내 손을 살며시 겹쳤다.

새하얀 세계에서 나와 메구가 손을 잡았다. 메구의 손은 조금 차가웠다. 내가 손을 꽉 붙잡자 미약하게 마주 잡는 감각이 느껴졌다. 분명한 의사를 느낀다.

"아까 그 목소리는, 메구야……?"

내가 그렇게 물어봐도 메구에게서는 대답이 없었다. 표정도 변하지 않는다. 하지만 긍정의 뜻이 마음을 통해 느껴졌다. 왠지 신기한 감각이다.

"나도 할 수 있는 일이 있어……?"

다시 한번 긍정. 그건 무엇일까. 이렇게 무력한 내가 할 수 있는 일……?

고민하고 있었더니 맞잡은 손에서 머릿속으로 영상이 흘러들어오는 감각이 느껴졌다. 나는 그 영상에 집중하기 위해 반사적으로 눈을 감았다. 보이는 건…… 연한 분홍색으로 빛나는 긴 머리카락을 나부끼는 아름다운 여성. 엔나, 씨?

『메구. 당신을 혼자 떠나보내는 것을 부디 용서해주세요.』

나, 정확하게는 메구의 두 어깨에 손을 올리고 진지한 눈빛으로 그렇게 말하는 옌나 씨. 그 눈동자는 조금 젖은 것처럼 보였다.

『저는 당신을 낳을 수 있어서 무척 행복해요. 사랑하는 사람과의 사이에서 생긴 소중한 보물. 사실은 계속 곁에 있고 싶었지만…….』

말문이 막히는 옌나 씨. 결코 눈물을 흘리지 않겠다는 결의가 보였다.

『저를 대신해 당신을 지켜봐 줄 사람과 꼭 만날 수 있을 거예요. 곤경이 기다리고 있다고 해도, 믿으세요. 반드시 빛이 드리울 거예요.』

빛이 드리운다. 이 말은 무척 중요한 의미를 지녔다. 그런 느낌이 들었다.

『당신에게도 언젠가 그 빛이 보이겠죠.』

나에게도? 하지만 나는 평범한 인간. 평범한 하세가와 메구인걸. 내가 할 수 있을까. 나는 가짜 하이 엘프잖아. 영혼은 평범한 인간이야.

『마지막으로…… 이것만이라도 당신에게 전해진다면 좋겠어요.』

마지막? 아, 그렇구나. 이건 메구의 기억. 옌나 씨가 메구와 헤어지기 직전의 기억이구나.

『메구. 사랑해요. 앞으로도 계속.』

꼬옥 끌어안아 주는 따뜻함과 애틋함을 나도 느낄 수 있었다. 구석구석 전해지는 어머니의 애정. 아아, 이것이 있었으니까. 이게 있으니까 메구는 바란 거구나.

영혼을. 나를.

천천히 눈을 뜨자 그곳에는 변함없이 무표정으로 서 있는 메
구가 있었다. 다만 한가지 변화가 보였다.

"메구, 슬픈 거니?"

조용히 눈물만을 흘리는 메구. 내 말에 부정의 뜻이 전해졌다.

"……그래. 기쁜 거구나. 그리고 속상하지."

긍정의 뜻이 돌아왔다. 그리고, 각오.

알았어. 드디어 알았어, 메구. 나도 각오할 때가 온 거야. 후
후, 네가 먼저 각오한 거였구나? 배짱도 두둑해라. 하지만 나도
지지 않아.

"그럼 그렇게 할까."

내 말에 바로 긍정이 돌아왔다. 희미하게 웃은 것처럼 보인 건
내 착각일까.

앉아있던 나는 메구의 손을 잡고 일어났다. 어느새 나는 하세
가와 메구의 모습이 되어 있었기 때문에 바로 메구와 눈높이를
맞춰서 몸을 숙여야 했지만.

"나를 불러줘서 고마워. 다시 살게 되어서 기뻐."

나는 메구의 눈을 똑바로 바라보고 최대한 웃는 얼굴이 되길
명심하며 말했다.

"다시 태어나자. 함께."

스윽 눈을 감은 메구에 맞춰서 나도 눈을 감고 두 손으로 메구

의 손을 잡았다. 이마와 이마를 맞댄 뒤 서로의 존재를 깊이 인식하고, 녹아들고, 하나로 섞인다.

우리가 바라는 것은 같다. 소중한 사람들 옆에서 웃으면서 하루하루를 보내고 싶다. 하지만 우리는 불완전하고 애매모호한 존재. 몸과 영혼이 별개의 의지를 지녔기에 도저히 본래의 힘을 발휘하지 못하고 있었다. 메구의 숨겨진 힘도, 하세가 메구로서의 강한 마음도. 그래서 우리는 하나가 된다. 둘이서 하나였던 우리가, 영혼과 마음을 제대로 융합시켜야 한다.

어떤 느낌이 될까. 지금의 나는 어딘가로 가버리는 게 아닐까 불안하기도 했다. 하지만 분명 괜찮다는 이상한 자신감도 있었다. 그러니 무섭지 않다. 메구가 함께 해주잖아.

자, 다시 태어나자. 새로운 '메구'로서.

눈을 감고 있어도 강렬한 빛이 느껴졌다. 몸과 마음에 따끈따끈한 온기가 느껴진다. 기분 좋은 감각이다. 빛이 사그라들고, 드디어 천천히 눈을 떴다.

"……앞으로도 영원토록 잘 부탁해. 메구."

메구로서의 기억과 감정, 그리고 하세가 메구로서의 기억과 감정도 남긴 채 우리는 드디어 하나가 되었다. 응, 역시 괜찮았어. 오히려 전에 없을 만큼 몸도 마음도 개운해서, 여태까지 얼마나 심신에 부담이 가고 있었는지 이해할 수 있었다. 자꾸만 쓰러질 만도 하네.

"! 이건……."

그리고 다시 태어나자마자 나는 미래를 보았다————.

3 메구의 힘

불현듯 정신이 들자 나는 바람 결계 안에서 전투를 바라보고 있었다. 얼마나 시간이 지난 거지……? 알 수 없지만, 사람들의 얼굴에 피로가 보이니까 어느 정도 시간이 지난 건지도 모른다. 여전히 다들 피를 흘리면서 필사적으로 싸우고 있다. 그 광경에는 역시 가슴이 욱신거렸지만, 신기하게도 공포는 느끼지 않게 되었다. 그건 분명 조금 전에 본 미래 덕분일 것이다.

메구가 지닌 미래 예지라는 특수 체질은 미래를 볼 수 있다. 하나가 된 지금, 나도 그 힘을 갖게 되었다. 내가 보는 미래는 거의 변하지 않는 확정된 미래지만 노력 여하에 따라 바꾸는 게 불가능하지도 않다. 그걸 대충이지만 알게 되었다.

하지만 이번에는 그 미래를 바꿀 필요가 없다. 그렇다고 해서 아무것도 하지 않을 수는 없지. 빛이 드리우는 미래로 이끌기 위해서. 그러니 자신감을 갖고 움직이려 한다. 나는 그저 내가 생각하는 대로 행동하면 되는 것뿐이니까! 내가 본 미래가 나에게 용기를 주었다.

"쇼."

『응응, 주인님! 안색 좋아졌네?』

"응. 이제 갠차나. 다른 아이들과도 대화하고 싶은데……."

바람의 결계가 너무 단단하기 때문에 최초의 계약 정령 말고 다른 정령들은 들어오지 못하는 것 같다. 하지만 쇼를 통해서 대화는 할 수 있다. 정말 만능이야, 쇼!

"결계는 안에서 밖으로 나가는 건 십자나? 이 바람 결계도 안에서 힘을 주면 박께서 들어오는 것보다는 적은 힘으로 나갈 수 있지 아늘까? 해서."

『알았어! 후우에게 물어볼게!』

바람의 결계니까 아마 후우가 제일 잘 알고 있을 거다. 그래서 쇼도 후우에게 물어보러 가 주었다.

『조금 어려울지도 모르지만, 마력을 방출하면 가능할 것 같대!』

"윽. 내 적은 마력으로 갠차늘까……."

아무리 안에서 쏘는 거라고 해도 셰르멜호른의 결계니까, 내 도토리만 한 마력으로는 부족할 것 같아! 그런 생각을 하고 있었더니 쇼에게서 뜻밖의 말이 돌아왔다.

『주인님, 아까 마력량이 갑자기 확 늘었는걸? 깜짝 놀랐어! 무슨 일인 건지 걱정했다고!』

"어? 그래?"

놀랍게도 여태까지 내가 지녔던 마력량의 10배 정도는 늘었다고 한다. 히익! 그렇게나?! 뭐, 짐작 가는 게 없지는 않다. 이것 참, 메구는 잠재능력이 어마어마하구나……!

"듣고 보니…… 느껴져. 마력. 아, 무슨 일이 이썼던 건 맞지만 나쁜 일은 아니니까 걱정하디 마."

그 원인에 대해서도 다음에 자세히 말해주겠다고 약속하자, 쇼는 '대충 알겠지만 기다릴게'라고 대답했다. 목소리의 정령이니까. 어렴풋하게 아는 건지도 모른다. 하지만 제대로 이야기하고 싶고, 그때는 다른 정령들에게도 같이 알려줄게! 아무튼 지금은 해야만 하는 일이 있으니까.

"조아. 그럼 가보실까!"

『가라, 주인님!』

결계에서 나온 뒤에는 어떻게 해야 하는지, 쇼를 통해 다른 정령들에게도 전달해두었으니 준비는 완벽하다. 어떻게 될지는 모르겠지만 어떻게든 되게 해야지! 여기서부터는 반격 타임이다! 나는 배에 힘을 꽉 집어넣은 후 발치에 두 손을 올려놓았다. 전신을 맴도는 마력을 꼼꼼히 느끼고, 담아두고, 담아두고……!

"가라아아아아!!"

단숨에 마력을 방출! 으랍!!

그러자 연한 분홍색으로 빛나는 환한 빛이 결계 안을 가득 채웠다. 이 색은 내 마력의 색이다. 쇼와 비슷하다는 게 왠지 기뻤다. 좀처럼 뚫을 수 없는 바람의 결계. 하지만 포기할까 보냐! 아슬아슬할 때까지 마력을 써버리겠어! 그렇게 계속 방출하자 드디어 결계가 삐걱거리는 소리가 들리기 시작했다. 조금만, 더……!

"에이이이이잇!!"

최후의 일격을 가하듯 한층 힘을 담은 순간, 유리가 깨지듯이 와장창하는 소리와 함께 바람이 어마어마한 기세로 상공을 향해 올라갔다. 나는 그 자리에 남았다가, 아래로 떨어졌다. 으허억!

"후우우우우우!"

『맡겨줘, 주인님!』

후우를 부르자 내 주위를 바람이 두둥실 감쌌다. 저장 마력을 보존해둔 거랑, 남은 마력의 관계상 날지는 못해도 낙하 속도가 느려졌다. 휴우.

"무슨⋯⋯?!"

셰르멜호른의 다급한 목소리가 들렸다. 그만이 아니라 다들 나를 알아차린 건지 이쪽을 올려다보고 있다. 어디 보자, 착지 예상 지점은⋯⋯ 으아아! 마물 한복판이잖아! 히익.

"메구! 큭⋯⋯!"

기르 씨와 니카 씨, 크론 씨도 나를 받아내려고 이쪽을 향해 달려오려 했으나 셰르멜호른과 마물, 그리고 드래곤 마왕님에 가로막혀 이쪽에 오지 못하는 모양이었다. 음, 굳이 따지자면 셰르멜호른도 오려고 하는 걸 기르 씨가 막고 있다는 느낌. 어라? 나 마력만이 아니라 동체 시력도 좋아지지 않았나?

"호무라! 후우!"

『알았어, 주인님!』

『간다!』

아차, 그런 생각을 하고 있을 때가 아니었지. 괜찮아. 이쪽은 내가 알아서 어떻게든 할 테니까! 미리 맞춰둔 대로 호무라가 착지점에 있는 마물을 향해 불덩어리를 떨궜다. 지면에 떨어진 불꽃은 매서운 폭풍과 함께 퍼져나가 반경 5미터 정도의 불꽃의 고리를 만들어냈다. 마물들이 불쌍하기 때문에 살상능력은 낮게 잡았다! 좋아, 중심에는 아무도 없지.

"웃차, 착지! 호무라, 후우, 고마워! 잘했어!"

이렇게 나는 후우의 바람 쿠션으로 불꽃 고리의 중심에 안전히 내려섰다. 곧바로 두 정령에게 수고했다는 인사를 건넸다.

"조아. 그럼 다음은 시즈쿠. 잘 부타캐."

『정말 괜찮은 거지?』

"응. 갠차늘 거야."

보장은 못 하지만! 미래를 본 나는 조금 대범해졌거든!

『그럼 간다!』

시즈쿠가 몸을 살짝 낮춘 뒤 발에 힘을 주며 입에서 물을 뿜어냈다. 그대로 빙글 한 바퀴 돌자 순식간에 불꽃이 사라졌다. 그러자 당연히 주위에는 마물들이 득실득실. 눈에 빛을 싫고 먹이를 발견했다는 양 나에게 덤비려 하고 있다. 윽, 아무래도 무섭다. 하지만 지지 않을 테니까.

"쇼, 부타캐."

『언제든지 말해!』

여기서부터는 잘 풀릴지 안 될지 내기다. 하지만 분명 이길 수 있다! 나는 숨을 크게 들이마셨다.

"마물드라! 거기! 비켜어어어어어어!!"

The 설득이다! 뭐, 설득이라기보다는 그냥 명령이지만! 그래도 나에게는 쇼가 있다. 쇼가 내가 외친 말 이상의 내용을 마물들에게 일제히 전달해준다. 나의, 마음의 목소리를. 반드시 고통에서 구해줄 테니까. 부탁이니까 지금은 방해하지 말아줘. 괜히 다치게 하고 싶지 않아. 그러니까 나에게 시간을 줘. 그런 내용이다.

날카로운 눈빛으로 마물들을 바라보았다. 날카롭게 보일지 아닐지는 제쳐놓고, 눈에 나의 뜻과 힘은 담았다. 어, 어때……? 적어도 당장에라도 덤비려고 했던 분위기는 사라진 것 같은데. 조금 불안해지기 시작했을 때, 마물들이 반응을 보였다.

"잉?"

이상한 목소리가 나왔다. 아니, 그렇지만…… 마물들이 일제히 길을 열며 머리를 숙이고 있으니까. 너무 고분고분해서 놀랍단 말이지. 우오오, 굉장한 광경이다. 감사히 지나가야지.

"고마워. 쪼끔만 더, 기다려줘."

그런 식으로 마물들에게 말을 걸며 총총총 걸어갔다. 길 끝에는 기르 씨와 니카 씨, 크론 씨. 다들 어안이 벙벙해진 얼굴이었다. 심지어 세르멜호른도. 음, 그 마음 모르는 건 아니긴 한데.

"마왕의, 위압감……? 설마, 아직 세대가 교체되지 않았는데……."

"핏줄이라는 건지도……?"

기르 씨와 니카 씨가 이쪽을 바라본 채로 중얼거렸다. 위압감? 그런 걸 내보낸 기억은 없는데……. 아니, 명령을 내린 거니까 그게 위압감이 된 건지도 모른다. 여태까지는 마왕끼리 피가 이어져 있지 않았으니 이런 일이 없었지만, 나에게는 마왕의 피가 흐르니까 세대교체 전에도 위압감을 쓸 수 있는 걸까. 으음. 하지만 아마 우연이겠지. 똑같이 하라고 해도 못 해!

아무튼. 가까이 와 보자 다들 상처투성이인 게 잘 보였다. 으윽, 보기만 해도 아파……. 좋아!

"시즈쿠. 아까 그 약 안개를 모두에게 뿌려줘."

『마물이나 저 녀석에게도 말인가······?』

"응. 안 댈까?"

시즈쿠가 말하는 저 녀석이란 셰르멜호른을 가리킨다. 싫은 사람이지만 역시 다친 걸 보는 건 불편하거든. 일단 내 할아버지인 셈이고.

『안 될 것은 없다. 그대의 뜻대로!』

조금 이해하지 못한다는 게 전해졌지만, 내가 말한 대로 주변에 약 안개를 흩뿌려주었다. 범위가 넓어서 줘야 하는 마력이 많고, 아까 마력을 잔뜩 사용했기 때문에 아무리 마력의 총량이 늘어났다고 해도 좀 버거웠다.

아, 맞다. 마력 회복약을 가져왔었지. 바나나, 아니, 나바바 맛의 약을 수통에 넣어 챙겨왔다. 개인 아공간에서 서둘러 수통을 꺼내 컵에 약을 따랐다.

"으음, 으음······ 조아. 잘 먹겠씀미다. ······으음, 조금 쓰지만 마시써!"

휴우, 마력도 조금 회복됐다! 컵에 따른 약을 쭉 마신 뒤 아공간에 수통을 되돌려놓은 뒤에야 사람들의 시선을 눈치챘다. 뭐, 뭔데. 그 오묘한 얼굴. 어안이 벙벙해진 것 같기도 하고, 훈훈해하는 것 같기도 하고, 놀란 것 같기도 하고, 뭔가 온갖 감정이 마구 뒤섞인 그런 얼굴!

"메구······."

그리고 힘이 빠진 듯, 어이없는 듯, 안심한 듯한 목소리를 흘리는 기르 씨. 에잇! 사소한 건 됐어! 아무튼 기르 씨의 품속으로 다이빙!!

"다녀왔씁미다! 기르 씨, 다친 데는 갠차나요?"

"……그래."

기르 씨는 부드럽게 받아주었다. 피를 많이 흘려서 걱정되어 위를 올려다보고 말을 걸었다. 하지만 기르 씨가 바로 꽉 끌어안는 바람에 얼굴을 아주 잠깐밖에 보지 못했다.

그래서 착각인 건지도 모르지만, 기르 씨는 눈썹을 찡그리고 당장에라도 눈물을 흘릴 듯한 표정을 짓고 있었던 것 같았다.

"무섭게 해서, 미안하다……."

"기르 씨?"

"다시는, 떨어지지 않을게. 내가 지킬게. 별로, 설득력이 없겠지만……."

등에 감긴 기르 씨의 손이 떨리는 걸 느꼈다. 그래, 무서웠구나. 무섭다고 말했었지. 나야말로 미안해, 기르 씨.

"믿을께요. 저도 기르 씨를 무섭게 해서 제송합니다."

작은 손으로 기르 씨의 등을 토닥토닥 두드렸다.

"이제 갠차나요. 못 미더울지도 모르지만요."

달래듯이 그렇게 말하자 작게 피식 웃는 기척이 났다.

"아니, 넘치도록 든든해."

그렇게 말하면서 보여준 기르 씨의 얼굴은 여태껏 본 것 중에서 최고로 잘생긴 미소였습니다. 눈이 부셔!

"재회에 기뻐하는 마음은 이해합니다만, 지금은 그럴 때가 아닙니다."

"근본적인 문제는 해결되지 않았으니까."

"알아."

크론 씨와 니카 씨의 말에 퍼뜩 정신을 차린 사람은 아무래도 나뿐인 모양이다. 기르 씨는 제대로 경계를 늦추고 있지 않은 듯했다. 역시 기르 씨다.

"드래곤 브레스가 옵니다!"

"어이쿠, 저쪽도 어마어마한 아우라가 풀풀 날리는데."

오오, 저쪽도 이쪽도 가슴 따뜻해지는 재회 같은 건 알 바 아니라는 건가? 좋아. 문제는 하나씩 해결하자. 그런 고로 제안합니다!

"마왕님…… 아부지는 어떠케든 할 수 있을 것 가타요."

"뭐……?"

"무슨 말씀이시죠?"

뭐, 그렇겠지. 이런 어린아이가 뭘 할 수 있냐고 생각하는 게 당연하다. 하지만 아까도 지금도 마물들을 얌전하게 만들었다는 실적이 있으니까 들을 자세를 보여주는 모양이었다.

"쇼가 있으니까, 제대로 **아부지**에게 목소리를 저날 수 있어요."

내 정령에 대해 잘 모르는 크론 씨에게 쇼가 지닌 능력을 간단히 설명하자, 크론 씨의 표정이 바로 밝아졌다.

"! 그렇군요. 그건 해볼 가치가 있겠습니다. 메구 님의 목소리라면 더욱, 자하리아슈 님의 마음에 울릴 테니까요."

의도를 정확하게 파악해준 크론 씨가 바로 찬성해주었다. 이해가 빠른 사람은 역시 다르다.

"하지만 셰르멜호른은 지금도 메구를 노리고 있잖아? 어이쿠."

이렇게 회의하면서도 셰르멜호른이나 용의 공격을 피하는 여러분. 나? 기르 씨 품에 덜렁 안겨 있습죠. 기르 씨는 나를 안고 있기 때문에 한쪽 팔밖에 쓰지 못하지만, 공격하는 게 아니니까 괜찮다고 한다. 민첩하고 절제된 움직임으로 피하는 기르 씨에게 존경의 눈빛을 보냈다.

"이대로도 목소리는 전달할 수 있는 거지?"

"네! 하지만 가능하다면…… 조금 더 가까이 가고 시퍼요."

드래곤이 된 지금은 무척 크기 때문에 나를 발견하는 건 어려울 것이다. 아무리 목소리가 전해졌다고 해도 내 모습이 보이는 것과 보이지 않는 것은 크게 다를 것 같단 말이지.

"그럼 저와 니카 씨, 둘이서 시간을 벌겠습니다."

"하지만 너무 오래는 못 버틴다?"

"그렇다는군. 할 수 있겠어? 메구."

그렇지. 하지만 마왕님이 제정신으로 돌아오면 확 편해질 거다. 가능한지 불가능한지가 아니라, 해야 한다.

"네!"

"좋아. 그럼 부탁한다!"

내 대답을 들은 기르 씨는 입꼬리를 살짝 끌어올리며 고개를 끄덕이더니, 두 사람에게 신호를 보낸 뒤 바로 달려나갔다. 니카 씨와 크론 씨는 반대 방향, 즉 셰르멜호른을 향해 달렸다.

"쇼, 부탁해!"

『언제든지 오케이야!』

지금 나는 기르 씨의 품에 안겨 있는데, 기르 씨는 공격을 피하면서 이동하고 있기 때문에 움직임이 꽤 격렬해졌다. 적어도 혀를 깨물지 않도록 조심해야지! 그럼, 간다! 설득 제2탄!! 나는 다시 숨을 크게 들이마셨다.

"난폭한 아부지는 시러요!!"

후우, 큰소리로 외치면 속이 개운해진단 말이지! 쇼도 제대로 임무를 수행한 모양이다. 마왕님의 머릿속에 이 목소리를 직접 전해주었을 것이다. ……응? 어째 유독 조용하지 않아? 나는 의아해하며 기르 씨의 얼굴을 올려다보았다.

"메구……!"

입을 꾹 누르고 부들부들 떠는 기르 씨. 어라? 웃는 거야? 우와, 웬일이래? 아니, 그게 아니고.

"왜 웃는 거예요."

이해할 수 없다. 볼멘소리로 투덜거리자 기르 씨의 몸이 더욱 떨렸다. 무언가가 기르 씨의 웃음 스위치를 눌러버린 건지도 모른다. 왜?

"어마어마한 위력입니다! 효과 발군입니다, 메구 님!"

조금 떨어진 위치에서는 크론 씨의 기뻐하는 목소리가 들렸다. 어? 효과 발군? 문득 시선을 옮기자 그 말의 의미를 이해할 수 있었다.

"아, 아…… 안 돼!! 그것만은 안 된다!! 딸에게 미움받으면 살아갈 수 없다!!"

어느새 인간형으로 돌아와 있던 마왕님이 여기저기에서 피를 흘리면서도 그렇게 울부짖으며 지면에 두 팔과 무릎을 짚고 있었습니다.

아, 돌아왔네.

아주 조금 침착함을 되찾은 마왕님은 주절주절 변명을 늘어놓기 시작했다.

"나는 암흑 속에서 갈등했다. 분노에 의식을 빼앗겨서는 안 된다는 걸 알고 있었으나, 도저히 용서할 수 없는 짓이었으니까. 그랬더니, 그랬더니 메구가……!"

"파파 시러 발동?"

"크헉! 그만해라……! 그것만큼은 죽어도 싫다!!"

가슴을 부여잡고 몸부림치는 마왕님. 딸에게서 싫다 소리 듣는 게 죽는 것보다 무섭구나. 어쩌면 딸인 나는 최강자인 건지도 모르지……. 잠시 아득해져 있었더니 간신히 웃음 발작에서 벗어난 기르 씨가 끼어들었다.

"여하간 이성이 돌아왔다면 먼저 마물을 어떻게든 해주지 않겠나. 아마도 각지에서 난동을 부리고 있을 거다."

"음, 그랬지. 잠시 기다리도록."

그래, 문제는 아직 있었지. 기르 씨의 발언을 들은 마왕님이 다시 드래곤의 모습이 되었다. 그리고는 하늘을 향해 포효했다.

세계 구석구석까지 울려 퍼질 것만 같은 그 포효는 근처에 있는 나에게는 막대한 대미지! ……는 없었고, 신기하게도 귀에 들어오지 않았다. 뭐라고 해야 하나, 마음에 직접 울린다고 해야 하나? 그리고 그건 마왕의 부활을 의미하는 것이니, 그것만으로도 모두에게 이제 괜찮다는 안도를 주었다. 휴우, 이런 모습은 순수하게 멋있단 말이지!

"이로써 괜찮을 테지. 남은 문제는…… 역시 저 녀석인가."

바로 인간형으로 돌아온 마왕님은 날카로운 눈빛으로 셰르멜호른을 바라보았다. 아직 눈에는 분노의 기색이 보이는데, 괜찮은 걸까?

"……아부지, 또 무서워지지 아늘 거예요?"

조금 불안해진 나는 기르 씨에게 내려달라고 한 뒤 마왕님에게 달려가 옷자락을 꾹꾹 잡아당기며 그렇게 물었다. 나를 알아차린 아부지는 순간 헤실헤실 풀어진 미소를 지었다가, 바로 한쪽 무릎을 꿇고 나와 눈높이를 맞춘 뒤 대답했다.

"옌나는…… 이제 없지. 그리고 녀석이 한 짓을 내가 용서하지 못하는 것도 변함이 없다. 하지만 나에게는 나를 위하는 가족 같은 동료가 있지. 그리고, 나의 딸도."

마왕님의 커다란 손이 내 뺨을 만졌다. ……따뜻하다.

"그것을 떠올리게 해준 것은 그대다, 메구. 감사하마. 사랑하는 딸이여."

아이참, 좀 멋있잖아?! 근사한 파파잖아? 어쩜 이렇게 기쁜 말을 해주는 걸까, 이 사람은. 그래서 나는 진심으로 웃으며 마왕님의 손에 뺨을 비비며 대답했다.

"네! 저도 아부지 조아해요!"

"! ……크허억! 참아보았으나 무리구나! 뭐냐, 이 사랑스러움은?! 나의 딸은 세상에서 제일 귀엽도다! 아아아아아! 아버지가 바로 문제를 해결하고 오마, 잘 지켜보려무나!"

몸부림을 치나 싶더니 갑자기 의욕에 넘쳐서 어마어마한 기세로 달려가는 마왕님. 얼떨떨한 얼굴로 그 자리에 우두커니 서 있는 나와 기르 씨.

"……코미디가 되었군."

"뭐, 하지만 아부지다워요."

우리는 무심코 얼굴을 마주 보며 쿡쿡 웃었다. 아직 마지막 강적이 남아 있지만 분명 괜찮을 거다. 어떻게든 되겠지.

"갈까."

"네!"

우리도 뒤늦게 걷기 시작했다. 위험하니까 조금 떨어진 장소에 있을 거지만, 셰르멜호른이 있는 곳으로. 기르 씨의 품에서!

바람을 중심으로 한 온갖 마법이 오갔다. 셰르멜호른의 바람의 칼날이며 회오리바람, 그걸 마왕님이 각종 마법으로 깨부수고, 궤도를 바꾸고, 때로는 소멸시켰다. 어느 쪽도 그 자리에서 거의 움직이지 않았고 딱히 숨이 가쁜 기색도 없었다. 나는 아까 연속으로 사용한 마법만으로도 정신적으로 녹초가 되었는데!

"멍청이는 멍청이답게 난동이나 부리고 있으면 될 것을."

"훗, 확실히 나는 멍청이지. 그건 인정하마."

마왕님이 오자 전선에서 이탈한 크론 씨가 무표정한 얼굴로 '멍청할 정도로 자식 사랑에 눈이 머시긴 하셨죠'라고 중얼거렸다. 나도 모르게 웃음이 터질 뻔했잖아! 뭐지, 이 긴장감 없는 분위기. 지금도 셰르멜호른과 마왕님은 격렬한 마법 배틀을 벌이고 있는데. 하지만 대충 마왕님이 밀어붙이고 있다는 느낌이 든다. 어딘지 안심이 된다고 할까.

"하지만 내가 그대로 난동을 부리길 바란 시점에서 나에게 승기가 있음을 인정한 것 아닌가?"

"……쓰레기가 무슨 헛소리냐."

그러나 어느 쪽도 결정적인 일격은 가하지 못하고 있다는 느낌이다. 마왕님은 그 신체 능력으로, 셰르멜호른은 타인의 생각을 읽는다는 특수능력으로 상대의 공격을 적절히 피하거나 흘려보내기 때문이다. 너무 고도의 싸움이다. 분명 더 복잡한 공방이 오가고 있는 거겠지. 나는 평생 가도 모를 것 같다.

그로부터 얼마나 오랫동안 그렇게 공방을 주고받았을까. 언제까지고 결판이 나지 않은 채 시간만이 흘러간다. 그럼 그동안 아무런 변화도 없었냐고 묻는다면, 답은 아니오다.

"애초에 사람이 신이 될 수 있을 리 없지 않나! 태어난 순간부터 죽을 때까지 계속 그 종족인 법이거늘! 그대는 억지를 부리는 어린아이나 마찬가지다!"

"닥쳐, 애송이! 거들먹거리면서 멋대로 지껄이다니! 운명은 바꿀 수 있다!"

"철부지 하이 엘프 같으니!"

"철부지는 그쪽이겠지, 덩치만 클 뿐인 지렁이 주제에!"

언쟁이 과격해졌습니다. 네. 뭐라고 해야 하나, 초등학생 싸움

수준이 되지 않았어? 마법만큼은 쓸데없이 수준이 높기 때문에 거기서 오는 격차가 참. 사실은 둘 다 지치기 시작한 게 아닐까. 주로 정신적인 측면에서. 다들 슬슬 황당해하는 분위기였다.

"그대에게 메구의 장래를 빼앗을 권리는 없다!"

"흥! 나를 위해 힘을 쓰는 것만큼 행복한 일은 없다!"

어라? 내 이야기가 되었네.

"모처럼 타고난 재능이 뛰어난데도…… 어중간한 환경에서 자라 그 능력을 살리지 못한다면 살아있을 의미가 없다!"

셰르멜호른의 그 말에는 질투가 섞여 있는 느낌이 들었다. 하지만 슬슬 나도 짜증이 나기 시작했다. 남을 도구 정도로나 생각하는 저 사고방식에!

"이대로는 무능한 짐 덩이로 전락할 뿐! 어차피 지금도 스스로는 아무것도 하지 못하는 밥벌레 아닌가. 얌전히 내 지시를 따르면 된다! 먹을 것도 입을 것도 부족하지 않은 생활을 내려줄 터인데 무엇이 불만이라고!!"

다른 종족을, 뭐라고 생각하는 거야.

"어린아이는 살려주는 것만으로도 감사히 생각해야 하는 법이다!"

질질 늘어지던 유치한 말다툼에 이미 짜증이 나기 시작했던 나는 마침내 폭발하고 말았다.

"시꾸러어어어어어!!"

진짜 열 받아!! 주위에서 눈이 휘둥그레져 이쪽을 보고 있지만 내가 알 바 아니야!

"아까부터 듣자하니, 뭐가 그러케 잘났어요? 그러케 고상하신 하이 엘프 님이세요?! 결국 아직 신이 된 것도 아니면서 뻐뻐나다구요!"

"무, 무슨……!"

내가 일갈한 것이 너무나도 예상 밖이었던 모양이다. 셰르멜호른은 말문이 막힌 듯 입만 벙긋거렸다. '신랄하군요.'라는 크론 씨의 냉정한 목소리가 들린 것도 같지만 신경 쓰지 않았다. 한 번 폭발해버린 내 외침은 멈추지 않는다!

"게다가, 족장 명령 같은 것도 절때 안 들을 거예요! 저를 부짭아도 말 안 듣는 아이를 상대한다고 짜증이나 내시죠! 애초에 하이 엘프는…… 조금 대다난 엘프일 뿐이자나요!"

"조금 대단한, 엘프……."

역시 냉정한 목소리로 내가 한 말을 따라서 중얼거리는 크론 씨. 마왕님도 니카 씨도 나란히 어안이 벙벙해진 표정이었다.

"구별을 하니까 문제가 대는 거예요! 저는 하이 엘프가 아니어도 대요! 엘프면 대요! 오르투수의 마스코트인 꼬마 엘프예요!!"

어깨를 씩씩거렸다. 그래, 나는 엘프다. 애초에 처음에는 그렇다고 믿었는걸. 하이 엘프의 피가 섞여 있기 때문에 이 마을에 들어온 거지만, 그건 결국 엘프족의 하이 엘프 집안 핏줄이라는 거다. 친척이니까 들어올 수 있었던 것뿐이야. 그렇지? 그러니까 나는 하이 엘프라고 인식된 것에 불과하다. 성이 하이 엘프, 이름이 메구인 거다.

"게다가 하이 엘프보다 엘프가 더 발음하기 십고……."

아, 이건 별로 상관없으려나. 하지만 나에게는 꽤 중요한 사항인데.

……침묵이 흘렀다. 그런가 했더니 어째 흔들린다!? 지진?! 하고 놀랐는데 아니었다. 이거, 기르 씨가 몸을 떨어서 그런 거다.

"왜 웃능 거예요!"

내가 그렇게 소리치자 더욱 웃음을 흘리는 기르 씨. 역시 웃음이 헤프다. 그때, 그 광경을 보고 있던 마왕님과 크론 씨, 니카 씨도 큰 소리로 웃기 시작했다. 왜!

"메구에게는 못 당하겠구나!"

그렇게 말하며 나를 향해 웃는 얼굴을 보여주는 마왕님. 그리고는 전신의 힘을 빼고 자세를 바로잡은 뒤 셰르멜호른을 향해 몸을 돌렸다.

"셰르멜호른이여, 이제 포기하지 않겠나? 하찮은 짓이라는 생각은 들지 않나? 어린아이를 이용하려는 것도, 우리가 그로 인해 싸우는 것도."

마왕님은 셰르멜호른을 타이르듯이 말을 걸었다. 하지만 셰르멜호른은 당연히 들은 척도 하지 않았다.

"우리 하이 엘프의 오랜 꿈을 하찮다고 치부하는 것이냐!!"

"아니야!"

언성을 높이는 셰르멜호른의 말에 무심코 끼어들고 말았다. 문득 예전에 아빠에게 들었던 이야기가 떠올랐기 때문이다.

"들려주세요. 왜 신이 대고 시픈 거예요?"

"……어리석은 질문이군. 저능한 생물은 들어도 이해할 수 없다."

참나, 고집불통이네.

"하지만 그 저능한 다른 종족이 업따면 신이 되지 못하자나요?"

"……뭐라고?"

그렇다. 신이라는 건 신앙을 받는 대상이다. 인류가 평온하게 살아가기 위한 동아줄 같은 거라고 들었다. 어린 시절, '신이 정말 있어?'라는 아이 특유의 질문을 던졌을 때 아빠가 그렇게 가르쳐주었다. 어린 마음에도 그 말이 무척 그럴싸하게 들렸던 것을 지금도 기억한다. 그래서 진실은 어떻든 나는 계속 그렇게 믿어왔다.

"사람들이 고마워하거나 신앙을 바치지 아느면 신이라고 부를 수 업써요. 그래도 신이라고 주장한다면, 그건 그냥 이름에 불가해요. ……당신은 그런 **저능아들**에게 고마움을 받고 시픈 거예요?"

물론 이건 내 생각이다. 신은 신으로서 존재가 확립된다고 생각하는 사람도 있을 테고, 다르게 생각하는 사람도 있을 것이다. 셰르멜호른은 그 점에서 나와는 관점이 다를 테니까, 전혀 귀 기울여주지 않을지도 모른다고 생각했지만…… 왠지 전하지 않고는 견딜 수 없었다.

물끄러미 쳐다보는 시선 끝에 잇는 셰르멜호른은 미간에 주름을 만들어놓고 무척 불쾌하다는 표정을 지었지만, 입을 열지는 않았다. 황당한 건가? 이런 어린아이가 뭘 아냐면서. 하지만 반박을 안 한다면 잘 됐다며 나는 다시 말을 이었다.

"신은 잘난 사람이 아니에요. 신은 사람들이 머때로 의지하고, 기도하고, 때로는 매달리고. 믿꼬 싶으니까 믿는 거예요. 사람들을 지배할 쑤 있는 존재가 아니에요. 저는 그런 걸 신이라고 믿고 싶지 아나요!"

나는 솔직히 신을 믿는 신앙심이 없다. 원래 무종교파인 일본인이었으니까. 굳이 꼽으라면 배가 아플 때는 신을 찾던가? 결국은 그 정도다.

하지만 신의 존재는 믿는다. 분명 신은 존재하지만, 인간에게 무언가를 해주는 일은 없으리라고 생각한다. 신은 인간이 제각기 의사에 따라 움직이는 걸 바라보며 수많은 생각을 하지 않을까. 때로는 변덕스럽게 손을 내밀거나, 무언가 실수를 저지르는 경우도 있거나. 그런 식으로 상상한다. 어라? 내 안의 신은 인간미가 넘치네.

게다가 신이 되었다고 해도 분명 아무것도 못 할 거다. 할 수 있는 일은 한정적이고, 어느 의미 사람보다 제한이 많지 않을까? 회사도 높으신 분은 자유가 적곤 하잖아. 그것처럼. ……정말 인간의 사고방식이라는 느낌이긴 하지만, 신이 만능이라면 모든 사람, 모든 생물은 행복할 테니까. 만능이라면 그 정도는 할 수 있지 않겠냐는, 그런 오만한 생각을 한다.

그러니까. 이렇게 신에 대해 이러쿵저러쿵 상상해봤자 의미는 없다. 정답 같은 건 모르는 거니까. 결국 내가 무슨 소릴 하고 싶은 거냐면.

"신을 목표로 하는 게 아니라, 자기가 대고 싶은 모습을 목표로 삼아쥬세요."

그 되고 싶은 모습이 타인을 지배할 수 있는 독재자라면 그건 어쩔 수 없다. 전쟁이 벌어질 수밖에. 하지만 그렇게 되면 미력하게나마 나도 막을 거다. 나는 사람들에게 웃음을 줄 수 있는 오르투스의 일원이 되는 게 목표인걸.

앞길을 가로막는 벽을 뛰어넘을 수 있는 권리는 모두에게 평등히 존재하니까.

내 말을 끝까지 들은 셰르멜호른은 몇 초의 침묵 끝에 마침내 입을 열었다.

4 다녀왔어

"……흥이 깨졌다."

고작 한마디. 그 한마디만 툭 중얼거린 셰르멜호른은 발걸음을 돌려 떠나가 버렸다. ……어?

"어? 어?"

내가 당황하자 멀어지는 셰르멜호른의 등을 보며 가볍게 한숨을 쉰 마라 씨가 다가왔다.

"이제 너를 노리지 않겠다는 거야. 그것만이 아니라 아마 더는 아무것도 할 마음이 없을 거야. ……바깥 세계에 세운 길드 운영에서도 손을 떼겠지."

"그건…… 그런 척하면서 계획을 다시 세울 가능성은 없습니까?"

마라 씨의 말에 크론 씨가 의문을 던졌다. 지당한 의문이다. 그토록 길드를 크게 키워냈는걸. 상당한 시간이 걸렸을 텐데. 특급 칭호까지 받았으니까. 게다가 여태까지 계속 집착했던, 신이 된다는 꿈을 이런 일로 포기할 수 있을까.

"저 아이는 어린아이거든. 옛날부터 무언가에 열중했다가 어느 날 갑자기 순식간에 열이 식어버리면 그 후에는 다시는 같은 일을 하지 않아."

그건 즉…… 질렸다는 거야? 아무리 그래도 너무하잖아. 확실히 어린아이라는 말을 들으면 어린아이다운 행동이지만, 영 석연치 않다.

"계기는 메구의 말이야. 어떻게 생각한 건지는 모르겠지만, 확실히 저 나이의 마음에 무언가를 남겼던 거겠지. ……그러니까, 고마워. 메구."

"네? 저는 그러케 대단한 말은 안 했는데요?"

아빠의 말을 고스란히 써먹은 셈인걸. 오히려 건방진 소리 아니었나? 그렇게 생각하며 허둥지둥했더니 머리를 쓰다듬어주었다. 쓰, 쑥스러워!

"그건 그거대로 괜찮을지도 모르지만, 네모는 어쩌고? 아마 두목 일행이 괴멸 직전까지 몰아넣었을 테지만…… 남은 길드원의 책임을 포기한다는 거야?"

"전원이 붙잡혀서 처벌을 받는 건 아닐 겁니다. 사정 청취는 받겠지만요."

확실히 니카 씨와 크론 씨의 말대로다. 길드를 괴멸 직전까지 몰아넣었다고 한다면 처벌을 받든 받지 않든 남은 길드원은 길거리에 나앉게 된다. 어느 날 갑자기 도산한 셈이잖아? 뭐야 그거. 무서워. 그렇게 되면 그 사람들은 앞으로 어떻게 먹고살아야 할까. 제대로 다음 소속이 바로 정해지면 좋을 텐데, 이 세계에서는 이직이 쉬운 편인가?

"내가 이어받을 거야."

고민하고 있었더니 마라 씨에게서 그런 목소리가 날아왔다. 그쪽을 보자 자기도 돕겠다며 의욕을 드러내는 하이 엘프가 그 외에도 몇 명 더 보였다.

"우리에게도 책임은 있으니까. 나는 특히, 그 아이의 누나고……. 계속 수수방관하는 건 좋지 않잖아? 게다가."

거기서 한번 끊은 마라 씨는 나를 보고 윙크하면서 뒷말을 이었다.

"우리는 조금 대단한 엘프일 뿐인걸. 되고 싶은 나의 모습을 목표로 삼기 위해서도 바깥 세계로 나가보는 것도 좋다고 생각해."

"으아아!"

아차! 내 말에 기분이 상했을까?! 당황해서 살펴보았지만 다들 즐겁다는 듯 쿡쿡 웃는 걸 보면 그런 건 아닌 것 같기도 하고. 으으, 그래도 왠지 죄송합니다!

"네모의 재건……? 하지만 아마 특급은 박탈당할 거다."

기르 씨가 심각한 얼굴로 말했다. 뭐, 그렇겠지. 이런 식으로 일을 크게 벌여놨으니까. 여태까지 해온 악행도 이것저것 드러날 테고. 그럼에도 마라 씨는 조금도 개의치 않아 하는 모습으로 기뻐하며 대답했다.

"그게 더 좋지! 길드원은 그대로 데려가거나 할 테지만, 처음부터 다시 하는 게 더 즐거운걸. 이름도 바꿔야지. 후후, 오랜만에 인생에 활기가 솟아나는 기분이야."

마라 씨는 '희망자만 데려갈까, 의식개혁도 하는 보람이 있겠네' 하며 어쩐지 즐거워 보였다. '내버려 두면 글러 먹은 인생을 보낼 것 같은 사람은 억지로라도 끌고 올까'라는 말도 들렸다. 드, 든든해라!

"게다가 도와줄 법한 동료도 있는걸. 분명 우리는 모르는 것도 많을 테고, 고생도 하겠지만. 힘을 합쳐서 남은 길드원의 근성도 교정해내겠어."

마라 씨가 하이 엘프 동료들 쪽을 돌아보며 그렇게 말하자 몇 명이 고개를 크게 끄덕였다. 응. 동료가 있다는 건 진짜 무엇보다 든든하지!

"……셰르멜호른은 정말 저대로도 괜찮은 건가."

문득 여태까지 침묵을 지키던 마왕님이 조심스럽게 물었다. 마음은 이해한다. 나도 아직 불안하니까.

"우리에게는 이미 암시가 듣지 않아. 그 아이는 모든 것을 놓아버렸어. 족장이라는 직위도. 마을에 남는 동료와 은밀하게 연락을 주고받으면서 그 아이를 지켜보려고 하니까, 너희는 걱정하지 않아도 괜찮아."

"족장 직위도 놓아버렸다고요? 알 수 있는 겁니까?"

"그래. 우리를 속박하고 있던 마음의 족쇄가 풀린 감각이 느껴져."

마음의 족쇄? 듣고 보니? 으음, 알 듯 말 듯 헷갈리네. 그러고 보면 나는 중간부터 족장 명령을 거역했었잖아? 무의식이었지만.

"메구는 잘 모르려나? 그렇다면 너는 스스로 족쇄를 벗은 거겠지. ……너니까 가능했던 거야."

"그러고 보니 메구는 중간부터 자기의 의사로 움직였지?"

"흠, 반은 자하리아슈 님의 피가 섞여 있기 때문일 테죠. 따라서 구속력이 다른 하이 엘프보다 약했던 것이로군요."

마라 씨가 '분명 그런 것일 거야'라며 크론 씨의 견해에 동의했으니 뭐, 아마 사실이겠지. 그런 게 아니라면 마라 씨나 다른 하이 엘프가 하지 못한 걸 내가 할 수 있을 것 같지 않으니까. 그렇게 생각해보면 역시.

"아부지가 제 아부지라서 다행이에요."

응. 마왕님의 아이라서 다행이다. 솔직하게 그런 생각이 들어서 입에 담은 거였지만…….

"크허억……! 그렇게 기쁜 말을 해주는 것이냐, 나의 딸아……!!"

"심경은 이해합니다. 지금은 별다른 문제도 없으니 마음껏 몸부림치셔도 괜찮습니다, 자하리아슈 님."

한 팔불출 부모의 심장을 관통해버린 모양이었습니다. 무릎을 꿇고 가슴을 누르더니 반대쪽 손으로 얼굴을 덮고 하늘을 우러러보는 모습은 변함없이 얼굴값 참 못하는 마왕님이다. 뭐, 그게 마왕님답긴 하지!

우선 한 건 해결, 이라고 봐야겠지? 영 묘하게 해결된 데다 찜찜한 구석도 있지만. 서서히 실감이 솟아나다 자꾸만 얼굴이 풀렸다.

"……돌아갈까."

기르 씨의 그 한마디에 더는 웃음을 자제할 수 없었다. 돌아간다. 돌아가는 거다, 오르투스에.

"그래. 길드도 무사한지 걱정되고 말이야!"

아, 맞다! 사우라 씨와 쥬마, 루드 선생님, 레키, 메어리라 씨…….
다들 무사할까?

"여러분의 두목님에게도 해결되었다는 이야기를 알려드려야 하지 않겠습니까?"

"마따!"

크론 씨의 말에 생각났다. 깜빡 잊을 뻔했네! 빨리 알리지 않으면 아빠 쪽 팀도 이쪽에 오겠지. 헛걸음을 하게 된다. 기왕 연락하는 김에 커터 씨의 지그루에게도 같은 전언을 보내야지. 나는 허둥지둥 후우와 호무라를 불러냈다. 그리고 몇 분 대기. 슈리에 씨가 보낸 답장이 먼저 도착했다.

『그쪽으로 가는 도중이었는데 괜찮다고 하신다면 이대로 길드에 귀환하겠습니다. 돌아가면 자세히 들려주세요. **자세히!** 라고 합니다!』

"우와……."

무심코 흘러나온 목소리와 함께 전언을 전달하자, 특히 마왕님의 얼굴이 잔뜩 뻣뻣해졌다.

"나, 나는 성으로 돌아가도록 할까……."

"유진 님께서는 마왕성까지 와서 설교하실 테죠. 말도 없이 성에 돌아가면 더 크게 비꼬시지 않을까 합니다."

"좋아, 오르투스에 돌아가자."

"이해가 빠르셔서 다행입니다, 자하리아슈 님."

어깨를 축 떨구고 체념한 모습인 마왕님. 아…… 뭐, 혼날지도 모르겠네. 화이팅.

"그럼 이번에야말로 돌아가자고!"

니카 씨가 그렇게 말을 꺼내자 나는 잠시 기다려달라고 한 뒤 마라 씨에게 달려갔다. 마지막으로 하나만!

"마라 씨도 바로 네모에 가시는 거예요?"

"잠시 대화를 나눈 뒤에 갈까 하는데. 지금 당장은 못 가."

아주 조금 눈썹 끝을 내리면서 대답하는 마라 씨. 그렇겠지. 그렇게 바로 마을에서 나갈 수는 없을 테니까. 알고는 있었지만 조금 섭섭하다. 하지만 언젠가 마을에서 나온다면 또 만날 수 있을 거야! 여기에 아직 머무를 거라면 더욱 제대로 부탁을 해야만 한다. 나는 마라 씨를 비롯한 하이 엘프들을 향해 몸을 돌려서 머리를 꾸벅 숙였다.

"이기적인 부탁이라고 생각카지만…… 어무니의 무덤을 다시 세워쥬세요! 부탁드림미다!"

"아, 메구……."

가루가 되어버린 옌나 씨의 무덤. 그대로 두는 건 너무 슬프잖아. 사실은 내가 다시 세우고 싶지만 그럴 시간은 없으니…… 이곳 사람들에게 부탁할 수밖에 없다고 생각했다. 그러자 한 하이 엘프 청년이 머리를 들어달라고 말을 걸어주었다.

"그건 당연한 일이야. 우리는 동료를 소중히 여기니까."

"가, 감사함미다!"

"게다가…… 또 언제든지 오도록 해. 오히려 훈련 삼아서 와줘. 너라면 언제든지 환영할게. 하이 엘프 말고 다른 사람이 아무나 올 수 있도록 하지는 못하지만."

무심코 눈을 깜빡 감았다 떴다. 또 와도 되는 거야? 그렇게 생각하며 나도 모르게 기르 씨의 얼굴을 올려다보았다. 품에 안겨 있기 때문에 얼굴이 가깝다. 코앞에서 부드럽게 웃어주며 고개를 끄덕이는 기르 씨.

"네! 또 오께요!"

내가 힘차게 대답하자 다들 기다리고 있겠다며 부드럽게 웃어주었다.

마라 씨를 비롯한 하이 엘프들에게 작별 인사를 한 뒤, 갈 때와 마찬가지로 나는 기르 씨에게 황새 스타일로 몸을 맡기고 니카 씨, 크론 씨는 드래곤 모습인 마왕님을 타고 하늘로 날아올랐다. 계속해서 손을 흔들어주는 마라 씨와 하이 엘프들에게 나도 그 모습이 보이지 않게 될 때까지 열심히 손을 흔들었다.

『메구, 떨어지지 않도록 조심해줘…….』

너무 몸을 많이 내미는 바람에 균형이 무너졌더니 기르 씨가 애원했다. 면목 없어라……. 체력과 마력이 더 늘어나면 기르 씨의 등에 직접 타고 싶다. 메구와 하나가 된 덕분에 마력량이 많이 늘어났지만, 아직 한참 부족하니까. 조금 성장한 내가 그림자독수리 기르 씨의 등 위에 멋지게 올라탄 모습을 은밀히 상상하면서 하늘 여행을 즐겼다.

세계는 변함없이 아름다웠다. 하지만 이곳은 일본과는 다른 이세계……. 아니, 일본이 이세계가 되어야겠지. 왜냐하면 내 현실은 여기에 있으니까. 여기가 내 고향이라고, 자연스럽게 받아들일 수 있게 되었다.

나는 드디어 이 세계의 주민이 된 것이다.

산이 점점 작아졌다. 지금의 내가 태어난 장소. 다음에 올 때는 하이 엘프들에게 무언가 선물도 가져가자. ……받아줄지는 모르겠지만, 일단 셰르멜호른에게도. 왜냐하면 내 할아버지니까. 그 사람 때문에 호되게 고생했고 이래저래 큰일이었던 건 맞다. 하지만 영 미워할 수 없다고 해야 하나, 좀? 아니, 너무한 사람이라고는 생각하는데! 그래도 잘 생각해보면 그냥 극악무도한 악당은 아닌 느낌이 들었을 뿐이다. 이러니저러니 해도 봐준 것 같았단 말이지. 다들 피를 많이 흘렸지만, 치명적인 상처는 없었고.

천의 틈새로 위를 힐끗 쳐다보았다. 그림자독수리 모습의 기르 씨의 배가 딱 보이는 위치였다. 깃털이 푹신푹신…… 아니지. 여기서는 상처가 보이지 않는다. 즉 등을 찌른 것 같았던 그 공격은 관통까진 아니었다는 뜻이다. 사람들을 치유해줄 때 기르 씨도 말했었다. 아슬아슬 급소는 빗나갔으니까 문제없다고. 분명 일부러 빗겨서 공격한 게 아닐까. 그렇게 가까운 거리에서 그 셰르멜호른이 급소를 놓칠 것 같진 않으니까.

게다가 다른 사람들도 치명상을 입히기는 했어도 숨통을 끊었다는 이야기는 들어본 적이 없다고 했다. 다른 종족을 험하게 대하고 폭력도 휘두르는 등 문제점도 많긴 하지만…… 그래도, 조금. 아주 조금, 그, 사람다운 면모가 있지 않을까. 그렇게 생각했다. 하이 엘프 말고는 학살한다는 이야기도 있지만 그건 그냥 소문이고, 실제로는 죽인 적은 없는 게 아닐까.

하지만, 뭐. 진실을 아는 사람은 본인뿐이다. 물어봐도 대답해주지 않을 테고, 단순히 내 감일 뿐이지만. 꿈을 포기하고 나에게서도 길드에서도 손을 뗀 이유도 본인밖에 모른다. 진상은 어둠 속에 빠져버렸다고 해야 하나.

  하늘 여행은 어느새 끝나버렸다. 에, 에헤헤. 나도 참. 또 잠
들었던 모양이다. 하늘을 나는 그림자독수리 바구니는 마치 요
람과도 같았다. 저항할 수 없다. 이래저래 힘을 많이 쓴 뒤라서
더욱 저항할 수 없었다. 그대로 두었다면 아마 아침까지 일어나
지 않았을 자신이 있다. 그렇다면 왜 눈을 떴냐고?
  "오오오! 메구! 오빠가 해냈어어어어!!"
  "으어?!"
  "쥬마, 이 멍청이! 메구가 깨버렸잖아!!"
  어라, 데자뷔? 전에도 비슷한 일이 있었던 것 같은데. 분명 착
각이 아니다. 아무튼, 이런 느낌으로 강제로 깨고 말았다. 참고
로 기르 씨도 마왕님도 인간형으로 돌아와서 나는 기르 씨의 품
속에 있다. 다들 쥬마에게 싸늘한 아우라를 뿌리고 있다. 아직
졸리긴 하지만, 길드 동료들과도 만나고 싶었으니까 나는 일어
나길 잘했다고 생각해! 그러니까 이제 그만 용서해줘!
  "두목 일행은 아직이야?"
  "아마 내일 아침에는 돌아올 거야. 슈리에의 정령이 커터의
정령에게 연락을 넣었거든."
  니카 씨의 질문에 사우라 씨가 함정으로 쥬마를 실컷 혼내주
면서 대답했다. 벌은 피해 가지 못한 모양이다. 하, 하지만 거꾸
로 매달려있을 뿐이니까 아마도 약한 벌이다. 아마도.
  하지만, 그렇구나. 아빠를 만나는 건 내일이구나. 안심한 것

같기도 하고 쓸쓸한 것 같기도 하고.

"나, 나는 역시 성에……."

"어머, 어디 가실 생각이신지? 마왕님. 조금 도와줬으면 하는
일이 있는데요. 어·째·서·인·지 마을 주위가 엉망이 되어있
으니까요. 어·째·서·일·까?"

"바, 밤을 새워서 도와주마……."

"눈치가 빨라서 좋다니까!"

사우라 씨의 미소가 무서워! 마왕님도 얼굴이 굳어버렸잖아.
위엄은 어디 갔냐. 하지만 뭐, 아마 마물 피해가 여기까지 온 거
겠지. 일찍 수습했다고는 해도 마물이 모여들어서 난동을 부렸
으니 그만큼 엉망이 되었을 테고…….

"성으로 돌아가는 건 이쪽에서 할 일을 마친 뒤, 각지의 마물
피해 상황을 살펴보고 최대한 뒤처리를 한 뒤에 돌아가셔야 할
것 같습니다. ……서류로 방이 가득 차지 않는다면 좋겠군요,
자하리아슈 님."

"진지한 얼굴로 무시무시한 소리를 하지 말아다오, 크론!"

당분간 마왕님은 휴일이 없을 모양이었다. 묵념.

아무튼, 길드에 도착하고 배도 고프니까 식당으로! 가기 전
에. 들러야만 하는 장소가 있다. 바로 의무실이다. 다들 크게 다
쳤으니까 당연합니다! 그런데.

"좋아, 먼저 메구부터 진찰하자."

루드 선생님의 말에 다들 당연하다는 얼굴이었다. 어째서인지
내가 첫 타자가 되었다. 왜죠. 다들 과보호라서 그런 거겠지.

"음, 찰과상이 조금 있지만 문제없는 것 같네. 다만 마력 총량이 한꺼번에 늘어난 것 같아. 몸에 부담이 갈 테니까 오늘은 밥 든든하게 먹고 일찍 자도록 해."

"네!"

많이 먹고 푹 자는 건 나도 대찬성이기 때문에 힘차게 대답했다. 피곤한 건 사실이었는걸. 그러니까 다들 그 미적지근한 시선 치워줘!

"……오늘은 의무실에서 자."

"응? 왜?"

그러자 레키에게서 그런 지시가. 크게 고생했으니까 걱정해준 건가? 의아해하며 고개를 갸웃거렸다.

"아무튼, 얌전히 시키는 대로……!"

"레키. 환자에게 제대로 설명하렴."

"윽……."

막무가내로 밀어붙이는 레키의 대응에 루드 선생님이 혼냈다. 오오, 레키가 받아들였다!

"……밤 동안 내가 봐줄 테니까."

"레키가?"

뭐가 부끄러운 건지 레키는 얼굴을 새빨갛게 붉히며 고개를 홱 돌리고 그렇게 말했다. 머릿속이 물음표로 가득해졌다. 그러자 어쩔 수 없다는 듯 루드 선생님이 보충 설명을 해주었다.

"레키의 치유 효과는 알고 있지? 메구가 자는 동안 레키가 옆에서 손을 잡아주는 거야. 그렇게 하면 지친 마음을 치유해주고, 평소보다 푹 잘 수 있게 되거든. 인간형으로도 치유의 빛을 내는 훈련을 겸한 것이기도 하니까 협력해줄 수 있겠어?"

"오오오, 레키 대다내라. 물론 잘 부탁드림미다!"

"윽, 아, 알았으면 빨리 밥 먹고 돌아와!"

아하. 손을 잡는다는 거에 거부감이 있었던 모양이다. 이거 내가 잠든 사이에 몰래 잡아서 눈치채지 못하는 걸 노렸다거나, 그런 거겠지? 정말 수줍음을 많이 탄다니까!

그 후 기르 씨, 니카 씨, 크론 씨, 마왕님도 진찰해준 루드 선생님. 상처에 조치를 취한 뒤 당분간 크게 움직이지 않는다면 괜찮다는 말을 듣고 무척 안심했다. 피가 많이 흘렀는데도 다들 아주 튼튼하구나⋯⋯! 그리고 나, 정확하게는 시즈쿠의 치료약 이야기를 듣고 몹시 칭찬해주었다! 우후후. 다음에 연구하게 해 달라고 하길래 흔쾌히 승낙했습니다!

그렇게 문제없이 검사를 마친 후 의무실에서 나온 우리들은 다 함께 식당으로. 꾸벅꾸벅 졸면서 밥을 먹는 나를 본 마왕님이 당황하거나, 기르 씨가 나를 돌봐준 것 같은 느낌은 든다. 이 것도 다 제대로 기억나지 않기 때문이다. 죄송합니다. 하지만 졸음이 한계야⋯⋯!

아아, 하지만. 돌아왔다는 느낌이 절절히 치밀었다. 여기가 내가 있을 곳이다.

다녀왔어, 오르투스.

그 후의 기억은 정말로 애매모호하다. 어느새 의무실 침대 위에서 아침을 맞았으니까. 원통한 것은 레키와 손을 잡은 기억이 없다는 점이다. 아마도 아침이 되었으니 이미 어딘가로 가버린 모양이다. 잘못된 판단을 내릴 리는 없으니까, 레키가 없다는 걸 보면 나도 이제 괜찮다는 거겠지. 여태껏 경험해본 적이 없을 만큼 아주 상쾌하게 눈을 떴으니까 제대로 손을 잡아주었다는 건 알지만…… 큭, 부끄러워하는 레키를 보고 싶었어! 계속 낙담하고 있을 수도 없었기 때문에 나는 터덜터덜 일어나 옷을 갈아입기로 했습니다. 하아, 아쉬워라.

"좋은 아침입니다! 메구, 일어났어요? 메어리라예요!"

마침 옷을 다 갈아입었을 때 타이밍 좋게 메어리라 씨의 목소리가 커튼 안쪽에서 들려왔다. 곧바로 아침 인사를 하자 메어리라 씨는 커튼 뒤에서 얼굴을 빼꼼 내밀어 나를 보고는 건강해 보여서 다행이라며 웃어주었다. 아아, 미소가 눈부셔라!

오늘은 그런 메어리라 씨와 둘이서 아침 식사를 즐겼다. 시종 기분이 좋은 메어리라 씨를 보는 건 무척 즐거워서 나도 활력을 나눠 받았다. 밥을 먹은 뒤에는 회의실에서 열리는 보고회에 간다고 한다. 음, 많은 일이 있었으니까. 나도 참석한다고 하니 든든하게 먹고 기운을 충전하자. 으음, 계란말이 맛있어!

"오오? 그래서, 어린 메구의 대활약으로 한심한 마왕은 정신을 차리고, 족장 문제도 네모의 미래도 다 해결했다는 건가. 와, 대단한데! 메구. 상을 줘야겠어! ……한심한 마왕은 뭐 하러 간

거냐? 응?"

"아니, 잠깐, 유진. 이야기하면 이해할 것이니……!"

메어리라 씨의 손을 잡고 온 회의실. 이미 사람들이 모여서 한창 시끌벅적하게 대화하던 도중인 모양이었다. 시끌벅적이라는 표현이 적절한지는 제쳐놓고.

아무래도 이른 아침에 돌아온 듯한 네모 조사반. 바로 나에게 다가온 기르 씨가 보고는 이미 대략적으로 끝냈다고 가르쳐주었다. 늦게 온 건가? 면목이 없어졌지만, 처음부터 복잡한 이야기는 내가 오기 전에 끝낼 생각이었다고 한다. 어린아이에게는 지루한 내용이기 때문이라고. 뭐, 뭐어, 지금은 어린아이니까 문제없나? 아무튼, 지각이 아니라 다행이다!

그럼 슬슬 회의실 중심에서 펼쳐지는 마왕님 설교에 주목하기로 할까. 생글생글 웃는 얼굴로 마왕님을 위협하는 아빠. 웃는 얼굴로 위협이라니, 제법이네요……!

"아, 메구. 안녕! 피로는 안 남았어? 들었어. 대단하잖아, 메구! 한심한 누군가와는 다르게!"

"네, 역시 메구입니다. 본받아주셨으면 하네요. 한심한 누군가가."

"후후, 메구는 정말 열심히 했구나. 한심한 누군가를 상대하는 것도 고생이었지?"

오, 오오. 사우라 씨, 슈리에 씨, 케이 씨로 이어지는 노도와도 같은 말의 화살이 마왕님의 가슴에 푹푹 박혔다! 칭찬해주는 건 기쁘지만 순수하게 좋아할 수 없어……!

"뭐, 모처럼 전부 원만하게 마무리되었으니까. 사후처리는 많이 남았지만, 오늘은 연회를 열자! 아슈에게 잔소리하는 건 나중에 실컷 하기로 하고."

"아직 안 끝난 것이냐?!"

"만세! 역시 두목이야!"

절망적인 표정을 짓는 마왕님은 조금 불쌍하다. ……하지만 사이가 좋으니까 할 수 있는 대우이기도 하지. 마왕이라는 입장상 보통은 남에게 설교를 듣는 일 자체도 적을 테니까, 어떻게든 참아주시길.

참고로 연회라는 단어에 가장 먼저 반응한 사람은 쥬마다. 보니까 여기저기 붕대가 감겨있는 게 상당한 중상이었다. 어제는 눈치채지 못했는데, 그 쥬마가 저렇게 크게 다쳤다니! 하지만 저렇게 기운이 넘치는 걸 보면 너무 걱정하는 것도 이상한 느낌이 든다. 역시 쥬마다.

"잠깐만, 이번 일의 영웅은 메구잖아. 메구가 좋아하는 요리를 차려달라고 하자!"

"어? 저요?"

여, 영웅이라고?! 내가?! 괜찮은 거야? 다들 나에게 너무 무른 거 아닌가? 우물쭈물하고 있었더니 아빠가 사양하지 말고 말해도 된다며 재촉했다. 다들 따뜻한 눈으로 나를 지켜보고 있다. 어쩐지 부끄럽다.

으, 으음. 연회라. 다 같이 먹을 수 있을 만한 게 좋겠지. ……그러고 보면 일본에 있을 때 무언가 축하할 일이 있을 때면 만들었던 그게 좋을지도 모른다. 하세가와 부녀의 추억의 식사. 하지만 이 세계에서 만들 수 있을까? 그렇게 생각하며 힐끔 아빠를 쳐다봤다.

"응?"

내 시선을 알아차린 아빠는 부드러운 눈빛으로 나를 보았다.

──지금일지도 몰라.

그렇게 생각했다. 그 눈으로, 하세가와 메구로서 봐주길 바랐으니까.

"저기……."

"왜?"

아빠가 내 앞에 한쪽 무릎을 꿇고 눈높이를 맞춰주었다. 어, 어쩌지. 제대로 말할 수 있을까? 심장이 경종을 쳤다.

"……치라시즈시(밥 위에 생선, 버섯, 김, 계란부침, 채소 등 다양한 재료를 토핑으로 뿌린 초밥의 일종)가, 먹고 시퍼요."

"……뭐?"

조금 놀랐다는 듯 아빠의 눈이 커졌다. 이 자리에 있는 사람들은 다들 치라시즈시? 하고 고개를 갸웃거리는 걸 보니 어쩌면 모르는 건지도 모른다. 이 세계에는 아직 없는 요리구나.

"이 세계에서 재현할 수 있는 정도만이어도 대니까요."

"이 세계, 라니…… 메구, 너……."

대충 내가 지금부터 나의 이야기를 하려고 한다는 분위기가 전해진 모양이었다. 내 말을 듣기 위해 다들 조용히 귀를 기울이는 게 느껴졌다.

"디저트는 푸딩이 조아. 집에서 만드는, 간단한 걸로. ……조아하지?"

"그, 건, 설마……?!"

아빠의 손이 떨리기 시작했다. 그걸 알아차린 건지 술렁거리는 기척이 느껴진다. 모처럼 여기에 모여있으니까. 제대로 들려주자. 이건 지금의 내 가족인 이 사람들에게도 알리고 싶은 이야기니까. 나는 사람들이 주목하는 가운데 말을 이었다. 침착하자.

"……유진, 아니자나. 이름. 라 씨가, 보여줘써. 명함."

아빠는 눈을 부릅뜨고 아무 말도 하지 못했다.

"아무도 읽을 수 업따고 했지만, 나는 읽었어. 그래서 아주 깜짝 놀라써."

"……말해줘."

기도하는 듯한 눈빛으로. 가까스로 쥐어 짜냈을 아빠의 그 목소리도 떨리고 있었다.

"하세가와 토모히로, 마찌? 내…… 아빠 이름이랑, 똑같은."

"―――!!"

커다란 동요가 보였다. 눈동자가 흔들리고 있다. 그 눈에 비치는 내 얼굴도 당장에라도 울음을 터트릴 것 같았다. 미소를 지으려고 했는데, 표정이 엉망이네. 참나.

"아…… 아, 빠…….."

나도 가까스로 목소리를 쥐어 짜냈다. 그 한마디에 길드원들이 숨을 삼켰다.

"……나, 죽었어……. 과로사로……."

제2장 인연 **4 다녀왔어** 241

누군가가 숨을 삼키는 소리가 들렸다. 아아. 미안해. 미안해.

"모처럼, 엄마가 나아주고, 아빠가 키어줬는데……."

나는 정말 불효녀다.

"나, 나를, 아끼지 못하고…… 죽었……!!"

말을, 끝까지 뱉어내지 못했다. 도저히 울음을 참고 전할 수가 없었다.

"미안, 해…… 미안해! 아빠……!"

실내에 내 울음소리만이 울려 퍼졌다.

Welcome
to the
Special
Guild

5 어서 와

"우리 딸, 메구니……?"

"……응."

"정말……?"

확인하듯이 물어보는 아빠의 목소리에 거듭 고개를 끄덕였다. 반응이 무섭다. 나는 머리를 숙인 채 아빠의 말을 기다렸다.

"왜, 사과하는 거야……. 그런, 고생을 했다니……. 너, 내가 사라진 뒤로 너무……!"

말이 끊어지자 흠칫 얼굴을 들었다. 아빠는 끝까지 말하지 못하고 입을 손바닥으로 덮고 있었다. 분명 상상한 거겠지. 아빠가 사라진 뒤에 나 혼자서 지내온 생활을. 과로사할 때까지 일하던 내 모습을. 사과해야 할 사람은 자기라고 말하고 싶어 한다는 게 전해졌다.

괜찮아, 전해졌으니까. 나도 마찬가지로 사과하고 싶은걸. 하지만 그런 것보다 더 하고 싶은 말이 있다. 계속 말하고 싶었지만, 가슴에 담아두었던 소중한 말.

……좋아. 조금 침착해졌다. 제대로 말해야지. 한 손으로 얼굴의 아래쪽 절반을 가린 채 눈을 부릅뜨고 떨고 있는 아빠를 앞에 두고 나는 입을 열었다.

"계속 하고 시펏던 말이 있어. ……말해도, 돼?"

아빠는 잔뜩 갈라진 목소리로 '그래' 하고 대답했다. 그 표정은 어떤 비난의 말이라도 받아들이겠다고 말하는 듯해서 무심코 쓴 웃음이 나왔다. 아니야. 아빠, 내가 하고 싶은 말은 비난이 아니야. 그날, 출장에서 돌아온 아빠를 웃으며 맞아주지 못한 나는 계속 이 말을 하고 싶었어. 아빠가 행방불명되었다는 걸 안 뒤에도 매일매일, 오직 이 말을 하기 위해 집에서 기다렸어. ──혼자서.

"……어서 와."

"!"

"어서 와, 아빠. 계속…… 이 말을 하고 시펐어."

"……!!"

아, 정말. 이럴 때마저 발음이 헛나오다니, 제대로 말을 못 했잖아. 굳게 감긴 아빠의 눈꺼풀 아래에서 물방울이 흘러내렸다. 특급 길드의 두목이라는 사람이 이런 처량한 모습…… 아무에게도 보여주기 싫겠지. 그렇게 생각한 나는 떨면서 고개를 숙인 아빠를 꼭 껴안고 그 모습을 가려주었다. 몸이 작으니까 제대로 잘 가리진 못했을지도 모르지만.

"어서 와. 아프로는 계속 같이 이짜. 같이, 이써줘. 아빠……!"

"그래…… 그래……! 계속, 같이 있자……!"

아빠가 마주 끌어안아 주었다. 목에 걸려있는 구깃구깃한 넥타이는 완전히 색이 바래버렸지만. 너도 열심히 했구나. 아빠를 지켜줘서 고마워. 그런 마음을 담아 손가락으로 살며시 쓰다듬었다. 길고, 괴롭고, 외로웠던 시간이 이 순간 사악 사라져버리는 게 느껴졌다. 충족되는 걸 느꼈다.

그런 우리의 모습을 다들 조용히 지켜봐 준 것이 더욱더 고마웠다.

앞으로는 혼자가 아니다. 아빠도 있고, 무엇보다 가족이라고 부를 수 있는 동료가 많이 있으니까.

"완성!"

"호오, 아주 예쁘구나."

"메구, 능력 좋네!"

치라시즈시를 꼭 가르쳐달라는 말을 들은 저는 현재 주방에서 돕는 중입니다! 오늘은 저녁에 연회가 있다는 아빠의 말에 길드 안은 어딘가 들뜬 분위기였다. 홀에 테이블과 의자를 놓고 다 함께 파티를 여는 거니까 침착하라는 게 더 어려우려나.

그런 고로 주방은 준비하느라 아주 바쁘다. 메인 요리 중 하나는 레오 할아버지도 치오 언니도 모르는 메뉴이기 때문에 내가 돕게 되었다. 연회의 주역에게 왜 시키냐고 하는 사람도 많았지만, 나도 돕고 싶었기 때문에 필살 '도와드리고 시퍼요!' 초롱초롱 버전을 발동. 레오 할아버지가 가장 먼저 함락당한 결과 같이 만들게 되었다. 어린아이라는 강점을 최대한으로 이용했습니다. 이히히.

"메구······."

아빠는 기가 막힌다는 눈빛으로 쳐다봤지만, 지금의 나는 이 어린아이 모드에 별다른 거부감이 없다. 오히려 척척 해낼 수 있다. 아주 자연스럽게! 물론 의식은 하세가와 메구니까 계산적으로 보여주는 부분도 있지만, 엘프 메구와 하나가 되었기 때문인지 어린아이의 사고방식도 현상도 받아들일 수 있게 된 모양이었다. 진정한 의미에서 다시 태어났다고 절절히 실감했다. 뭐, 하지만 나중에 부끄러워지기는 한다. 지금이 딱 그걸 체험하는 중이다. 크헉.

"메구, 이 푸딩은 이렇게 하면 될까?"

"와아, 마싯겠다!"

아무튼. 나는 기억을 더듬어 레오 할아버지와 함께 치라시즈시를 만들었다. 치라시즈시니까 레시피는 간단하지만. 게다가 내가 한 건 토핑이랑, 후우에게 부탁해서 초밥을 식히는 작업뿐이었다. 정말 간단하다!

그나저나 치오 언니가 만든 푸딩이 정말 굿! 푸딩 자체는 단순하지만, 생크림과 과일로 장식하자 무척 호화로운 메뉴가 되었다. 이것이 푸딩 아 라 모드! 으으, 먹고 싶어……!

"후후, 맛보는 건 나중에."

"으으……, 네……."

"하지만 메구가 내일 먹을 간식으로 하나를 따로 보관해둘게!"

"치오 언니 사당해요!"

나도 참 단순하다. 두 팔을 들고 환호했다.

"기다리셔씀미다!"

저녁. 완성된 치라시즈시와 함께 길드홀로 돌아오자 환호성과 함께 여기저기에서 맛있어 보인다는 목소리가 들렸다. 우후후,

왠지 기쁘다. 아, 물론 내가 나른 건 아니고! 카트를 밀기만 해도 된다지만 앞이 안 보여서 위험하니까. 치오 언니에게 맡겼습니다.

"대단하네요, 메구. 무척 예쁜 요리예요."

슈리에 씨가 진심으로 그렇게 생각해서 하는 말이라는 게 보였다. 눈이 조금 반짝거렸으니까. 슈리에 씨는 외관도 중시할 것 같은 미식가니까 이건 진짜로 기뻤다.

"먹……, 아……!"

"먹는 게 아깝다고 합니다. 확실히 아까울 정도군요! 생선과 계란으로 장식한 것이 보석함처럼 휘황찬란합니다. 쌀도 광택이 흐르고요. 레이디 메구는 근사한 요리를 알고 있군요! 아름다운 나를 위해서 존재하는 것 같은."

"에, 에헤헤, 감사함미다!"

커터 씨와 마이유 씨도 칭찬해주었다. 무척 기쁘지만 마이유 씨의 자아도취가 길어질 것 같아서 차단하듯이 인사했다. 슈리에 씨가 쓴웃음을 지으며 고개를 끄덕이는 걸 보면 정답이었던 모양이다. 휴우.

『지그루 형님!』

『오오, 호무라! 너도 열심히 하고 온 모양이던데!! 잘했어, 이예이이이이!!』

"……형님이라니, 정령에겐 성별이 업지 아나?"

『그렇게 사소한 걸 따지지 말자고, 아가씨! 그 뭐냐. 사람들이 말하는 필링이라는 거야!!』

뭐, 확실히 나도 막연하게 호무라는 남자, 다른 아이들은 여자라는 인식으로 대하는 게 있지만. 그렇게 따지면 느낌이라고 말하지 못할 것도 없다.

빨간 원숭이 정령 둘이 서로의 건투를 칭찬하고 있다. 참으로 시끌벅적하다. 분위기를 아주 제대로 탔다. 술 한 모금 마시지 않고 술자리의 분위기를 띄우는 타입이다. 호무라는 저렇게까지 시끄러워지진 않았으면 좋겠다. 아하하.

『네프리 선배.』

『우후후, 후우도 이번에는 무척 열심히 일한 모양이던데요!』

"서, 선배?"

『필링이라는 거 말이야. 호무라에게 배웠어!』

아아, 황록색 새 정령들에게까지 영향이! 정령은 의외로 재미있는 걸 좋아하는구나. 즐거워 보이면 도입한다. 뭐, 좋긴 하지만. 귀여우니까!

『좋겠다, 선배……. 나도 갖고 싶어.』

『흠. 그렇다면 내가 선배라는 게 되어줄 수도 있다.』

『어, 진짜?! 기뻐라! 시즈쿠 선배라고 불러야지!』

『음, 나쁘지 않군.』

이쪽은 핑크색 소녀가 하늘색 대형견을 선배라고 부르게 되었습니다. 뭔가, 그 후로 정령들의 사이도 깊어진 것 같아서 아주 바람직하긴 한데. 편향된 지식에 의한 기묘한 군단이 생기는 게 아닌지 걱정도 된다. 뭐, 모든 건 귀여우니까 전부 OK지만! 마음만은 팔불출 부모다.

"새 정령은 메구의 어머니가 최초로 계약을 맺은 정령이라고 하던데요."

"마자요. 왠지 어무니가 지켜봐 주시는 것 가타서 기뻐요."

"네. 분명 정말로 지켜봐 주고 계실 겁니다."

그렇게 말하며 슈리에 씨는 부드럽기 미소 지었다. 아아, 치유되는 미소다.

내 영혼이 아빠의 친딸이라는 사실은 그 자리에 있던 길드의 주요 구성원 및 몇 명과, 마왕님, 크론 씨가 같은 타이밍에 알게 되었다. 하지만 길드 내에 있는 다른 길드원이나 외부인들에게는 비밀이다. 참고로 내가 아빠를 '아빠'라고 부르는 것에 관해서는 두목의 취향이라는 걸로 처리된 모양이다. ……취향이라니 대체 뭔데.

왜 그렇게까지 비밀로 덮어두냐면, 내 몸에 닥칠 위험을 줄이기 위해서이다. 원래도 노려지기 쉬운데 이 이상 그럴만한 요소를 늘리지 말자는 이야기. 뭐, 아무도 손대지 못하게 할 것이라며 흉악한 미소를 짓는 보호자가 여럿 있었으니까 괜찮을 거라고 보지만. 최강의 방패가 몇 겹으로 둘러쳐져 있으니 안심감이 장난 아닙니다.

그리고 무엇보다 기쁜 것은 이전에 슈리에 씨가 말한 대로, 그 사실을 안 사람도 예전과 똑같이 대해준다는 점이었다. 변함없이 어린아이로서 어리광을 받아주고, 편을 들어준다.

"하지만 지켜봐 주는 가족이 마니 늘었으니까, 더욱더 행복해요."

내가 그렇게 말하자 슈리에 씨는 조용히 나를 안아 들고 가까운 거리에서 꿈결 같은 미소를 지어 보였다. 큭, 이 파괴력! 진짜 살살 녹는다!

"네. 저희도 사랑스러운 가족이 늘어나서 무척 행복하답니다."

작은 웃음소리를 내며 마주 웃는 두 엘프. 겉으로 보면 슈리에 씨와 내가 제일 부모·자식 같을지도 모른다는 생각이 문득 들었다. 아니, 애초에 여기에 온 뒤로 나는 아버지가 왕창 늘어났다.

요리가 나오자 술도 돌고, 드디어 연회가 시작될 것 같았다. 아빠가 서서 잔을 들어 올리자 다들 근처에 있는 잔을 들었다. 내 잔은 당연히 주스다. 냄새로 봐서 복숭아 주스. 이 세계의 복숭아는 뭐라고 하지?

"좋아. 그래. 다들 수고했어! 늘어지는 이야기는 생략! 실컷 먹고 마시고 즐길 것! 건배!"

참으로 멋이 안 나는 선창이구나. 하지만 빨리 식사를 즐기고 싶었던 건 다들 마찬가지였던 건지, '옳소!', '역시 두목이야!' 같은 목소리가 여기저기에서 터져 나왔다. 신호에 맞춰서 각자 즐겁게 건배를 외치자 홀이 단숨에 시끌벅적해졌다.

사람들의 즐거워 보이는 얼굴. 희희낙락 맥주잔을 한 손에 석 잔씩 들고 있는 쥬마나, 닥치는 대로 밤 상대를 유혹하기 위해 페로몬을 흩뿌리는 미콜 씨를 보고는 살짝 한숨이 나왔지만.

"나도 들겨야지!"

복숭아 주스를 꿀꺽 삼킨 뒤 한 번 슈리에 씨의 곁에서 벗어난 나는 종종걸음으로 기르 씨에게 다가갔다.

【유진】

200년. 그것은 굵고도 긴 세월이었다. 그동안 나는 믿을 수 있는 동료를 만나 드디어 집이라고 부를 수 있는 장소를 만들어 냈다. 그렇다고 해도 가슴에 휘몰아치는 외로움과 크게 뚫려버린 구멍이 채워지는 일은 없었다. ……만.

"하아, 그나저나 꿈만 같아. 귀여운 딸과 귀여운 모습으로 재회하게 되다니. 물론 예전에도 귀여웠지만."

"음, 내 아이니 말이다. 귀여운 것이 당연하지."

"뭐? 내 딸이거든."

"무슨 소리냐!"

메구가 우리 딸 메구라는 걸 알고, 어서 오라는 인사와 함께 마주 안은 것만으로도 내 마음은 순식간에 충족되었다. 설마 정말로 우리 메구의 영혼이었다니. 몇 번 그런 생각이 스친 적은 있었지만, 너무도 황당무계하다며 부정해왔다. 그렇기 때문에 그게 사실임을 알았을 때는 뭐라 표현을 할 수 없을 만큼 가슴이 떨렸다. 조금씩 잊어가고 있던 우리 메구와의 추억이 격류처럼 떠오르며 가슴을 가득 채웠다.

특히 선명하게 떠오른 것은 딸아이가 처음으로 아침을 차려주었을 때의 기억. 그때는 특히 일이 바빠서 매일 녹초가 되어 귀가했었다. 그런 나날이 이어지던 어느 날 아침. 부엌으로 가서 아침식사를 준비하려고 했는데 놀랍게도 그곳에는 이미 식사가 차려져 있었다. 어제 짓고 남은 흰 쌀밥, 인스턴트 된장국, 그리고…… 처참하게 널브러진 계란말이. 스크램블 에그가 아니라 계란말이라는 걸 알아볼 수 있었던 것은 어떻게든 각진 모습을 만들려고 한 흔적이 보였기 때문이다. 그리고 옆에는 울상이된…… 우리 메구.

『아, 아빠. 미, 미안……. 아빠, 맨날 피곤하니까, 밥을 해주고 싶었어. 자, 잘, 흑…… 만들지 못해서…… 미, 미안해애애.』

그렇게 말하며 흐느끼는 딸아이의 모습은 기특하고, 무엇보다 그 마음이 기뻐서 가슴이 벅차올라 나야말로 울고 싶었을 정도다. 당연히 그 후엔 메구를 끌어안고 고맙다고 인사하고…… 그 후에 같이 먹었지. 다음에는 같이 만들자고 약속하고. 아아, 지금 떠올려 봐도 눈물 난다. 물론 이제는 안 울지만.

하아……. 하지만 메구는 지금 아슈와 옌나의 딸이란 말이지. 참으로 원통…… 묘한 기분이다.

"뭐 어때. 둘 다 자기 딸이라는 걸로 치자고! 그보다 저렇게 귀여운 아이인걸. 나이를 먹고 나면 여기저기에서 인기가 아주 많지 않겠어?"

"죽인다."

"숯덩이로 만들어주지."

"……흉흉한 사안에서만 의견일치를 보지 말아줄래?"

모처럼 마음의 틈새가 채워졌는데 사우라 녀석이 이상한 소리를 하는 바람에 살기가 흘러나왔잖아. 순간 홀 안이 뒤숭숭한 분위기로 가득해지고 말았다. 그런 미래는 상상조차 하기 싫다고.

"으음, 하지만 그런 소릴 할 때가 아니지 않아? 일찌감치 상대를 찾아두는 게 결과적으로 괜한 벌레가 붙지 않을 거라고 보는데."

"헛소리하지 마. 나는 그런 어중이떠중이는 인정 못 해!"

"그럼 어떤 조건이 있는데?"

케이가 무슨 말을 하고 싶은 건지는 안다. 알지만 지금 그런 걸 물어볼 필요가 있냐? 하지만 뭐, 나도 고집불통인 건 아니니까. 미래의 상대에 대해서는 생각도 하기 싫지만, 굳이 꼽으라면……

"우선 강해야 하지."

"……그것만이라면 그럭저럭 클리어할 수 있는 사람 있잖아."

사우라는 그렇게 말하며 시선을 움직였다. 그 끝에는…… 기르. 기르?! 아니, 아니아니아니아니!

"이, 일편단심이어야만 해!"

"상대방을 배려할 줄 아는 다정함도 필요하지."

아슈도 참가했다. 음, 그것도 필요하다. 소중히 아껴주지 못한다면 역시 죽여야지.

"……여태까지 염문 한 번 난 적이 없었지?"

사우라가 여전히 기르를 보면서 중얼거렸다. 큭, 아니야! 아니라고!

"그러고 보면 자신을 희생하면서까지 지키려고 하고 배려하기도 했었지."

야, 아슈! 이 배신자. 너까지 그러지 마!

"금전적으로도 풍족해야만 하고, 무엇보다 본인이 호감이 없으면 의미가 없잖아!!"

그렇게 말하며 팔짱을 끼고 등받이에 거칠게 기댔다. 그러자 멀리서 메구의 목소리가 들렸다.

"기르 씨, 전투복 새로 사실 꺼예요?"

"그래. 아무래도 그 꼴로는 좀. 곧 인형을 받으러 갈 거지? 그때 주문할 예정이다."

"맞다, 인형 기대대요! 그나저나 그런 전투복을 턱 하니 살 쑤 있는 기르 씨도 대다내요⋯⋯."

"돈은 딱히 쓸 곳도 없으니까 문제없어."

전투복 새로 사는 거냐⋯⋯. 그거, 땅 서넛쯤은 살 수 있을 만큼 비싼데. 그런 물건을 태연하게 상품으로 다루는 란도 대단하지만.

"⋯⋯기르가 얼마나 저금해놨는지 들을래? 아마 두목보다."

"그 이상 말하지 마."

나는 전 세계를 돌아다녔고 필요한 때가 많았기 때문에 팍팍 썼을 뿐이거든?! 낭비한 거 아니거든?!

"메구 것도 언제든지 새로 사줄 테니까 안심하고 쓰도록 해."

"그렇게 십게 너덜너덜해지지 안커든요!"

별일이다. 기르가 농담을 하면서 쿡쿡 웃다니. 뭐지? 가슴이 답답한데.

"기르 씨가 계속 옆에 이써 주면 최강이니까, 전투복도 계속 새 옷 가타요!"

"⋯⋯그런가. 그래, 계속 옆에 있을게."

뭐, 뭐야. 왜 저렇게 친해. 화기애애하잖아. 메구, 너 설마⋯⋯?!

"무슨 생각을 하는 건지 훤히 다 보이는데, 메구는 이 세계에서 처음 만난 사람인 데다 목숨도 구해준 기르를 제일 잘 따르는 것뿐이야."

"맞아. 서류상으로는 기르난디오가 아버지거든? 거기 두 사람이 아니라."

뭐라고?! 그건 그거대로 아쉽지만, 친애의 정이라면…… 아니, 하지만!

"하지만 나이를 먹고 나면 모르는 일이지. 이 마음은 설마…… 같은 식이 될지도?"

"메구가 좋아한다고 하면 기르난디오라고 해도 거절하지 못할 거야. 오히려 자기의 마음을 알아챘다거나?"

"꺄, 그거 낭만적인데. 케이! 성장이 기대돼!"

사우라와 케이가 둘이서 망상을 늘어놓기 시작했다. 메구가, 기르와……? 성장해서 예뻐진 메구를 상상했다. 그야 대단한 미인이 되겠지. 틀림없다. 그런 메구가 기르를 사랑에 빠진 눈으로……?!

"나, 나이 차가 너무 심하게 나잖아……!"

"음? 나와 옌나는 수천 년 차이였다만."

"아슈 너 이 자식, 누구 편이야?"

"아인이잖아. 200년 정도의 나이 차는 없는 거나 마찬가지야."

"아아아악! 시끄러워! 안 돼! 나는 절대 인정 못 해!!"

테이블을 두 손으로 쾅 내리치고 소리 지르면서 일어났다. 테이블이 두 쪽으로 갈라지고 말았지만 어쩔 수 없다.

"고생하겠네, 메구……."

"그러게 말이야. 아, 테이블 배상비는 두목의 수당에서 제할게."

팔불출이 뭐 어때서! 애초에 아직 너무 이른 화제라고. 왜 모처럼 간신히 재회한 딸을 다른 놈팡이에게 주는 이야기를 해야만 하는 건데. 그래, 그거야. 아직 몇백 년도 더 지난 미래의 이야기잖아. 우리는 수명이 기니까.

그러자 메구가 어리둥절한 눈으로 이쪽을 보고 있는 걸 알아차렸다.

"아빠, 왜 그래?"

"……이리 오렴, 메구."

까딱까딱 손을 움직이자 내 앞으로 총총 다가오는 메구. ……뭐지 이거. 무지막지 귀여운데.

"잠깐 좀 안자."

"어?! 부끄러운데?!"

"무슨 소리야. 기르나 아슈나, 다른 녀석들에게는 안아달라고 조르는 주제에! 나는 안 되는 거냐."

"아니……. 그게 아빠는 예전의 기억이 방해가 대서……."

무슨 말을 하고 싶은 건지는 안다. 그 심정을 모르는 건 아니다. 나도 성인이 된 하세가와 메구의 모습이었다면 이런 말은 안 했겠지. 아무리 아버지라고 해도. 하지만 지금 모습으로 눈앞에서 부끄럽다는 듯 꼼지락거리면서 뺨을 붉히면 말이다. 치명적이야. 심각하게 치명적이라고. 진짜로 해충을 쫓아낼 준비를 해야 한다는 걸 재확인했다.

"흐어!"

아무튼 지금은 무작정 메구를 번쩍 안아 들었다.

"지금은 어린아이잖아. 어리광부려줘, 메구."

"으……, 알아써!"

정신이 몸에 영향을 받는 건지, 품에 안자 금방 기쁘다는 듯 얼굴이 풀어지더니 목을 꼭 끌어안으면서 매달리는 메구. 미친 듯이 귀엽다. 아무에게도 못 줘.

"……그리고 보면 너, 정령의 작명 센스 말인데."

"그건 마라지 마!!"

얼굴이 새빨개져서 작은 손으로 허둥지둥 내 입을 틀어막았다. 환장하겠네. 놀리는 보람이 있는걸. 옛날부터 그렇지만.

"……저렇게 헬렐레한 두목은 처음 봤어."

"뭐, 좋은 게 좋은 거지. 지금까지 계속 참아왔으니까."

"부럽구나, 유진!!"

시끄러운 갤러리들이다. 됐어. 지금은 이 극상의 한때를 만끽해야지.

오늘은 좋은 날이다.

【메구】

"우와! 귀여워! 란, 고맙습미다!"

"좋아해 줘서 나도 기뻐. 하지만 그런 새카만 인형으로 만족하니?"

"이게 조아요!"

오늘은 일정이 없는 시간에 기르 씨, 케이 씨, 메어리라 씨 넷이서 란의 가게를 찾아가 예의 물건을 받았습니다! 예의 물건. 그건 당연히 솜인형이다!

"설마 그림자독수리 인형을 주문할 줄이야. 메구는 기르난디오를 참 좋아하는구나."

"네! 아주 조아해요! 푹신푹씬!"

"메구다워요! 케이 씨, 저기, 저도 캐틀 인형 감사합니다! 소중히 할게요!"

"마음에 들었다니 다행이야."

가게 밖에서 꺄르륵 기뻐하는 나와 메어리라 씨. 그리고 혼자 표정이 묘한 기르 씨.

"표정이 심각하네? 이렇게 잘 따르는데 싫은 거야?"

"아니……."

"아하하, 싫은 게 아니야, 라그랑제. 기르난디오는 어떻게 기뻐해야 할지 모르는 것뿐이거든."

"어머, 복잡한 성격이네."

"……그보다, 주문 부탁한다."

다행이다. 싫어하는 건 아닌 모양이다. 안심하며 인형에게 뺨을 비볐다. 아아, 행복해라. 부비부비.

기르 씨는 엉망이 되어버린 전투복을 새로 맞추기 위해 온 거였지. 마이유 씨가 디자인하는 옷은 아무래도 화려해지기 때문에 란의 가게에 부탁하는 게 좋다고 한다. 란도 화려한 걸 좋아하지만, 일은 일로서 손님의 주문에는 제대로 맞춰주니까 믿을 수 있다나. 역시 프로. 내 전투복 때도 그렇지만, 오르투스의 기술을 이토록 쉽게 도입해서 만들어내는 란은 정말 범상치 않은 인재다. 큰 금액도 움직이는 셈이고. 미스테리어스해……!

이렇게 볼일을 마친 우리는 서둘러 길드로 돌아가게 되었다. 아직 다들 할 일이 많이 있으니까! 정말로 바쁜 건지 케이 씨와 메어리라 씨는 한발 먼저 가버리고 말았다. 내 속도로는 느리니까……. 죄송합니다. 기르 씨가 함께 있으니까 외롭지 않아! 천천히 걸으면서 나는 최근 일어난 일들을 회상했다.

그로부터 일주일 정도 연회 분위기가 이어졌지만, 그동안 계속 머물러있을 것 같았던 마왕님은 사흘째쯤에 '이제 그만하십시오'라며 격노한 크론 씨에 의해 끌려가듯이 오르투스를 떠나게 되었다.

"메구! 반드시, 반드시 마왕성에 놀러오려무나! 마중 나갈 테니까!"

나도 마왕님과는 또 만나고 싶고, 마왕성에도 관심이 있으니까 기꺼이 가고 싶긴 하다. 하지만 말이지. 마왕님의 모습이 너무 필사적이라서 웃음이 뻣뻣해지고 만 것은 어쩔 수 없는 일이다. 또, 또 만납시다, 아버지!

참고로 연회 분위기가 이어지는 와중에도 당연히 복구작업을 동시에 진행했다. 피난해있었다는 마을 사람들도 돌아와서 마물의 습격으로 엉망이 된 마을 밖 부근을 정비하거나, 길드 간의 전투에서 망가졌다는 집을 수리하거나. 다들 척척 호흡을 맞춰서 일하는 게 멋있었다! 그때 쥬마가 '당분간 금주해야겠네……'라며 아득히 먼 곳으로 시선을 던지는 모습도 보았다. 아무래도 집들을 파괴한 장본인이었던 건지, 그 비용은 쥬마가 댄다고 한다. 앞으로 의뢰를 많이 수행해서 벌충하겠다며 빠르게 털어냈으니 분명 괜찮겠지. 화이팅!

길드 근처까지 오자 입구 앞이 어쩐지 소란스러웠다. 옆에 있던 기르 씨와 얼굴을 마주 보고 바로 그 현장으로 발걸음을 옮겼다.

"나는 너희들과 친구 놀이 같은 거 하기 싫거든!!"

소란의 주범은 에핑크. 이래저래 닷새 정도 잠들어있었다는 그는 혀를 메롱 내밀고서 자기를 붙잡으려는 오르투스 길드원에게 항의하는 중이었다. 놀랍게도 레키가 회유하면서 오르투스에 들어오지 않겠냐는 권유까지 했다고 한다! 하지만 아무래도 순순히 '그래, 잘 부탁해'라는 전개가 되진 않을 것 같았다. 정신적인 활기를 되찾은 에핑크는 까탈스러운 소년처럼 굴었다. 어휴, 사춘기는 골치 아프다니까.

"어머나, 인사하러 와 봤더니…… 기운도 좋지. 그럼 내가 만드는 길드에 오지 않을래?"

"뭐? 넌 누군데?"

"마, 마라 씨?!"

다들 팔짱을 끼고 앞으로 에핑크를 어떻게 할지에 대해 고민하던 때, 어느새 마라 씨가 등 뒤에 서 있었다. 기척을 전혀 느끼지 못하는 사이에 등 뒤에 서 있는 건 케이 씨 덕분에 익숙해졌다고는 하지만 설마 있을 줄 몰랐던 인물이 있어서 상당히 놀랐다. 흐어, 심장 떨려.

"마을 쪽은 이제 된 건가?"

"그래. 뒷일은 마을에 남은 사람들끼리 어떻게든 할 거야. 그보다 인원 확보를 위해 빨리 움직여야 할 것 같아서."

기르 씨의 질문에 윙크하며 대답하는 마라 씨. 마치 소녀 같은 천진함이다. 엘프족은 정말 나이가 느껴지지 않는 종족이구나. 가슴이 두근거렸다.

"그래서 어때? 너 무척 기운이 넘치는 것 같아서 마음에 들어. 여태까지의 네모를 기반으로 체제만 싹 바꿀 생각이거든. 임금은 노력 여하에 달렸지만, 살 곳은 제공해줄게."

마라 씨는 에핑크에게 접근해서 부드러운 미소를 지으며 권유하기 시작했다. 에핑크는 주춤거리면서도 이야기를 들어볼 마음은 있는 모양이었다.

"그, 그러니까 당신은 대체 누구냐고……?!"

"이 분은 전 보스의 누님이시다. 실례되는 행동은 삼가라, 에핑크."

"시, 심지어 라지엘드를 거느리고 있잖아?!"

에핑크의 의문에 대답한 사람은 이 또한 갑자기 하늘에서 뚝 떨어져 화려하게 착지한 사람이었다. 몸집이 아주 크고 눈초리가 무시무시하다. 정말 깜짝 놀랐잖아! 왜 평범하게 나타나지 않는 거지? 하아, 심장이 또 떨려.

이 사람은 오니족이고 이름은 라지엘드인 듯했다. 연행되어 사정 청취를 받았던 모양이지만, 보다시피. 지금은 마라 씨 휘하에 들어간 것처럼 보인다. 대체 무슨 일이 있었던 걸까?

"뭐, 뭐어, 라지엘드가 신뢰하는 사람이라면 동료로 들어가 줄 수도 있어!"

"캥가로 주제에 거만한 소릴……!"

"히익……!"

에핑크가 어쩔 수 없다는 듯이 대답하자, 라지엘드가 노기 어린 목소리로 위협했다. 겁을 먹은 에핑크와 덤으로 나. 하지만 무서운 건 무섭단 말이야! 기르 씨에게 꼭 매달리자 등을 살며시 쓰다듬어주었다. 후우, 안정된다. 그런 위압감을 흩뿌리는 라지엘드를 제지한 사람은 마라 씨였다.

"어머머, 그만해. 라지. 새 길드는 자주성을 존중할 거야."

"시, 실례했습니다. 마르티넬시라 님!"

"라지……?!"

무척이나 순종적인 라지엘드. 저렇게 무섭게 생긴 오니가 애칭으로 불리면서 마라 씨에게 충성을 바치고 있잖아……?! 혹시 맹수 조련사인가? 다들 그런 의문을 담은 눈빛으로 마라 씨를 바라보자, 그걸 정확하게 파악한 마라 씨는 검지를 입에 대고 요염하게 웃었다.

"비·밀."

아, 응. 아무도 캐물을 수 없었다. 새 길드는 분명 괜찮겠지. 그걸 넘어서 순식간에 특급 칭호를 손에 넣을 수 있을 것 같은 느낌이 든다. 또 다른 사람을 권유하기 위해 떠나는 마라 씨와 라지엘드, 그리고 에핑크의 뒷모습을 보며 그런 생각이 들었다. 우리도 질 수 없지!

그 후 그 자리에 있던 사람들은 각자 일을 하러 본인의 자리로 돌아갔다. 마라 씨는 두목인 아빠와 합의를 보기 위해 가는 모양이었다. 그리고 나는 물론 내 전용 카운터로. 그곳까지는 기르 씨가 바래다주었다. 과보호 발동…….

길드 입구를 지나가자 홀에는 니카 씨, 그리고 아까 막 헤어졌던 케이 씨가 서서 대화를 나누고 있었다.

"아, 메구. 지금 마침 메구 이야기를 듣고 있었어."

"흐어?! 저요?"

"그나저나 지금 다시 떠올려 봐도 그때의 메구는 참 대단하다, 하는 이야기야!"

하이 엘프 마을에서 일어난 일을 말하는 건가? 그때는 필사적이었으니까. 왠지 이렇게까지 칭찬을 받으면 기쁨보다도 부끄러움이 더 커……!

"어떻게 그렇게 과감하게 나설 수 있었던 거야? 메구."

"아, 그건 나도 궁금해."

확실히 늘 자신감이 없고 겁이 많고 금방 울어버리는 어린아이가 갑자기 하늘에서 뛰어내리질 않나, 마물이며 용 모드인 마왕님에게 설교하면 무슨 심경의 변화냐며 놀라워하겠지. 여기선 솔직하게 말하기로 할까.

"그때, 조금 이후의 미래를 봐서 분명 괜찮을 거라고 생각해써요. 어떻게든 댄다고요."

"엘프의 특수 체질인가. ……어떤 미래인데?"

기르 씨의 물음에 다들 기대가 담긴 눈빛으로 나를 바라보았다. 으음, 가르쳐줄 수도 있지만. 역시.

"비밀이에요!"

'에이' 하고 아쉬워하는 목소리와 '어쩔 수 없지' 하고 포기한 듯한 말이 들렸다. 깊게 추궁하지 않는 점에서 다들 이해해주고 있다고 느꼈다. 딱히 비밀로 해야만 하는 건 아니지만, 왠지 모르게 '그런 애매모호한 미래를 보고 그런 행동을?'이라고 하려나 싶었더니.

하지만 나는 그 미래만으로도 충분했다. 자신감으로 넘쳐났다. 다들 무사히 이 문제를 극복할 수 있다고.

"죄송합니다. 조금 물어보고 싶은 게 있는데요……."

"아, 네!"

길드에서 처음 보는 손님. 일할 시간이다! 아장아장 달려가자 다들 웃는 얼굴로 나를 지켜봐 주었다.

그래. 왜냐하면 내가 본 미래는————.

"잘 오셔씀미다!"

말 그대로 지금 이 광경. 다들 오르투스에서 즐겁게 웃고 있는 모습이었다!

"특급 길드 오르투수에 어서 오세요!"

Welcome
to the
Special
Guild

6 20년 후

"좋은 아침입니다! 기르낭디오, 씨…… 으아!! 혀가 꼬여! 으으."

안녕하세요, 메구입니다!

아빠와 재회하고 이 길드에서 생활하기 시작한 지 벌써 20년. 어쩐지 순식간에 그렇게 세월이 지났습니다. 하지만 이 몸은 성장이 아주 느려서 이제야 인간으로 치면 5, 6살 정도일까. 훌쩍. 하지만 발음도 많이 좋아졌다고! 그래서 이렇게 케이 씨를 본받아 사람들의 이름을 풀네임으로 부르려는 계획을 실행하기 시작했는데…… 보다시피 이렇습니다. 네. 아직 갈 길이 멀었네요.

"마음이 급하면 더 꼬일 거야."

"으으, 알긴 하는데에."

쓴웃음을 지으며 그렇게 말하는 기르 씨. 그렇다 한 번 혀가 꼬이면 마음이 급해져서 더 꼬여버리는 나쁜 버릇이 있다. 언젠가 술술 말해주겠어!

아무튼. 왜 이런 소릴 하고 있냐면 지난주에 있었던 어떤 만남과 사건이 계기다. 그건 무척이나 귀중한 체험이고, 나도 더 딱 부러진 언니가 되어야 한다며 기합이 들어가는 만남이었다.

"어? 아기요……?"

어느 날 아침, 여느 때처럼 길드의 내 전용 카운터에 가려고 할 때 접수대에 있던 사우라 씨에게 일거리를 부탁받았다. 내가 적임이라고 해서 무슨 일인가 했더니, 너무나도 예상하지 못한 임무를 받게 된 것이었다.

"그래! 몇 년 전에 이 마을에 아기가 한 명 태어났잖아? 그 아이의 부모가 집안 사정으로 하루 동안 외출해야만 하는데, 그때 아기를 데려가는 건 어려우니까 아기를 맡아달라는 의뢰가 왔어."

출생률이 극도로 낮은 아인 중에서도 더 낮은 희소종이 많이 사는 이 마을에서 새 생명이 태어났다는 건 무척이나 경사스러운 일이다. 그때 마을 전체에서 생일 파티가 열리고 그게 일주일 정도 이어진 걸 지금도 기억하고 있다. 아니, 애초에 이 마을 사람들은 그런 축제 분위기를 좋아한단 말이지……. 무언가 계기만 있다면 금방 연회를 열고 말이야. 그리고 매번 쥬마가 너무 흥에 겨워서 벌을 맡는 것까지가 한 세트다.

"하, 하지만 왜 저예요? 저는 아기 돌보기 못타는데요?"

의문은 이것이다. 오히려 나는 아직 돌봄을 받는 쪽인데 왜 내가 적임인 건지 의아했다. ……윽, 내가 말해놓고 서글퍼졌다.

"물론 메구 혼자서 하는 게 아니라 메어리라에게도 부탁해놨어. 다만 메구는 자기보다 어린 사람과 엮인 적이 없잖아?"

그렇구나. 메어리라와 함께 하는 거라면 이해가 간다. 그리고 확실히 나는 나보다 어린 사람과 엮인 적이 없다. 전생에도 직접적으로 엮인 적은 없었고 말이지. 어? 생일 파티 때? 그때는 축하 파티가 너무 요란하게 열려서 엮이기는커녕 아기를 보지도 못했는걸……. 애초에 갓 태어난 아기는 그런 시장통에 참가하지 못한다. 아기는 조금 떨어진 장소에 잇는 병원에서 새근새근

자고 있었다고 한다.

"그러니까 좋은 경험이 될 것 같아서. 어때? 메구, 일일 언니가 되지 않을래?"

'언니'라는 단어가 감미롭게 울리면서 내 심장을 뒤흔들었다. 언니……, 언니……, 언니……! 나는 반사적으로 고개를 붕붕 끄덕여댔다.

"흐어어어……!"

의무실로 향하자 이야기를 듣고 기다리고 있던 메어리라에게 안내를 받아 다른 방에 있던 아기와 아기 엄마와 만났다. 아기 요람에서 잠든 아기를 살며시 들여다보자 새근새근 평온하게 잠든 아기의 모습이. 그 너무나도 사랑스러운 모습에 무심코 이상한 소리가 나와버렸다. 물론 최대한 목소리 크기는 자중했습니다!

"후후, 넋을 놓았네."

"아기와 메구라니, 최고로 귀여운 조합이에요!"

연한 갈색의 긴 머리카락을 땋아 어깨에서 늘어트린 아기의 어머니는 머리 위에 솟은 여우 같은 귀를 쫑긋쫑긋 움직이며 웃고 있었다. 너글너글한 분위기의 어머니다. 메어리라는 뭐, 늘 그렇듯이 귀여운 것에 환장한 모습이다.

"미안해, 이런 의뢰를 해서. 오늘 중에는 돌아올게. 아기를 돌보는 건 무척 힘들 테지만…… 귀여운 언니가 있으니까, 안심이야."

포근하게 웃는 여우 어머니는 꼬리를 살랑살랑 흔들면서 그런 마을 해주었다. 내 머릿속에 또다시 감미로운 단어가 메아리쳤다. 언니……, 언니……, 언니……!

"네! 열심히 돌보겠씁니다!"

발음이 꼬였다. 언니인데! 혼자 발을 동동 구르면서 원통해 하는 나. 그런 모습을 보고 쿡쿡 웃는 두 사람. 크윽!

시작은 이런 느낌으로 폼이 안 났지만, 내 일일 언니 체험은 이렇게 막을 올렸도다!

그렇게 의욕을 낸 것까진 좋았지만.

"꺅, 그렇게 불을 뿜으면, 미이나!"

"으아아! 기저귀 샌다, 메어리라 씨!"

"꼬리가 달린 종족에겐 흔한 일이에요! 꺅, 또 불을 뿜었어요!"

아기 돌보는 거 진짜 힘들잖아……?! 기저귀를 갈고 난 뒤에도 칭얼거리면서 우는 미이나 때문에 우리는 쩔쩔 매고 있었다. 이 아이는 라쿠디라고 해서 꼬리가 큰 동물계 아인인데, 심지어 불을 뿜는 타입인 듯해서 더욱 고생이었다. 라쿠디는 그럭저럭 흔히 볼 수 있는 아인이지만 개체에 따라 특기인 마술 속성이 다르다나. 이 아이는 불. 아주 난감한, 불……! 꼬리와 귀의 모양을 봤을 때 너구리인 것 같은데. 여우에게서 너구리가 태어나는 괴현상도 태연하게 일어난 이 세계. 20년이 지났지만 여전히 놀라워!

"으으으, 이건 치오리스의 도움을 받아야겠어요!"

"으? 치오 언니?"

"네! 치오리스는 라큰 아인에 불속성이니까 무언가 요령을 알수 있을지도 몰라요!"

아, 그러고 보면 전에 들은 적이 있다. 치오리스 씨는 라큰, 그러니까 라쿤 아인이라고. 확실히 너구리이자 불속성인 미이나와 비슷한 점이 있다. 우리는 바로 아앙아앙 우는 미이나를 데리고 식당으로 향했다.

"나, 나도 아기는 어떻게 대해야 하는지 몰라!"

하지만 식당에서 바로 치오 언니에게 물어봤더니 치오 언니는 당황한 듯 두 손을 붕붕 내저었다. 지금은 요리장이 된 치오 언니는 늘 자신만만하며 웃음이 끊이지 않는 사람인 만큼 이런 반응은 어딘가 신선했다.

"돌봐달라고 하는 건 아니에요! 뭔가 주의점이나, 요령 같은 게 있다면…… 꺄악, 또 불이!"

메어리라 씨의 호소에 팔짱을 끼고 잠시 생각해주는 치오 언니. 그러더니 떠올랐다는 듯 손뼉을 짝 쳤다.

"우리 라큰 아인은 비교적 꼬리 아래쪽이 약하거든. 쓰다듬어주면 불을 뿜는 걸 달랠 수 있을지도 몰라."

눈썹을 팔자로 휘며 '라쿠디와는 다르니까 같은 지는 알 수 없어'라고 덧붙이는 치오리스 씨였지만, 이건 좋은 수확이다. 바로 시도해보기 위해 나는 울면서 불을 뿜는 미이나의 꼬리 아래쪽을 살며시 쓰다듬어보았다.

"오, 멈췄다!"

놀라워라! 조금 전까지 난리였던 게 꿈인 것처럼 얌전해져서 꾸벅꾸벅 졸린 표정이 되었잖아! 기뻐서 계속 쓰다듬었다.

"이게 먹히는 것도 아기일 때뿐이라 바로 떠오르지 않았어. 하지만 도움이 되어서 다행이야."

"고마워요, 치오리스!"

메어리라 씨와 함께 꾸벅꾸벅 인사한 뒤 나중에 점심을 가져다줄 테니 챙겨 먹으라는 감사한 말을 받았다. 좋아, 힘내야지!

이렇게 허둥지둥 아기를 돌보는 사이에 순식간에 하루가 지나버렸다. 슬슬 저녁이다.

"귀여워라…….""

돌보는 건 무척 힘들었지만, 귀엽게 잠들어있는 이 얼굴을 앞에 두면 그런 것도 날아가 버린다. 다들 나를 귀여워해 주는 마음을 조금 알 것 같아. 동시에 나도 슬슬 딱 부러진 언니가 되어야 한다는, 그런 자각이 싹튼 하루가 되었다.

그 후 나는 깜빡 미이나 옆에서 지쳐 잠들어버렸다. 그 모습을 메어리라 씨를 필두로 길드원들이 감상하며 힐링을 받고 간 모양이지만…… 나는 이제 언니고, 잠든 얼굴을 보여주는 것도 부끄러우니까 그만했으면! 심지어 그것 때문에 깨우는 걸 망설이다 미이나의 부모님이 길드에서 하룻밤 자고 가게 되었다. 다들 자중 좀 합시다?!

【셰르멜호른】

나는 어릴 때부터 남의 마음을 읽으며 살아왔다. 읽고 싶어서 읽은 건 아니다. 제어하지 못하는 어릴 때는 멋대로 머릿속에 들려왔기 때문이다.

원래 출생률이 지나치게 낮은 하이 엘프. 그중에서도 나는 누나와 함께 태어났다. 쌍둥이라 불리는 존재라고 하지만 별로 관심은 없다. 하지만 그 때문에 나를 낳은 어머니는 돌아가셨다고 들었다. 누나인 마르티넬시라는 아기일 때부터 얌전하고 그리 손이 많이 가지 않는 아이였다고 한다. 한편 늘 두통 때문에 자주 울었던 나는 손이 많이 가는 아이였다. 병약한 아기라서 언제 죽어도 이상하지 않다는 인식 덕분에 늘 누군가가 간병한다며 붙었는데, 멋대로 흘러들어오는 생각 때문에 괜히 두통이 심해졌다. 악순환이었다.

성장하여 내 두통의 원인이 특수 체질 때문이라는 걸 드디어 이해해준 후, 나는 방에 틀어박힌 생활을 시작했다. 간신히 찾아온 평온에 여태껏 느껴본 적이 없을 만큼 크게 안도했던 걸 기억한다.

"셰르, 나라면 네 고민을 해결해줄 수 있을 거야."

어느 날, 마라가 그런 말을 했다. 마라의 특수 체질로 무슨 소원이든 딱 하나를 이뤄줄 수 있다는 것이 아닌가. 참으로 반칙 수준의 특수 체질. 질투심이 나를 덮쳤다. 하지만 이용할 수 있다. 남들과 떨어져서 지냄으로서 경감되긴 했으나, 자꾸만 흘러들어오는 속마음에 두통이 사라지지 않는다. 나는 이 두통에서 이제 그만 해방되고 싶었다.

"이 특수 체질을, 내 의사로 자유롭게 다루고 싶어."

"알았어."

이렇게 나는 이날부터 원하는 때에 타인의 생각을 읽고, 읽고 싶지 않을 때는 듣지 않을 수 있게 되었다. 생후 300년 정도가 지났을 때였다.

그로부터 500년이 더 지났을 때는 마을 사람들도 내가 마음을 읽지 못하도록 막는 방법을 체득해갔다. 모든 사람이 다 성공하는 건 아니고, 늘 틀어막은 것도 아니었지만 나는 어째서인지 그게 못마땅했다. 신기한 일이다. 그토록 싫어했던 능력인데, 막상 읽지 못하게 되자 아쉽다. 이 무렵부터 나는 언젠가 족장이 되어 사람들을 지배하고 싶다고 바라게 되었다. 그때를 위해 아무도 반항하지 못하도록 손을 쓸 술수를 짜냈다. 조금씩, 의식하지 않으면 눈치채지 못할 만큼 적은 양의 마력을 사용해 마을 사람들에게 정신 조작 마법을 사용하는 것은 무척 오래 걸리는 작업이었다. 하지만 반드시 잘 되리라고 믿어 의심치 않았던 나에게는 아무런 고통도 되지 않았다.

그와 거의 비슷할 무렵, 나는 하이 엘프 말고도 종족이 있다는 사실에 의문을 품기 시작했다. 왜 세상은 하이 엘프만 존재하는 게 아닌 걸까. 서적이나 설화로는 하이 엘프만이 존엄한 존재고 누구보다 신에 가깝다고 한다. 그렇기 때문에 수가 적은 것이라고. 그것을 알고 이해했다. 모든 종족 중에서 우리가 가장 존엄하다. 그 외의 종족은 그런 우리를 숭상하기 위해 존재하는 것이겠지. 신이 우리를 신으로 돌려놓지 않는 것은 분명 다른 종족이 우리를 따르지 않기 때문이다. 우리에게 바치는 신앙이 부족하기 때문이다. 틀림없다. 나는 어느샌가 그런 생각에 사로잡혀갔다. 그리고 증오를 느끼기 시작했다.

그렇다면 왜 하이 엘프 말고 다른 종족은 바깥 세계에서 자유롭게 살아갈 수 있지? 왜 다른 종족은 공적을 남기면 수많은 자에게 칭송받는 거지? 왕으로 추대되는 자가 존재하는 이유는? 우리가 가장 존엄할 터인데, 왜 우리를 숭상하지 않는 거지?

그렇게 생각할수록 모든 것이 미워서 견딜 수 없었다.

무척이나 긴 시간에 걸쳐 그런 사고방식에 물들고 행동해왔다. 그렇게 어느 날 발견한, 이용하기 좋은 존재. 핏줄은 더럽지만 마물을 통솔하는 재능을 품고 있는 하이 엘프라니 이용할 수 있다고 생각했다. 어떻게든 손에 넣고 싶었다.

조금만 더 하면 손에 넣을 수 있었는데 이뤄지지 않았다. 다름 아닌, 그 반쪽짜리 하이 엘프 때문에. 거만하게 설교하는 어린 아이. 얼굴을 새빨갛게 붉히며 감히 나에게 항의하는 모습은 우스꽝스러웠다. 하지만…… 그 아이의 생각을 읽자, 처음 느끼는 묘한 감정이 나를 덮쳤다.

『싸우기 싫어. 내 할아버지인걸……!』

어리석다고 웃어버릴 만한 내용이었다. 이 애송이가 진심으로 그렇게 생각한다는 것이 기가 막혔다. 실컷 험한 일을 겪고 위험한 상황에 처하고 매도도 당했는데, 더없이 어리석다고.

그래. 무척이나 어리석다.

모든 것이 아무래도 상관없어지고 말았다. 어리석은 어린아이의 마음을 읽고 나자 황당하게도 만족하고 말았기 때문이다. 하지만 그걸 인정하고 싶지 않다. 뭐가 할아버지냐. 아둔하기는. 뭐, 매년 옌나리에아르의 무덤에 꽃을 바치러 올 때 가져오는 과자가 맛있다는 것만큼은 인정해줄 수도 있지만.

"어머나, 셰르. 별일이네. 밖을 돌아다니다니."

"……가끔은 바깥 공기를 쐬기도 해."

아주 드물게 홀로 숲을 산책하면서 이런 생각을 하는데, 오늘은 마라가 오는 기척이 느껴졌기 때문에 거기에 맞춰서 밖으로 나왔다. 하지만 그 말은 하지 않는다. 여기서 만난 것은 어디까지나 우연이다.

"……길드는 어떻지?"

침묵하는 것도 이상하다는 생각에 일부러 화제를 던져주었다. 마라여, 고맙게 생각하도록.

"후후, 그래. 큰 문제도 없이 돌아가고 있어. 작은 문제는 일상다반사지만."

내가 운영하던 특급 길드, 네모는 망했으나 지금은 마라가 네모를 기반으로 한 길드를 만들어 운영하고 있다고 들었다. 길드원은 거의 달라지지 않았고, 시스템만이 크게 바뀐 새로운 길드다. 창설된 지 아직 20년 정도밖에 지나지 않았으나 이미 상급 칭호도 코앞에 두고 있다고 들었다. 주위에선 무시무시한 속도라 불리고 있다지만, 마라가 운영하는 길드이니 당연하다고 할 수 있을 테지. 그리 멀지 않은 미래에 특급 칭호도 얻게 되리라.

"말하는 걸 보면 작은 문제쯤은 가렵지도 않은 모양이군."

"그래. 대부분 라지가 대응해주거든. 그 아이는 착한 아이야. 늘 도움을 받아."

라지엘드인가. 녀석은 한 번 실력을 인정한 상대를 귀찮을 정도로 숭배하니까. 오니족은 야만적이고 거칠지만 힘으로 복종시켜두면 다루기는 쉽다. 그 힘으로 복종시키는 게 쉽지 않지만, 우리 하이 엘프에게 걸리면 손쉬운 일이지. 마라도 이 너글너글한 외모와 달리 할 때는 하는 여자니까.

"언젠가 셰르도 보러 와. 다들 기뻐할 거야."

"……싫어한다는 말이 헛나온 건가."

나는 주위에서 나를 어떻게 생각하는지 이해하고 있다. 따라서 이젠 엮이고 싶지 않다. 마라가 뺨을 부풀리며 '완고하기는' 하고 중얼거렸지만 상관없는 일이다. 하지만, 뭐. 상시 정보수집을 해두는 건 취미로서 계속하기로 할까.

마라와 이야기를 마쳤다는 양 나는 빠르게 걸어서 내 영역으로 돌아갔다. 조금 읽어버린 마라의 생각이, '저 아이도 참 어쩔 수 없다니까'라며 마치 어린아이라도 상대하는 듯한 말투였기 때문에 마음에 들지 않았기 때문이다. 정말이지. 나를 계속 어린아이로 대하는 건 마라 정도다. 짜증 나는 누나를 두면 고생한다. 돌아가면 조용히 허브티라도 마시도록 해야겠군.

【메구】

"와아, 바다다!"

"오, 메구가 된 뒤에는 처음인가?"

지금 나는 길드에서 나와 아빠와 함께 여행 중입니다! 임무가 있다거나 하는 건 아니다. 놀랍게도 드디어 마왕성에 찾아오게 된 것이다! 계속 가겠다고 약속했는데 좀처럼 기회가 없다 보니, 마왕님에게서 읍소하는 편지가 왔단 말이지……. 겸사겸사 마왕님의 측근 크론 씨에게서도 최근 업무 처리 속도가 느려졌다면서 꼭 와달라는 부탁을 받았다. 편지를 읽고 (크론 씨가) 불쌍하다고 느낀 나는 아빠에게 상담했다. 왜냐하면 내가 마왕성에 가지 못한 이유는 걱정 많은 보호자들이 큰 비중을 차지하니까! 걱정해주는 건 기쁘지만.

뭐 그렇게 되어서, 아빠도 크론 씨의 말이라면 어쩔 수 없다며 마지못해 일정을 비웠고, 그렇게 드디어 마왕성 여행이 정해졌다. 사실은 상당히 두근두근하다. 아빠와 여행하는 거잖아. 당연히 기쁘지!

"어릴 때 이후로 처음이지. 아빠와 바다에 온 건."

"그래……, 그리운데."

둘이서 조금 애틋한 기분으로 바다를 바라보았다. 아, 저 멀리 커다란 산 같은 그림자가 보이는구나……. 그렇게 멍하니 생각하고 있을 때.

"나를…… 나를 잊지 말아다오. 외롭구나……!"

"부녀간의 시간을 방해하지 마라, 아슈."

마왕님의 서글픈 목소리에 정신을 차렸다. 맞다. 지금은 마왕님이 주위를 안내해주는 도중이었지! 아빠도 참, 반응이 매정해……!

"어휴, 그런 소리 하지 마! 아버지! 바다 저편에 보이는 그림자는 머예요?!"

순식간에 쪼그라드는 마왕님이 너무 불쌍했기 때문에 내가 급히 마왕님에게 화제를 던지자 노골적으로 얼굴이 환해진 마왕님이 신이 나서 설명하려고 입을 열었다. 아빠가 질린다는 듯 한숨을 쉬는 게 들렸다.

"가까이 있는 것처럼 보이지만 실제로는 아주 멀리 있습니다. 하늘을 나는 아인조차 건너갈 수 있는 자는 없습니다."

하지만 설명하기 시작한 사람은 크론 씨였다. 너무 쿨해서 춥다……! 보라고. 저기. 마왕님의 충격 받은 얼굴! 아, 입꼬리 올렸다. 크론 씨, 일부러 한 거군요……?

"으, 음. 나라고 해도 건너가는 건 지극히 어렵다. 인간의 대륙에 가까워질수록 마소(魔素)도 적어지니까. 소비 마력이 어마어마하다."

바로 정신을 차린 마왕님은 그렇게 말을 이었다. 그러고 보면 인간이 사는 대륙에는 마소가 적다고 했지. 으음, 마소는 공기 중에 포함된 마력의 바탕이 되는 것, 이었던가. 그게 있기 때문에 마법을 쓸 때 부담이 경감된다고 했다. 마소가 적은 장소에선 자신이 지닌 마력 덕분에 마법을 쓸 수는 있지만 마소 없이는 회복에 상당한 시간이 걸린다고 한다. 뭐, 이쪽 마대륙에서는 보통 어디에 가도 마소가 넘쳐나니까 다들 알지만 신경 쓰지 않는 부분이다.

한편 인간의 대륙은 마소가 무척 적은 데다 인간이라는 종족이 마력을 지니고 태어나는 일이 극단적으로 적기 때문에 쓸 수 있다고 해도 그리 고도의 마법을 사용하지 못하고 위력도 약하다나. 마소가 적은 땅에서 나고 자랐으니까 그 시점에서 보유 마력이 적은 것도 당연하지만.

그래서 아인이나 우리 같은 종족은 마력이 많아 생활하기에 무척 편리한 존재가 된다. 인간 중에는 노예나 애완용으로 인기가 많아서 비싼 값에 매매된다고. 물론 비합법이기 때문에 뒷세계의 이야기라고 하지만. 으, 무서워……!

"저 땅에서도 마법을 쓸 수는 있지만. 저곳은 우리에게는 불리한 대륙이다."

"간 적 있어?"

"있지. 딱 한 번. 광물을 거래할 때."

하지만 더는 가고 싶지 않다고 마왕님은 말을 이었다. 그, 그 정도로 힘이 제한되는 구나……. 마왕님이라면 설령 마법을 쓰지 못한다고 해도 상당히 강할 것 같지만, 마법을 쓸 수 없다는 게 불안한 거겠지. 하세가와 메구일 때는 상상도 하지 못했던 것이지만 세계가 달라지면 환경도 다르잖아. 나 같은 건 마법을 쓰지 못하면 정말 그냥 힘없는 어린아이일 뿐이니까. 마법이 오가는 이 대륙에서 정령들에게 부탁하지 못한다니…… 안 돼!

"그때는 배로 갔던가?"

"갈 때는 그렇게 했지. 하지만 시간이 지나치게 오래 걸리니까…… 돌아올 때는 편법을 썼다."

그렇게 말하며 장난기 어린 소년처럼 웃는 마왕님. 대륙 간의 교통은 주로 선박이지만, 또 하나 무척 간단한 방법이 있다고 한다.

"여기에 있는 광산과 인간 대륙의 광산은 양쪽 다 드워프가 살고 있다. 그리고 드워프들은 광산을 자유로이 오갈 수 있지. 광산 안쪽 깊은 곳에 전이 마법진이 있기 때문이다."

그 전이 마법진을 마왕님의 권한으로 사용했다고 한다. 물론 사용하는 대신 드워프들이 요구한 대가도 지불했다지만.

"……우리 쪽 커터는 아니지만, 드워프는 까다로운 녀석들인데. 대체 무슨 대가를 준 건지……."

"아니, 별것 아니었다. 마왕성 근처에서 장사를 하고 싶다고 하더군. 그 말을 못하고 있었기에 마침 잘 됐다고 흔쾌히 승낙해주었지."

아하, 타이밍이 좋았던 거구나. 말 그대로 윈윈! 그런 게 아니었다면 더 큰 대가를 요구했을까. 그런 내 생각을 읽은 건지 아빠가 심술궂은 얼굴로 덧붙였다.

"드워프 광산은 말하자면 녀석들의 본거지, 홈그라운드니까. 들여보내 주는 것만으로도 상당히 벽이 높아. 나도 광산의 기슭에 우글거리는 성가신 마물을 퇴치하는 걸로 허락받았거든. 뭐, 헛수고였지만."

옌나 씨를 찾을 때의 이야기겠지. 아빠도 인간의 대륙에 간 적이 있었구나. 오히려 인간인데 이쪽에 왔다는 게 처음부터 막막한 상황이었겠지……. 소위 사기급 능력이 없었다면 아빠도 나쁜 아인에게 팔렸을지도 모른다고 생각하자 몸이 부르르 떨렸다.

뭐, 뭐어, 생각해봤자 무의미한가. 결국 잘 자리 잡았고 나와도 재회했으니까. 나도 그런 위험한 인간 대륙에 갈 일이 없을 테니 드워프들에게 대가를 지불할 일도 없겠지. 하지만 만약 낸다면 뭐가 있을까? 무심코 그런 생각이 들었다. 괜한 걱정이다.

"자, 슬슬 성으로 가도록 할까. 다들 메구가 오는 걸 기대하고 있단다!"

"배도 고프니 어쩔 수 없이 가야겠네……."

"어쩔 수 없다니, 무슨 말이야. 유진!"

"그야 네 신자는 눈이 무섭단 말이야……."

"음. 다들 나를 따르는 좋은 국민들이다만?"

아, 응. 아빠의 저 체념한 얼굴을 보고 대충 상상이 갔다. 신자라고 할 정도니까. 그리고 나는 차기 마왕으로 불린다. 그러니까, 즉, 나도 분명 환영해줄 것이다. 아니, 감사하긴 한데. 하지만 어째서일까. 불안만이 가득하다.

무의식중에 아빠의 손을 잡은 손에 힘이 들어가 버렸지만 이건 어쩔 수 없는 일이다. 아빠도 그걸 알아차리고 내 등을 툭 토닥였다. 작은 목소리로 '포기해.'라고 말하는 게 들렸다. ……마음의 준비는 끝났습니다. 힝.

마왕성에는 여기에 올 때와 마찬가지로 아빠의 차를 타고 이동했다. 아빠의 기억 속에 있는 것이라면 생물 말고는 뭐든 재현해낼 수 있다니…… 뭐냐고, 그 사기 능력.

　하지만 아빠가 접촉하고 있어야만 한다거나, 구조를 어느 정도 이해하지 못하면 만들어도 쓰지 못한다는 등의 제한도 잇는 모양이었다. 아빠는 차의 부품도 취급하는 회사에서 근무했으니까 구조 정도는 잘 알겠지……. 그래도 아빠가 만들어낸 차는 고급차가 아니라 집에서 타고 다니던 지극히 일반적인 자동차인 점에서 아빠답다는 생각이 들었다. 뭐, 많이 써서 익숙한 게 좋다는 마음은 이해하니까!

　"너는 날아가면 되잖아, 아슈."

　"그리 말하지 마라. 유진의 차라는 것에 타는 것도 오랜만이니 나도 즐기게 해다오."

　앞좌석에 탄 두 사람은 그런 대화를 주고받았다. 역시 사이좋구나! 참고로 나는 아빠의 뒷자리에 앉아있습니다! 키가 짧기 때문에 쿠션을 쌓아서 그 위에 앉았습니다!! 큭……!

　"메구 님, 보이기 시작했습니다. 당신을 환영하는 마족들입니다."

　혼자 고통스러워하고 있었더니 20년에 걸쳐 많이 친해진 크론 씨가 변함없이 어색한 미소로 그렇게 알려주었다. 손으로 가리키는 방향을 눈으로 쫓자…… 우, 우와아아. 나도 모르게 튀어나왔다.

　"왔다! 메구 님!!"

　"얼굴 보여주세요!"

"저렇게 신기한 탈것이라니……. 역시 마왕님의 친구, 유진 님이셔!"

어마어마한 열기가 전해져……! 백미러에 비치는 아빠의 눈을 힐끗 쳐다보자 미간에 주름이 잡혀있는 게 보였다. 하지만 저건 진심으로 싫어하는 것도 아니다. 반응하기 난감하지? 응, 이해해……. 나도 지금 똑같은 표정일 거야.

"유진. 약속 지켜라."

"……알았다고!"

아빠는 마왕님의 말에 못마땅하다는 듯 대답하면서 차의 윗부분을 지워버렸다. 어, 이런 것도 가능해?! 이 차는 지극히 평범한 승용차였는데, 순식간에 오픈카가 되었어! 덕분에 우리의 모습이 밖에 훤히 다 보여! 환호성이 한층 더 커졌다. 그런 사람들의 목소리에 부응하지 않을 수 없어진 나는 최대한 웃으려고 노력하면서 손을 흔들었다.

"피고내……."

"수고하셨습니다, 메구 님."

가까스로 마왕성 안에 들어가 주위의 환호성이 닿지 않는 장소에 도착했을 때, 나는 옆에 앉은 크론 씨의 몸에 축 기댔다. 그걸 부드럽게 받아내더니 머리를 쓰다듬으며 격려해주는 크론 씨, 친절해라.

"조금 쉬고 난 뒤에 성 안을 안내하마."

"잘 부탁드립니다."

늘어져 있는 나를 보고 마왕님이 쓴웃음을 지으며 그렇게 말했다. 마찬가지로 웃으면서 계속 손을 흔들었던 마왕님은 익숙한 건지 태연해 보였다. 으음, 마왕도 고생이 많구나……! 나도 언젠가 익숙해질까? 도저히 무리일 것 같은데. 그런 생각을 하면서 조금 시무룩해졌다.

휴식도 끝났고, 심기일전해서 마왕성 탐험이닷! 마왕성이라고 해서 더 무시무시한 모습을 상상했는데, 당연하게도 그렇지 않았다. 동화 속에 나올 것 같은 궁전 같은 외관에, 내부도 고급스러운 항아리며 그림으로 장식해두었다. 서민파인 나는 건드렸다가 망가지면 어떡하지? 하고 잔뜩 움츠러들어서 걸었다. 그런 눈치를 알아챈 아빠가 떨어져도 망가지지 않도록 마법이 걸려있다며 웃었지만……. 그런 건 빨리 말하라고! 나의 분노는 절대 나쁘지 않아!

마왕성은 솔직히 너무 넓어서 한 번 만에 다 돌아보는 건 불가능했다. 그래서 우선 마왕성이 자랑하는 정원에 가기로 했다. 크론 씨가 '그럼 정원에서 차를 마시도록 하죠.'라며 자리를 비웠기 때문에 마왕님, 아빠, 나 이렇게 셋이서 향했다. 그 동안 어른 두 명이 대화를 나누기 시작했기에 나는 조용히 그 대화에 귀를 기울였다.

"마왕국도 최근에는 퍽 안정된 모양이던데."

"유진, 예전에 비하면 그렇게 말할 수 있을지도 모르지만 아직 문제는 산더미처럼 쌓여있다."

"……노예인가."

"그게 가장 큰 문제인 건 확실하지."

노예 문제. 마왕국의 뒷세계에서는 비밀리에 인간이나 그 외 특이한 아인을 인간 대륙으로 보내는 매매가 이뤄지고 있는 모양이었다. 상당히 먼 곳이라고 하지만 마왕국이 인간 대륙과 가장 가까운 위치에 있기 때문인 모양이었다.

뒷세계에서 이뤄지는 거래이긴 하지만 노예는 범죄자가 대부분이고, 네모 때처럼 노골적으로 수상한 움직임은 없다 보니 좀처럼 손을 대지 못하고 있다나. 어쨌거나 뒤에서 몰래 뭔가를 하고 있다면 체포해도 되지 않나 싶은데…… 이런저런 사정이 있는 거겠지.

그런 최저한을 준수하고 있었다는 듯한 마대륙 측의 거래와 달리 인간대륙 측은 아무래도 그렇지 않은 모양이라는 게 지금 가장 큰 문제로 대두되었다고 한다. 즉, 아무런 죄도 없이 납치된 아이들이 팔려나가고 있다는 거지…… 용서 못 해. 하지만 멀리 떨어진 땅인데다 아이의 증언밖에 없고, 심지어 마대륙과 인간대륙 사이에는 상호불간섭의 규칙이 있기 때문에 제법 어렵게 되었다고 한다.

그런 문제에 고뇌하고 마음 아파하는 모습을 보면 마왕님도 한 나라의 왕이라는 게 실감이 갔다. 그리고 나는 도저히 하지 못한다는 생각에 마음이 어둡게 가라앉는다. 종종 생각하게 되는 나의 고민이기도 하다. 하아…….

"메구, 또 고민하는 건가?"

그런 나를 알아차린 건지 마왕님이 눈을 가늘게 뜨며 그렇게 물었다. 나는 반사적으로 말문이 막혔지만, 이윽고 순순히 고개를 끄덕였다.

"메구여, 그대는 아직 세계를 모른다. 확실히 그대는 차기 마왕이지. 그건 아무리 발버둥 쳐도 변하지 않는다."

그렇다. 나는 차기 마왕. 본래 실력으로 정해지는 자리지만, 내가 마왕의 피를 이어받은 시점에서 이건 바꿀 수 없다는 걸 알고 있다. 무심코 고개를 푹 숙이자 갑자기 몸이 붕 뜨는 게 느껴졌다. 어느새 눈앞에는 마왕님의 아름답기 짝이 없는 존안이. 으아아!

"다만 그대의 인생은 그대가 정하는 법. 그 또한 변하지 않는다. 지금 당장 각오하라고도, 어떻게 할지 정하라고 재촉하는 이는 없단다."

마왕님은 나를 안아 든 채로 천천히 정원으로 걸어 나갔다. 탁 트인 장소에 있는 멋진 테이블 앞까지 가더니 의자에 앉아 나를 무릎 위에 올렸다.

"나 역시 마왕이 되는 것이 싫고, 무서워서 도망쳤던 몸. 하지만 그렇기에 보이는 것이 있었다. 잃은 것도 많고, 반면 얻은 것은 미미한 수준이지만 그래도 대답과도 비슷한 것을 찾아냈다. 이런 미숙한 나임에도 지지해주는 자가 늘어났다."

맞은편에 아빠가 앉아 나를 향해 부드러운 눈빛을 보냈다. 다시 마왕님을 올려다보자 이번에는 조금 애틋한 표정을 지었다.

"메구, 그대는 앞으로 오랜 시간을 살아가겠지. ……아직 어린 몸이니 말이다. 지금 친밀하게 지내는 자들은 그대를 두고 먼저 갈 거다. 하지만 비관만 하지 말거라."

가슴이 욱신거렸다. 그건 내가 가장 두려워하는 일이기 때문이다. 나는 아무튼 수명이 길다. 비슷하게 긴 마라 씨조차 나보다 훨씬 오래 살았으니까, 사고나 병에 걸리기라도 하지 않는한 언젠가는 내가 남겨지게 된다.

"그대는 사람을 끌어들이지. 긴 삶 속에서 또 새로운 인연을 맺고, 고리가 되어 퍼져나간다. 안심하거라. 그대의 가족은 우리만이 아니니. 아직 보지 못한, 아직 태어나지도 않은 가족이 그대를 기다리고 있을 것이다."

헤어짐도 있지만 만남 또한 있다고. 마왕님은 그렇게 말하는 거겠지. 아빠를 보자 마왕님과 같은, 애틋해 하면서도 부드러운 눈을 하고 있었다.

"……하지만 역시 외롭고 슬픈 건 어떡케 할 수가 없어요."

알고는 있지만, 아직 만나지 못했기에 미지수고 불안이 크다. 어깨를 추욱 떨구고 있었더니 크고 따뜻한 손이 내 머리를 쓰다듬었다.

"그래. 지금은 그거면 돼. 슬퍼해 주지 않는 것도 외로운 법이니까."

아빠가 쓴웃음을 지으며 그렇게 말했다.

"음. 지금 세상은 평화롭지. 따라서 이 또한 한참 미래의 일이다. 지금부터 마음의 준비를 시킬 생각도 없다. 조금식이면 되니까."

마왕님은 그렇게 말하더니 나를 옆의 의자에 살며시 앉혀주었다.

"지금은 그저 순수하게, 나의 자랑스러운 마왕국을 즐겨다오. 다양한 자들과 대화를 나눠보려무나. 그것만으로 충분하다."

그렇게 말하며 웃는 마왕님의 미소는 무척이나 시원스럽고 자신감으로 넘쳐흘렀다. 언젠가 나도 저런 식으로 웃을 수 있다면 좋겠다. 그렇게 생각하며 타이밍 좋게 나온 크론 씨의 홍차를 마시며 한숨 돌렸다.

그 후에는 다들 즐겁게 담소를 나누면서 티타임을 보냈다. 크론 씨가 직접 만든 스콘은 너무 달지 않은 크림과 잼이 어우러져 무척 맛있었습니다······! 저는 맛있는 것을 먹으면 고민거리도 날아가는 단순한 사람이거든요!

"그럼 메구. 면목이 없지만 나는 이만 일하러 돌아가야 한다."

밀크티를 마시고 흐뭇해하고 있었더니 마왕님이 정말정말 싫다는 얼굴로 그렇게 말했다. 변함없이 일하는 걸 싫어하는 마왕님이다. 어쩐지 크론 씨가 여느 때보다 싸늘한 눈으로 마왕님을 쳐다보는 느낌······.

"나도 이 녀석의 일을 잠시 보고 오려고 하는데······. 크론, 메구를 부탁할 수 있을까?"

"죄송합니다. 저는 자하리아슈 님을 감시해야 합니다."

앗, 내가 방해가 되잖아! 혼자 기다릴 수 있다고 주장했지만 그건 즉시 기각당했다.

"미아가 되잖아."

"지나치게 귀여우니 안 된다! 언제 누가 납치해갈지 모르는 일이니!"

"모처럼 메구 님께서 오셨는데 시간을 낭비하게 해드릴 수는 없습니다."

저마다 다른 이유였지만 아무튼 다들 안 된다는 의견으로 통일이라는 건 알았다. 그럼 어떻게 해야 할지 고민하고 있을 때, 크론 씨가 대역을 부탁한다고 말해주었다.

"나이는 많지만 친절하고 정중하며 메구 님을 안심하고 맡길 수 있는 적임자가 있습니다. 재상이지만요."

잠깐만! 재상님?! 그, 그거 무지 바쁠 것 같은 이미지인데?! 일을 자꾸 뒷전으로 미루는 마왕님 때문에 재상님이 무척 고생한다고, 예전에 아빠가 그랬었고……. 우와, 재상에게 애 보기를 맡겨도 되는 거야? 안 되지 않아?

"메구, 무슨 말을 하고 싶은 건지는 대충 알겠지만 일단은 차기 마왕이기도 하니까 이 나라의 재상과 안면을 터 두는 게 좋을 거야. 성격도 문제 없으니까 안심해."

"그, 그래? 하지만…… 괜찮아? 좀 면목이 없는데……."

그런 높으신 분을 번거롭게 해도 괜찮은 건지 황송했다. 그렇게 따지면 늘 제일 높으신 분인 마왕님에게 애 보기를 시키는 셈이지만, 이쪽은 친아버지니까 별개다. 움츠러들어 있었더니 뒤에서 시원스러운 목소리가 들렸다.

"문제없습니다. 오히려 안내하게 해주십시오, 메구 님."

목소리가 들린 쪽으로 시선을 돌리자 그곳에는 오렌지색 머리카락을 올백으로 넘긴 신사가 있었다. 낙타색 정장을 소화한 그 모습에서 한눈에도 유능하다는 아우라가 뿜어져 나왔다. 이 사람이 재상님인 걸까. 크론 씨가 말한 것처럼 나이가 많다는 느낌은 전혀 없고, 자세도 곧고 빈틈 없는 모습이 말 그대로 젠틀맨! 완벽한 미중년에 무심코 넋을 잃었다.

"인사가 늦어져서 죄송합니다. 이 나라의 재상인 휴드리히라고 합니다. 편하게 휴라고 불러주십시오, 메구 님. 이런 늙은이라 불만이십니까?"

"저, 전혀 그렇지 아나요! 메구입니다! 잘 부탁드립니다!"

장난기가 넘치는 윙크를 날리며 그렇게 인사하는 휴 씨에게 나도 허둥지둥 인사를 돌려주었다. 느, 늙은이라니. 말도 안 돼!

그리고 현재, 휴 씨의 손을 잡고 마왕성을 둘러보고 있습니다. 긴장돼! 하지만 이 분은 정말 친절하게 내가 지치지 않도록 배려하면서 정중하게 성을 안내해주었다! 옛날에 레키가 길드를 안내해주었을 때와는 천지 차이구나. 어쩐지 그리운 추억이 떠올랐다.

"메구 님, 괜찮으십니까? 계단이 조금 버거우실지도 모르지만, 꼭 봐주셨으면 하는 장소입니다."

"앗, 네! 힘낼게요!"

하지만 확실히 계단이 힘들어! 나선계단은 어디까지 이어져 있는지 알 수 없는 데다 상당히 높은 편이어서 숨이 헉헉 막혔다. 따, 딱히 운동 부족인 건 아니거든! 훌쩍.

"자, 도착했습니다. 문을 열어보세요."

드디어 정상에 도착하자 눈앞에는 커다란 문밖에 없었다. 여기에 뭐가 있는 건지 의아해하면서 천천히 열어본 나는 무심코 탄성을 질렀다.

"와아……, 예뻐라……."

문 너머는 밖으로 이어져 있었다. 그리 넓지는 않지만, 원형 구조이기 때문에 빙글 돌면 풍경을 죽 둘러볼 수 있다. 아래에는 아름다운 길거리. 조금 떨어진 장소에 마을을 지키듯이 숲이 펼쳐져 있다. 그 너머의 평야도 보이고, 지평선도 확인할 수 있었다.

이곳은 마왕성에서 가장 높은 장소라고 한다. 여기서 아래쪽 마을을 둘러볼 수 있도록 만들어졌다고 설명해주었다. 그곳에서 잠시 그 풍경을 만끽하고 있었더니 휴 씨가 조용히 말하기 시작했다.

"메구 님, 개인적인 일입니다만…… 실은 몇 년 전에 딸이 태어났답니다. 이 나이에 말이죠. 무척 놀랐지만 참으로 기쁜 일이었습니다."

"정말이요?! 축하드립니다!"

이 나이에라니, 그렇게 나이가 많은 건가? 아인은 겉보기로는 나이를 잘 알 수 없으니 말이지. 그래도 노화는 올 테지만, 이 사람은 아빠보다 젊어 보일 정도니까 도통 감이 오지 않았다. ……그래도 스스로 그렇게 말할 정도라면 분명 상당히 나이가 많을 테니 굳이 캐묻지는 않았다. 경사스러운 일 앞에서는 사소한 문제니까!

"저만이 아닙니다. 이 마왕성에서 일하는 자 중 최근 50년 사이에 10명 정도 새로운 생명이 태어났습니다. 바깥 마을을 포함한다면 더욱 많을 테죠. 앞으로도 더 늘어날 겁니다."

아인은 인간에 비해 출생률이 아주 낮고, 오르투스가 있는 마을은 희소 아인이 많아서 더욱 아이가 태어나지 않으니 잊어버리곤 하지만…… 안 태어나는 건 아니구나. 어쩐지 감동적이다.

"물론 메구 님이나 희소 아인만큼 오래 사는 자는 그리 많지 않습니다. 하지만 메구 님께서 외톨이가 되는 일은 없을 겁니다."

아…… 그렇구나. 그제야 간신히 휴 씨가 무슨 말을 하고 싶은 건지 알아차렸다.

"앞으로 몇 세대가 지나든, 저희는 메구 님을 따를 것입니다. 메구 님께서 저희의 자손을 가족으로 여기실 날이 오는 것을 진심으로 기다리겠습니다."

내가 무엇을 불안해하는지 다 간파하고 있구나. 분명 휴 씨는 마왕님이 어릴 때도 비슷한 경험을 했을 테지. 그리고 마왕님 때도 이렇게 안심할 수 있도록 지탱해준 건지도 모른다. 어쩐지 가슴이 따뜻해졌다.

"주제넘은 말이었을까요?"

휴 씨가 걱정된다는 얼굴로 그렇게 말했기에 나는 곧바로 고개를 저었다.

"아뇨! 무척 기쁘고 마음이 가벼워졌어요! 감사합니다!"

분명 마음의 준비가 될 때까지 앞으로 한참 남았겠지만, 이 이야기는 미래의 내 마음을 지탱해주겠지. 아주 조금, 미래가 기대된다는 생각도 들게 된 것 같다. 이렇게 미소를 주고받은 우리는 조금만 더 이 장소에서 여유롭게 시간을 보낸 뒤 다시 마왕성을 구경하러 내려갔다. 밤에는 다 함께 식사하고, 아빠와 한 침대에서 자며 부녀간의 시간을 실컷 즐겼다. 조심스러워하는 태도였던 마왕님도 돌아갈 무렵에는 완전히 적응해서 가벼운 마음으로 스킨십을 해주게 되었고. 뭐, 그 탓에 막상 돌아갈 때는 한바탕 난리가 났지만, 그건 여기서는 생략하기로 한다.

【마이유】

으음, 오늘도 나는 아름답구나! 거울 앞에서 퍽 오랜 시간 동안 이렇게 보고 있지만 질리지 않는다니, 나의 아름다움이 무서울 정도다. 심지어 오늘은 휴일. 자랑스러운 플라티나 블론드를 묶지 않고 바람에 나부끼며 걷는 나……. 길을 걷는 사람들의 시선을 빼앗아버릴 나는 얼마나 죄인인가. 어쩔 수 없는 일이지만!
"아, 그래!"
다음 휴일에 해보고 싶었던 일이 있었다. 아름다운 나에게 넋을 놓는 바람에 깜빡 잊어버릴 뻔했지 뭐야. 위험해라. 화장대의 서랍을 열고 예의 목걸이를 꺼냈다.
"흐음, 이 꽃 모양 장식은 물론 나에게도 어울리지만, 더 어울리는 아이가 있지……."
나에게 어울리는 건 당연하다. 하지만 다소 어린아이 같은 느낌도 든단 말이지. 어울리긴 해도. 하지만 물건에게는 딱 맞는 주인이라는 게 존재하는 법. 내가 쓸 것은 따로 디자인할 생각이다. 좋아, 이렇게 된 거 놀래게 해주도록 할까. 마음먹은 날이 길일이라고 하니, 바로 레이디에게 가야겠구나!

"흐어?! 마, 마이유 씨!?"

"어때? 레이디 메구. 평소의 나도 아름답지만 너와 같은 색도 잘 어울리지? 물론 나는 무슨 색이든 잘 어울리지만!"

레이디를 찾아간 나는 이 패션 용품으로 머리카락과 눈동자 색을 레이디와 같은 색으로 바꿔놓았다. 머리카락은 연한 분홍색, 눈동자는 감색으로. 생각했던 대로 반응이 돌아와서 기쁘기 그지없구나! 음음.

"이건 이 패션 마도구로 머리카락과 눈의 색을 바꾼 거야. 재미있지? 나는 아름다운 것을 좋아해. 그래서 아름다운 나를 연마하는 것도, 아름다운 누군가를 연마하는 것도 아주 좋아하지! 레이디는 지금은 아직 아름답다기보다는 귀엽다는 표현이 어울리지만, 성장하면 반드시 아름다워질 거야. 나는 그런 레이디를 더 갈고닦아주고 싶어!"

패션 마도구라고 했고 사실이긴 하지만, 사실은 변장 용품이라는 건 밝히지 않았다. 레이디 메구는 지나치게 귀엽기 때문에 여러 사람이 노리곤 해도 절대 위해를 가할 수 없으니까. 물론 강력한 보디가드 여럿이 상시 따라다니기 때문이기도 하지만.

마왕의 피를 이어받은 레이디 메구는 아인들에게서 본능적인 호감을 사게 된다. 어떻게든 위해를 가하려고 생각하는 사람도 막상 그때가 오면 못 할 것이다. 그리고 저렇게 사랑스러우니,

다들 푹 빠져버리는 것도 당연하다고 할 수 있지. 그러니 레이디 메구의 몸의 안전은 보장되어있다. 감금해서 자기 곁에 두려고 하는 변태는 있을지도 모르니까 경계를 소홀히 해서는 안 되지만! 아무튼, 변장할 필요는 없지만 패션에는 쓸 수 있다. 그렇기 때문에 그녀에게 선물하고 싶었던 거지!

"어떤 색으로도 바꿀 쑤 있는 거예요?"

"그래! 제대로 이미지를 잡기만 한다면 이상한 색이 되지는 않아. 해보겠니?"

흥미진진해 하는 모습으로 이쪽을 바라보는 레이디. 으음, 사랑스러워라. 친절한 나는 내 목에서 목걸이를 풀며 설명해주었다.

"자, 목걸이를 풀면 원래대로 돌아가. 정말로 색을 바꾸는 게 아니라, 환각 마법이 걸린 것이니까 머리카락이나 눈이 상하지도 않아."

"와아!"

후후후, 어른스럽게 행동한다고 해도 레이디 메구는 아직 어린아이. 새 장난감에서 눈을 떼지 못하나 보구나! 잘 됐어! 나는 레이디 메구에게 목걸이를 살며시 걸어준 뒤 조금 떨어져서 전신을 훑어보았다. 음, 역시 이 꽃장식은 레이디에게 딱 맞아!

"너는 꽃장식이 정말 잘 어울리는구나! 이건 내가 주는 선물이야."

"흐어?! 하, 하지만 그래도 괜찮아요……?"

으음, 레이디 메구는 얼굴에 바로 드러나는구나! 이렇게 비싸 보이는 것을 받아도 괜찮은 건지 얼굴에 다 적혀있다. 정말이지, 이래저래 20년이나 다양한 사람에게서 선물 공세를 받았는데도 아직 적응하지 못한 모양이다. 그게 이 아이의 장점이기도 하지만! 받는 걸 당연히 여기는 것보다는 훨씬 낫다. 탐욕을 부리는 사람은 추하니까. 나와는 천지 차이지.

그 점에서 레이디 메구는 늘 겸손하고, 감사의 마음을 잊지 않는다. 그렇기 때문에 다들 이 아이에게 무언가 해주고 싶어 하는 거겠지.

"물론이야. 너라면 악용도 하지 않을 테고, 아껴줄 거라고 믿으니까."

"! ……감사합니다. 소중히 쓸게요!"

음음, 순순히 받아들이고 좋구나. 나는 웃는 얼굴로 레이디의 머리를 쓰다듬어주었다.

"아, 하지만 만일 괜찮다면 작은 부탁을 하나 들어줄 수 있겠니?"

"네? 제가 할 수 있는 일이라면 머든 말씀하세요!"

후. 후. 후. 약속을 받아냈다. 내가 웃는 것을 본 레이디 메구는 살짝 후회하는 기색을 적나라하게 보였다. 괜찮아, 괜찮아! 나쁜 일은 아니니까!

"평안하십니까, 여러분! 어때! 환상적이지? 레이디 메구가 이 아름다운 나와! 완전히 같은 색이 되어서 너무나도 아름다운 두 사람이."

"메구?! 정말로 귀엽다!"

"오, 플라티나 블론드에 아이스블루의 눈동자인가. 귀여운 애는 뭘 해도 귀엽구나."

그렇다. 레이디 메구에게 부탁해서 나와 같은 배색으로 바꾼 뒤 길드 안을 함께 걸었다. 아름다운 두 사람이 나란히 걸어가는 모습은 필시 그림이 될 테지! 다들 내 말을 중간에 가로막는 것도 어쩔 수 없는 법이다! 관대한 나는 어쩜 이렇게 훌륭한 신사인 걸까? 아니나 다를까, 홀 안에 있는 사람들은 다 우리에게서 눈을 떼지 못했다. 으음! 주목받는 건 참 기분이 좋아. 오싹오싹해!

"하지만 위화감이 느껴지는데……. 낯선 모습이라서 그런가?"

그런 기르 씨의 말이 마음에 걸린 나는 그쪽을 향해 몸을 휙 돌렸다.

"쯧쯧쯧. 기르 씨, 위화감이 느껴지기 때문에 좋은 거야."

"……?"

검지를 세우며 그렇게 말했지만, 기르 씨는 영 이해하지 못한다는 듯 고개를 기울였다. 좋아! 이 아름다운 마이유 씨가 가르쳐주지!

"평소와는 무언가가 다르다……. 그것이 가슴을 설레게 하는 겁니다! 똑같은 일상이 반복되면서 매너리즘에 빠지기 쉬운 두 사람의 관계도, 평소와 다른 무언가가 있는 것만으로도 왠지 가슴이 술렁술렁! 그래, 그것이 사랑!!"

"……사랑은 모르겠지만, 그래. 신선하긴 하군."

으음, 생각했던 반응은 돌아오지 않았지만, 애초에 남에게 관심이 희박한 기르 씨의 반응치고는 합격점일까! 그보다 기르 씨 말고 다른 사람에게서는 반짝반짝 빛나는 시선이 느껴진다. 후후, 내가 하고 싶은 말이 전해진 사람들이로군!

"관심이 있는 사람은 미콜라슈에게 주문하러 가도록 해. 그 외엔 라그랑제의 가게에도 제공하고 있어. 란이라면 디자인적으로도 탁월한 것을 만들 수 있을 테니 선물하기엔 최적일 거야. ……오늘 밤은 그때의 신선한 두근거림을 느끼면서 뜨거운 밤을 보낼 수 있을지도 모르지."

후훗 웃으면서 살짝 시선을 흘리자, 몇 명이 부리나케 달려가는 게 보였다. 라그랑제의 가게가 당분간 번창하겠구나! 오르투스의 비공식 길드원이기도 한 라그랑제는 우리와 비밀리에 연결고리를 갖고 있으니까 번창하는 건 기쁜 일이다. 하지만 한 명의 부담이 너무 커지니까 나도 디자인으로 조금 벌어보도록 할까.

"……뜨거운 밤."

고개를 툭 기울이고 그렇게 중얼거린 레이디 메구에게는 황급히 즐겁고 떠들썩한 파티가 되니까 뜨거워진다고 설명했다. 아무리 그래도 조금 이른 화제이니 말이지. 결코 기르 씨의 눈빛이 무서웠기 때문이 아니다. 이날 이후로 한동안 이 마을에서는 머리카락과 눈의 색을 바꾸는 게 유행이 되었다. 후후, 또 내가 패션의 최첨단에 서서 유행을 널리 퍼트린 것이 자랑스러워! 역시 나야! 아름다운 데다 일도 잘 하고 유능하다니. 하늘은 나에게 수많은 선물을——.

【메구】

오늘도 날씨가 좋구나. 잠옷 차림으로 커튼을 열고 구름 한 점 없는 하늘을 보며 멍하니 그런 생각을 했다. 평화롭다…….

흐아암 하품을 한 뒤에 세면실에 가서 여느 때처럼 씻기 시작했다. 오늘은 휴일인데다 별다른 일정도 없어서 아주 태평하다. 하지만 맛있는 아침은 놓치기 싫으니까 일찍 일어난 시점에서 나도 참 식탐이 대단하단 말이지.

세면실에서 돌아와 거울 앞에 선 뒤 오늘 입을 옷에 대해 잠시 고민했다. 수납 팔찌의 용량이 상당히 늘어났기 때문에 옷을 옷장이 아니라 전부 이 안에 넣어두었다. 그렇게 개량했을 때 새로 추가한 디스플레이 기능을 사용해서 옷장 항목에서 오늘의 옷을 골랐다. 다들 과보호가 지나치단 말이야……. 고맙긴 하지만! 오늘은 시간이 넘쳐나는 날이니까 평소에 비해 얌전한 색상의 심플한 옷을 골랐다. 그래봤자 상당히 멋을 낸 디자인이지만.

문득 거울에 비치는 내 목에 걸린 목걸이에 시선이 갔다. 작은 은색 꽃 장식이 달려있는데, 심플하기 때문에 어떤 옷에도 잘 어울린다. 얼마 전에 마이유 씨에게 받은 패션 마도구로, 지금은 마을에서도 유행하고 있는 모양이었다. 마이유 씨의 파급력이 대단하다. 솔직히 어디에 써야 할지는 잘 모르겠지만…… 모처럼 마이유 씨가 줬으니까. 이것도 절대 저렴한 물건이 아닐 테고, 한 번쯤 더 이걸 쓴 모습을 마이유 씨에게 보여주러 가는 게 좋을지도 모르겠다. 게다가 오늘은 한가하다. 시도해보기에는 나쁘지 않은 타이밍이다. 하지만 색이⋯⋯. 어떻게 할까. 아, 그래! 오랜만에 검은색이 되어보는 건 어떨까. 추억의 일본인 스타일!

"조아. 해 봐야지!"

바로 거울 앞에서 도전. 눈을 감고 머릿속으로 모습을 떠올리면서 목걸이에 마력을 불어넣었다. 그러자 예전과 마찬가지로 몸속에서 따뜻한 무언가가 흐르는 게 느껴졌다. 그 후 눈과 머리에 간질간질한 위화감. 큭, 가, 간지러워! 지난번에도 체험했던 거지만 역시 적응이 안 돼! 그게 진정된 뒤에 살며시 눈을 떴다. 그러자.

"오오오, 일본인⋯⋯! 은 아니지만 반가운 색!"

거울에 비치는 모습은 검은 머리카락과 검은 눈동자의 예쁜 어린이! 하세가와 메구일 때의 색을 기억하고 있었으니 생각했던 대로 변화할 수 있었다. 얼굴 조형이 너무 반듯해서 전혀 일본인으로 보이지는 않지만. 그나저나 원래의 색상에 너무 익숙해졌기 때문인지 위화감이 어마어마하다. 이상하다. 예전에는 원래의 분홍색 머리와 남색 눈동자가 더 코스프레 같았는데. 적응이란 무시무시하다. 무심코 거울에 비친 나를 물끄러미 관찰하고 있을 때──.

『⋯⋯! 그러니까, ⋯⋯!』

"어⋯⋯?"

그것은 아주 찰나의 광경이었다. 하지만 분명히 보았다. 검은 머리카락의 소년이 무언가 외치고 있었다. 얼굴까지는 선명하게 보이지 않았지만, 아는 사람 중에 저만한 나이대는 없으니까 분명 모르는 사람이다. 왠지 웃는 것 같은 느낌이 들었는데, 저건 누구일까. 아, 어쩌면 지금 그건 미래 예지인가? 전조도 없으니까 알아보기 어렵단 말이지. 여태까지도 몇 번 경험했지만 처음 봤을 때처럼 중대한 것부터 다음 날 저녁 메뉴까지, 내용도 스케일도 실현까지 걸리는 시간도 다 제각각이다. 어쩌면 저 소년도 앞으로 어딘가에서 만날 예정인 인물인 건지도 모른다. 너무 깊이 생각해봤자 소용없다는 건 메어리라가 쓰러진 미래를 봤을 때 실감했다. 단순히 너무 귀여워서 쓰러졌을 뿐이었던 그 사건……. 진짜로 걱정했단 말이야! 아니라서 다행이지만!! 일단 저 소년에 대해서는 머리 한구석에 넣어만 두자. 그렇게 결심하고 바로 마이유 씨를 만나러 갔다.

"오, 메구? 요즘 유행하는 그 마도구 쓴 거야?"

"후후, 잘 어울린다!"

"좋은 색을 선택했는데!"

마이유 씨를 찾아가는 도중, 아니나 다를까 다양한 사람들이 나에게 말을 걸었다. 그 말에 생글생글 웃는 얼굴로 대답하며 지하에 있는 공방으로 내려가고 있습니다!

"좋은 아침, 메구! 어디에 가는 거야?"

지하로 내려가는 계단 앞에서 이제 곧 업무를 개시하는 사우라 씨가 나를 불러세웠다.

"조은 아침입니다! 마이유 씨를 만나러 가는 중이에요."

"아, 알겠다! 그 마도구 받은 거에 인사하러 가는 거지?"

"네!"

사우라 씨는 마도구를 쓴 뒤에 보여주러 간다니 장하다면서 칭찬해주었다. 에헤헤.

"그나저나 메구는 기르를 정말 좋아하는구나?"

"네?"

"그야, 지금 그 색상은 기르의 색이잖아?"

마, 마, 맞다! 그 말을 듣고 처음으로 눈치챈 사실이지만 검은색 머리카락에 검은색 눈동자면 기르 씨의 색이잖아! 지나가던 사람들이 다들 흐뭇하게 웃었던 건 기르 씨를 좋아해서 이 색으로 했다고 생각했기 때문이었나? 우와, 왠지 창피해! 위화감이 없을 만도 하지……. 늘 보는 색이니까. 뭐, 실제로도 기르 씨를 아주 좋아하니까 괜찮긴 한데!

"그림자독수리 인형을 만들어달라고 할 정도고, 메구가 기르를 좋아하는 건 다들 알고 있으니까 아무도 안 놀랐을 거야."

아니, 하지만 그렇게 푹푹 쑤셔대지는 말아주세요, 사우라 씨……. 아무리 그래도 부끄럽다고!

애매모호하게 헤헤 웃은 뒤 지하로 도망치듯 내려가는 나. 조심해서 다녀오라는 사우라 씨의 인사를 뒤로 총총 계단을 내려갔습니다. 이거 나중에 기르 씨 보기 민망하겠는데?!

"안녕, 레이디 메구! 어서 와! 오늘도 아름답…… 지? 나는!!"

바로 마이유 씨를 발견해서 말을 걸자 변함없는 반응이 돌아왔다. 음, 확실히 아름답지만 말이야. 뭐 됐다. 이게 마이유 씨의 개성이니까!

"받은 마도구로 색을 바꿔봤어요! 어울리나요?"

그 자리에서 한 바퀴 빙글 돌아보자 마이유 씨가 요란스럽게 '근사해!' 하며 박수를 보냈다. 이건 이거대로 부끄러워!

"바로 사용해주었네. 착하기도 하지. 물론 무척 잘 어울려! 기르 씨와 같은 색이구나!"

아, 역시 그렇게 생각하는구나. 무심코 머리를 긁적이며 쑥스러워했다.

"오늘은 어디 외출할 거니? 그 모습으로 라그랑제의 가게에 가 보는 건 어때? 영감이 솟아났다면서 기뻐할 거야! 실제로 나도 레이디 덕분에 느낌이 온 적이 있으니까."

"그, 그런가요……? 그러타면 조금 부끄럽지만, 가 볼까……."

마을 사람들에게도 마찬가지로 뜨뜻미지근한 시선을 받는다고 생각하면 먼 산을 쳐다보고 싶어지지만, 새삼스럽다는 느낌도 들었다. 게다가 이런 나도 도움이 된다면 늘 신세를 지는 란에게 보답 겸 가봐야 하는 건지도 모른다.

"조아. 그럼 가볼게요! 마이유 씨, 정말로 감사함…… 어?"

이후 계획이 정해졌으니 마이유 씨에게 인사한 뒤 떠나려고 한 순간. 갑자기 눈 부신 빛이 나를 감쌌다. 무심코 눈을 꾹 감았다. 뭐, 뭐야?!

"무슨! 마법진?! 레이디 메구! 손!!"

당황한 듯한 마이유 씨의 목소리에 퍼뜩 눈을 뜨자 어째서인지 내 발치에 빛나는 마법진이 보였다. 뭐, 뭐, 뭐야?! 하지만 왠지 모르게 안 좋은 예감이 든다. 이쪽을 향해 내민 마이유 씨의 손을 잡으려고 반사적으로 팔을 뻗었지만⋯⋯.

"아야!"

전기가 흐른 것처럼 따끔한 통증과 함께 무언가에 튕겨 나가서 그 손을 잡을 수가 없다. 그건 마이유 씨도 마찬가지인 모양이었다.

"레이디! 메구! 메구────."

마이유 씨의 모습과 목소리가 점점 흐릿해지더니 시야가 하얀색으로 뒤덮여버렸다. 대체 무슨 일이 일어난 거지? 큰일이 났다는 건 틀림없다. 그렇지만 이 상황을 자력으로 어떻게 할 능력은 없기에, 나는 흐름에 몸을 맡기게 되었다.

Welcome
to the
Special
Guild

엘프 마을로 가족 여행

날씨가 무척 좋은 가운데 나는 아빠, 기르 씨, 슈리에 씨 넷이
서 가족 여행에 와 있습니다! 아빠의 차를 타고 항구로 이동하
고, 거기에서 며칠에 걸친 배 여행 끝에 드디어 도착한 엘프 마
을! 여기에 오는 건 처음이고, 또래 엘프 아이가 있다고 들어서
계속 기대했었다. 설레지 말라는 게 무리다.

"어어? 출렁출렁해."

"이런. 똑바로 서야지, 메구. 이해하지 못하는 건 아니지만."

오랜만에 밟는 육지에 의욕적으로 착지했지만, 영 발이 비틀
거려서 제대로 설 수가 없었다. 그런 내 몸을 뒤에서 받쳐주며
아빠가 쿡쿡 웃었다. 계속 배 위에서 파도를 따라 흔들렸기 때
문에 지면이 흔들리는 느낌이 든다.

"다른 샤람들은 안 출렁출렁해?"

"멀쩡해."

"문제없다."

"뭐…… 태연하죠."

이 하이 스펙 집단 같으니! 입술을 삐죽이는 것 정도는 용서해
달라. 속상해.

"여기서부터는 제가 안내하겠습니다. 이 섬 전체가 이미 엘프
마을이지만요."

센트레이 국의 항구에는 난레이 국으로 건너가는 배와 엘프
마을 직행편이 있는데 우리는 당연히 그 직행편을 타고 왔다.
엘프 마을은 난레이 국에서 바다를 타고 더 깊이 들어간 곳에
있는 작은 섬. 그러니 말 그대로 이 땅이 전부 엘프의 마을인 셈

이다. 염원하던 첫걸음은 영 멋이 안 났지만 심기일전하며 주위를 둘러보았다.

"화, 할기차네요……. 하지만 뭔가, 본 적이 있는 것 같은……."

지금 있는 장소는 항구지만 어떤 장소에서부터는 쭉 해변이 이어진 것처럼 보였다. 해수욕이나 일광욕을 즐기는 사람도 있는 게 즐거워 보였다. 그리고 섬 중앙부로 이어지는 방면을 보면 다양한 기념품 가게가 쭉 늘어서 있으며 관광객으로 우글거렸다. 그렇다고 난잡한 느낌은 아니다. 가게도 그렇게 빽빽하게 들어선 건 아니니까. 다들 시원해 보이는 옷을 입고 있고, 발은 맨발이나 샌들이 많았다. 헉, 선글라스를 쓴 사람도 있잖아! 선글라스도 유통된다는 사실에 눈이 휘둥그레졌다.

"하지만 메구는 엘프 마을은 처음이잖아?"

내가 이 광경을 어딘가에서 본 것 같다며 팔짱을 끼고 생각에 잠겨있었더니 기르 씨에게서 타당한 의견이 나왔다. 그렇단 말이지. 그건 틀림없다. 내가 이 몸에 들어오기 전에도 온 적이 없을 것이다. 왜냐하면 계속 하이 엘프 마을에 있었으니까.

"메구. 옛날에 딱 한 번 해외여행 간 거 있잖아?"

"아."

그때 아빠에게서 힌트가. 그래, 그거야. 바로 팍 떠올랐다.

"하와이 가타……!"

"그렇지?! 나도 처음에 그렇게 생각했어."

상당히 옛날 일이고, 한 번밖에 못 가봤으니 그리 자세하게 기억나는 건 아니지만 해변의 느낌이나 섬의 분위기가 하와이 같앞다. 아, 개운해라. 기르 씨와 슈리에 씨는 고개를 갸웃거리고 있지만. 죄송합니다, 일본인만 아는 소릴 해서.

"엘프의 거주 구역은 더 안쪽에 있습니다. 먼저 가도록 할까요. 인사도 하고 싶으니까요."

"음, 그래. 나도 인사해야겠다."

아빠는 몇 번 여기에 온 적이 있어서 엘프들과도 안면을 익혔다고 한다. 좋겠다. 나도 여러 번 오고 싶어! 하지만 어린아이의 몸으로는 조금 멀다. 성장한 뒤의 즐거움으로 아껴놔야지.

상점가는 다양한 어인이 관광 중이었는데, 엘프는 거의 보이지 않았다. 들어보니 여기에는 아인의 거주 구역도 있으며, 엘프 마을에 사는 아인들이 이렇게 가게를 차렸다나. 선주민인 엘프는 출입 금지 에어리어에만 들어오지 않는다면 마음대로 해도 괜찮다는 스탠스라고 한다. 경제도 순환되고 생활도 편리해진다면서. 정말 의외야……. 하지만 그런 것치고 치안도 좋아 보인다. 무단으로 출입하는 무법자도 있을 법 한데. 누구든 올 수 있는 관광지니까. 아, 하지만 엘프는 자연 마법의 전문가 군단인 셈이니까, 철저하게 보안을 유지하고 있어도 이상하진 않은가. 자문자답하다가 해결해버렸다. 혼자서 고개를 끄덕끄덕 주억거렸더니 아빠가 괴이쩍어하는 눈으로 나를 쳐다보았지만 무시하기로 했다.

상점가를 빠져나오자 작은 숲이 펼쳐져 있었다. 그렇다고 해도 길은 하나뿐이지만 잘 포장되어있고, 제대로 관리되어있는 게 보여서 숲이라기보다는 공원 같다는 인상이다. 여기에도 아인들이 여러 명 있었는데, 저마다 곳곳에서 돗자리를 펼쳐놓고 쉬고 있었다. 피크닉인가. 좋지. 날씨도 쾌청하고 공기도 맑고. 무심코 크게 심호흡을 했다.

"그래, 여기는 청정한 공기와 양질의 마력으로 충만한 장소니까. 하이 엘프 마을보다는 못하지만."

그런 나를 보고 아빠도 그렇게 말하며 가볍게 심호흡을 했다. 확실히 그 말대로라고 느꼈다. 정령의 빛의 수가 단숨에 확 늘었으니까. 빛나는 것만이 아니라 기운차게 이리저리 날아다니고 있다. 노는 건가?

"다들 마음대로 놀다 와!"

정령들에게 말을 걸었지만, 이미 까르륵거리며 희희낙락 허공을 날아다니고 있으니 굳이 말하지 않아도 괜찮았을지도 모른다. 다들 알겠다고 대답하면서 천진난만하게 달려갔다. 귀여워.

"보이기 시작하네요. 저기에 있는 곳이 제 고향입니다."

"슈리에 씨의, 고양……."

슈리에 씨가 가리키는 장소에 시선을 주자, 그곳에는 한적한 마을 풍경이 펼쳐져 있었다. 여태까지 느끼던 하와이 같은 분위기를 남기면서도 군데군데 세워진 집으로 추정되는 건물은 나무로 된 간소한 디자인이라 자연과 함께 살아가는 엘프라는 게 실감이 났다. 마을 중앙부에는 작은 샘이 솟아나는 듯했는데, 정령들이 잔뜩 모여있었다. 음, 막연한 감각이지만 저 샘에서는 무척 치유되는 분위기가 느껴진다. 하이 엘프 마을에도 샘이 있었는데. 물이라는 건 역시 생명의 근원이구나. 태평하게 그런 생각을 했다.

"어라? 화단의 흙과 물에도 정령님이 마니 이써……."

하지만 그 생각과는 달리 잘 보니까 여기저기에 정령이 모여 있는 장소가 더 있다는 걸 발견했다. 그러자 슈리에 씨는 '그야 그렇죠' 하며 설명해주었다.

"정령은 자연의 힘을 좋아합니다. 그건 인공적인 것에서 태어나는 정령도 예외가 아니니까요. 이 마을은 물도, 흙도, 나무도, 건물 사이로 불어오는 바람도 모든 것이 다른 땅보다 맑고 깨끗하죠. 그건 저희 엘프와 계약 정령들 덕분이라고도 할 수 있습니다. 먼 옛날부터 꺼진 적이 없는 불꽃의 제단도 있어요."

"와아, 대다내라. 어쩐지 간질간질해요."

여기는 마을이고 사람도 많으니까 인공적인 것도 가득하다. 하지만 왠지 대자연 속에 있는 것 같은 감각이라서 좀 흥분된다. 몸속에서 콩닥콩닥한 기분이 솟구치면서 몸이 환희하는 것 같다. 하이 엘프 마을에 갔을 때도 감동했지만, 그때는 불안과 공포가 워낙 컸으니까.

"메구도 역시 엘프구나. 피가 끓는 거겠지. 공격적으로 흥분되는 게 아니라, 말 그대로 엘프의 피가 반응하는 거야. 여기 환경이 몸에 맞는다는 뜻에서."

"응……. 왠지 아쥬 두근두근해!"

아빠의 말에 이해가 갔다. 그래, 엘프인 이 몸이 기뻐하는 거구나. 정확하게는 하이 엘프지만 성질은 다르지 않으니까. 무심코 그 자리에서 손을 크게 만세 한 뒤 빙글빙글 돌았다. 사실은 춤을 추고 싶었지만 센스가 없는 나에겐 벽이 높았기에 이게 한계였다.

"안녕, 슈리엘레치노. 오랜만이야!"

"아, 베네딕트리스. 여전하군요. 당분간 신세 지겠습니다."

"뭐야, 섭섭하게. 네 고향이니까 마음대로 지내면 돼."

등 뒤에서 슈리에 씨가 누군가와 대화하고 있는 모양이었다. 은발에 연한 하늘색 눈동자. 그리고 엘프의 특징인 조금 긴 귀를 지닌 아름다운 남성이었다. 슈리에 씨는 엘프 중에선 자신의 머리카락과 눈동자 색이 흔한 배색이라고 했었는데, 정말로 똑같구나. 형제라고 해도 믿을 것 같다. 아름답기도 하고.

"그건 그렇지만요. 이번에는 오르투스의 동료들도 함께 왔으니까요."

슈리에 씨는 그렇게 말한 뒤 엘프 남성에게 우리를 한 명씩 소개해주었다. 아빠는 이미 아는 사이인 건지 가볍게 포옹했지만. 음, 인사가 미국 느낌이 든다. 기르 씨와는 가볍게 악수한 뒤, 마지막으로 내 차례가 왔다.

"메구임미다. 잘 부탁드림미다."

인사는 내가 직접 해야지! 첫인상은 중요하다. 내가 허리를 꾸벅 숙이고 인사하자 남성은 아주 놀랐다는 듯 외쳤다.

"아직 이렇게 어린데! 류아스카티우스와는 천지 차이인데?"

응? 또 낯선 이름이 들렸다. 그나저나 엘프의 이름은 현란하게 긴 게 기본인 건가? 제대로 부를 수 있을 것 같지 않은데다 슬슬 외우기도 힘들거든요!

"메구는 그 아이보다 연상이잖아요? 뭐, 몇 년씩 차이 나는 건 아니지만요. 정말이지, 아이가 태어났다는 걸 몇십 년이나 제게 말하지 않고 있었다니……."

"몇 번이나 사과했잖아. 슬슬 용서해줘, 슈리에. 누군가가 이미 너에게 연락했을 줄 알았단 말이야."

슈리에 씨의 대답을 듣고 이해했다. 아까 그 류아스…… 뭐시기가 여기 오기 전에 들은 그 엘프 어린이구나. 사실은 꽤 오래 전에 태어났는데도 슈리에 씨가 알게 된 것은 얼마 되지 않았다. '엘프 아이가 태어났었다니 금시초문인데요!'라는 목소리가 길드 안에 크게 울려 퍼졌을 때는 깜짝 놀랐다. 그 슈리에 씨가? 하고. 하지만 그 정도로 빅 뉴스다. 어린 엘프는 세계의 보물인걸. 그럼에도 다들 보고를 깜빡하다니, 엘프라는 종족은 감각이 여러모로 헐렁한 구석이 있는 건지도 모른다.

"듣자 하니 이 아이와 나이 차이는 거의 없는 수준이잖아. 그 아이는 정말로 응석받이거든. 아무튼 귀여운 건 맞는데, 가끔 손이 많이 가. 적어도 이 아이처럼 인사는 못 해."

엘프 남성, 베네디…… 베네 씨면 되려나. 베네 씨는 팔짱을 끼고 쓴웃음을 지으면서 그런 말을 했다. 어린아이는 그게 보통일 거예요……! 말은 못하지만. 내 안에 하세가와 메구라는 성인 여성이 섞여 있다는 걸 알 리가 없을 테고, 말하면 그냥 이상한 어린아이가 되어버린다. 뭐라고 반응을 돌려줘야 할 지 알 수 없어서 필살 '난감할 때는 스마일'을 발동했다. 방긋!

"귀, 귀…… 여워……!"

"아, 슈리에 씨! 어? 뭐지 이 귀여운 아이는?! 천사인가?!"

"우와, 정말 귀여워어어어!!"

어느새 사람들이 모여있었던 모양이다. 역시 어린 엘프는 귀중한 건지, 다들 나를 귀엽다고 마구 칭찬해주었다. 하지만 조금 민망한데?! 너무 우글우글 모여들어서 그런지 슈리에 씨가 '이제 그만…….'하고 말을 하려던 그때였다.

"왜?! 왜?!"

어리고 높은 목소리가 주위에 울려 퍼졌다. 놀라서 그 목소리가 난 쪽으로 고개를 돌리자 그곳에는 금발에 하늘색 눈동자를 지닌 작은 엘프 남자아이가 눈에 눈물을 그렁그렁하게 매달고는 이쪽을 노려보는 게 보였다.

"류아스카티우스!"

누군가가 이름을 부르자, 그 작은 아이는 뒤로 몸을 휙 돌려서 달려갔다. 겉으로 보이는 나이는 3살 정도? 어린아이라서 바람처럼 떠나가는 수준은 아니고, 아장아장이라는 표현이 정확하다. 헐. 뭐지 저거. 뭐니!?

"귀여워!!"

나는 반사적으로 헤죽 웃어버리는 얼굴을 두 손으로 누르면서 소리치고 말았다. 이것이 나와 또래인 엘프, 아스카와의 만남이었다.

"저기! 저 아이, 쪼차가도 갠차늘까요?"

아장아장 달려가는 중이기 때문에 아직 그 모습을 눈으로 확인할 수 있는 엘프 아이를 가리키면서 서둘러 주장했다. 어른들은 서로 눈짓을 하더니 바로 웃으면서 고개를 끄덕였다. 거기서 즉시 질문하는 사람은 과보호 대표 기르 씨였다.

"아이들만 둬도 괜찮은 건가?"

뭐, 저 아이가 향한 방향에는 숲이 보이니까. 야생동물이나 어쩌면 마물이 있을지도 모른다. 하지만 빨리 쫓아가지 않으면 따라잡을 수 없게 될 테니 나는 그 자리에서 발을 동동 굴렀다.

"저 숲은 나무가 많지만 어린아이에게는 놀이터 같은 장소라서 위험한 게 없어. 정령도 많이 있고."

"괜찮아요, 기르. 정령이 많이 있다는 건 마물도 좀처럼 오지 못한다는 거니까요. 하지만 걱정되는 마음도 잘 압니다. 그림자새를 보내는 건 어떤가요? 그렇게 하면 무슨 일이 있을 때, 당신이라면 순식간에 현장에 갈 수 있잖아요? 당신이나 다른 어른이 쫓아가면 괜히 더 도망칠지도 모르니까요."

베네 씨의 설명에 슈리에 씨가 보충 설명을 덧붙였다. 아빠도 문제없다고 하는 걸 보면 정말로 위험하지 않은 모양이다. 아마 마법으로 주위의 안전을 순식간에 조사했을 테니. 지금은 아빠의 그 하이 스펙이 고마웠다.

"음. 그럼 그렇게 하지."

결론이 나온 모양이다. GO 사인이 떨어졌으니 나는 바로 달려갔다. ……아장아장. 으아아! 이래서는 따라잡을 수 없잖아! 분명 쟤보다 느릴 텐데. 하지만 지금은 내 하찮은 운동능력에 한탄하고 있을 때가 아니다. 바로 쇼와 후우를 불렀다. 놀고 있는 와중에 미안. 하지만 바로 내 앞에 나타난 데다 기뻐하며 반응해주는 정령들. 사랑해!

"후우! 저 아이를 쪼차갈 수 있도록 빨리 달리고 시퍼! 쇼, 평소처럼 통역 부타캐!"

『알았어, 주인님! 후우!』

『웅! 맡겨줘, 주인님!』

발치부터 바람이 부드럽게 나를 감싸는 것이 느껴졌다. 몸이 가볍다. 조금 전까지 아장아장 달리던 건 환상이었다는 양 빠른 속도로 달릴 수 있었다. 말 그대로 바람이 된 것처럼!

"메구! 어두워지기 전에 돌아와!"

"네!"

그런 내 등에 대고 아빠가 당부하는 목소리가 들렸기에 돌아보지 않은 채 대답만 했다.

"……뭐, 뭐지? 자연 마법을 저렇게 정교하게……?!"

남은 사람들이 무언가 술렁거리는 것 같았지만, 뭐라고 말하는지는 들리지 않았다. 뭐, 됐어! 지금은 전속 전진―!

"따라자밧다!"

"으앗?!"

후우 덕분에 순식간에 따라잡을 수 있었다. 남자아이 앞에서 사뿐히 정지한 뒤 후우에게 고맙다고 인사했다. 그 후 바로 남자아이에게 말을 걸었다.

"왜냐니…… 왜?"

"어?"

앗, 나도 참 괴상한 질문을 하고 말았네. 하지만 이 아이가 아까 왜?! 하고 소리치면서 달려갔으니까. 그래서 왜 '왜?'라고 한 건지 물어보고 싶었다. 으음, 헷갈릴 만 하네.

"아까, 왜? 라고 해쓰니까……."

그래서 그렇게 다시 설명하자, 남자아이는 고개를 홱 돌리고 말았다. 아, 아직 기분이 안 좋은가 보구나. 하지만 미안. 통통하게 부풀린 뺨이 너무 귀여워서 그냥 귀여울 뿐이다. 나 무슨 소리 하는 거지.

"우는 것 가탔고……."

"안 울었어!!"

이어서 그렇게 중얼거리자 얼굴이 새빨개져서 소리치는 남자아이. 미안. 자존심이 상했나? 서둘러 잘못 본 것 같다고 정정했다. 그러자 남자아이는 팔짱을 끼더니 '그래, 잘못 본 거야!'라고 주장했다. 귀여워.

"애초에 너 뭐냐고! 갑자기 마을에 와서는, 사람들이 마구 귀엽다고……."

한번 성을 냈기 때문인지 부글부글 끓어오르는 게 있었던 건지도 모른다. 남자아이는 화를 내면서 나를 향해 손가락질하고 소리쳤다.

"내가 제일 귀여웠는데에!!"

데에, 데에……. 조용한 숲속에 메아리쳤다. 어? 지, 지금 뭐라고? 어안이 벙벙해져서 눈을 깜빡깜빡. 그러니까 이 아이가 화가 난 건…… 질투해서? 나에게?

"귀여워……."

가슴이 뭉클해졌다. 누나의 심장에 치명타! 깜빡 마음의 소리가 튀어나왔을 정도다.

"……어? 나 귀여워?"

그런 나의 중얼거림을 들은 건지 남자아이는 희미하게 뺨을 붉히면서 조심스럽게 물어보았다. 크헉. 위력이 끝내줘요!

"귀여워! 찰랑찰랑한 금발도 예쁘고, 하늘색 눈도 무지 크고, 뺨도 동글동글하고, 피부는 뽀야코, 너무 귀여워!!"

그래서 답례라도 하듯 마구마구 칭찬해줬다. 하지만 정말로 귀엽단 말이야. 어린 엘프는 세계의 보물이라고 불리는 이유를 잘 알겠다. 이런 모습으로 살며시 올려다보면 그야 심장이 남아나질 않겠지.

"……너도, 귀여운데?"

"나도?"

아, 그렇구나. 아까 마을 사람들이 나를 귀엽다고 칭찬해주었지. 그걸 말하는 모양이다. 게다가 확실히 지금 내 외모는 귀엽다. 그건 인정한다. 으음, 그럼 어떻게 할까. ……그래.

"둘 다 하면 안 대? 귀여운 거."

자기만 귀여움을 받고 싶은 거라면 그건 어쩔 수 없지만. 그래도 그건 주위 어른이 허락하지 않을 테니까. 무시무시한 과보호 보호자들인걸. 불가능하다.

원래도 귀중한 아이인데 특히 더 귀중한 엘프 어린아이. 그래서 이 아이나 나를 귀여워하는 건 어느 의미 당연하다. 그 정도로 드문 존재임에도 불구하고 지금 이 시대, 이 장소에 두 명이나 있다는 건 기적이다. 음, 꼭 친해지고 싶다. 어린아이 특유의 질투심이 나온 것뿐이잖아. 분명 지금까지 계속 귀여움을 독차지해왔으니까 당황한 것뿐이다.

"나도 너 귀엽다고 하고 시퍼."

그래서 솔직하게 마음을 전해보았습니다! 둥기둥기하고 싶어! 쓰다듬고 싶어! 우쭈쭈하고 싶어!! 그럴싸한 이유를 구구절절 늘어놓긴 했지만, 사실은 욕망으로 그득하다. 귀여운 건 정의니까. 어쩔 수 없지.

"해줄 거야……?"

"응! 애냐하면 내가 누나니까!"

고작 몇 년 차이라고는 해도 내가 연상인 건 틀림없다. 허리에 손을 얹고 가슴을 펴면서 주장합니다.

"누나…… 구나."

그러자 남자아이는 잠시 무언가 생각하듯 가만히 나를 쳐다보더니, 갑자기 이쪽을 향해 몸통 박치기를 했다. 아니, 몸통 박치기를 할 생각은 아니었겠지. 와락 끌어안고 있으니까. 하지만 당연히 버티지 못한 나는 그대로 남자아이와 함께 꽈당. 내가 아래로, 남자아이가 위로 가는 자세로 쓰러지고 말았다. 그래도 껴안은 팔에서는 힘이 빠지지 않았다. 끄억.

"나는 류아스카티우스야."

"루아수……?"

남자아이가 이름을 말해주었다. 하지만 처참할 정도로 발음하기 어려웠다. 얘가 더 연하인데 발음이 유창하다니 어째서. 내가 버벅거리는 것을 듣고 무언가 생각한 건지, 남자아이는 나를 올려다보며 다시 입을 열었다.

"아스카."

"아수카! 나는 메구!"

역시 똑바로 발음하지 못했지만 억지로 밀어붙인 뒤 나도 이름을 댔다. 아스카는 뭔가 이상하다는 양 고개를 갸웃거렸지만 머리를 쓰다듬어주자 기쁘다는 듯 웃었다. 어물쩍 넘겼다고도 한다.

"메구 누나!"

"응! 누나예여!"

하지만! 기 위여움 앞에서는 아무런 문제도 없다. 우리는 잠시 그 자리에 앉은 채로 방긋방긋 웃었다. 훈훈해라!

"다녀와씀미다!"

"다녀왔습니다!"

둘이서 손을 잡고 마을까지 걸어가길 몇십 분. 이런저런 대화를 나누면서 왔기 때문에 금방 온 것처럼 느껴졌다. 무슨 이야기를 했냐고? 나는 애프리를 좋아한다, 나는 슈베리가 좋다 등 기본적으로 먹을 것 이야기였다. 안녕하세요, 먹보 2인조입니다.

"이것 참……."

"대단한 것을 본 기분인데……."

슈리에 씨와 아빠가 입을 틀어막고 이쪽을 응시하고 있다. 왜 저러지? 우리는 얼굴을 마주 본 뒤 나란히 고개를 갸웃거렸다.

"······위험하군."

이어서 기르 씨의 한마디. 그러니까 뭔가?! 우리가 머리 위에 물음표를 띄우고 있자 엘프 여성들이 꺅꺅 비명을 지르면서 우리를 보고 귀엽다고 연발하기 시작했다. ······아, 그래. 그런 거구나. 요컨대 너무 깜찍한 광경이라는 뜻이다. 그래, 어린아이 두 명이니까!

"기르 씨, 아수카랑 친구가 돼써!"

"아스카야, 메구 누나."

모처럼 친구가 되었으니 기르 씨에게 아스카를 소개했는데, 기어이 지적을 받고 말았다. 뺨을 통통하게 부풀리며 말하는 게 귀엽다. 하지만, 하지만, 누나로서의 위신이!

"아수카라고 했거든."

"그래?"

발음이 안 되는 것뿐이야. 훌쩍. 허세를 담아 웃으면서도 마음속으로는 시무룩해진 사이에 아스카의 관심은 기르 씨에게 넘어간 모양이었다. 좋아, 더는 지적하지 말아줘. 누나 울어버릴 거야.

"메구 누나, 이 사람 누구야?"

"기르 씨야. 내······ 음, 파파!"

"파파!"

틀리진 않았다. 기르 씨가 조금 곤혹스러워하는 모습을 보였지만.

"근데 얼굴은 왜 가렸어?"

"음……."

오오. 어린아이 특유의 순수한 질문이다. 하지만 제법 대답하기 난감한 질문이기도 하다. 어떻게 나올까? 상황을 지켜보자 기르 씨는 사정이 있다는 뻔한 대답을 했다. 저런 대답으로도 괜찮은 걸까. 아스카는 '흐응' 하고 대답하고는 바로 그 문제에 대해서는 관심을 잃어버린 듯하니 괜찮은 거겠지. 어린아이는 원래 그런가?

"저기, 기르 씨? 저기, 저기."

잠시 기르 씨를 물끄러미 바라보던 아스카가 갑자기 우물쭈물거리기 시작했다. 그러더니 기르 씨에게 조심스럽게 말을 걸었다. 왜 저러지? 기르 씨도 고개를 작게 기울였다.

"안아줘……."

"음."

뜻밖의 말에 나도 기르 씨도 깜짝 놀라고 말았다. 한 번 말이 나온 덕분에 자신감이 붙은 건지, 아스카는 과감하게 두 팔을 뻗으면서 기운차게 조르기 시작했다.

"안아줘! 기르 씨, 안아줘!"

"내, 내가?"

폴짝폴짝 뛰면서 폭풍 같은 조르기를 시전하는 아스카를 보며 당황하는 기르 씨라는 광경은 제법 오묘한 맛이 났다. 기본적으로 친절한 기르 씨가 그 부탁을 거절하는 일은 없다. 빨리해달라고 재촉하는 아스카 앞에 살며시 몸을 굽히더니 아스카를 번 적 안아 들었다.

"와아! 높다! 높아!!"

몹시 기뻐하며 까르륵 웃는 아스카는 그대로 기르 씨에게 달 려달라든가, 더 빠르게 가자는 둥 아주 신이 난 모습이었다. 기, 기르 씨가 부려 먹히고 있어……!

"……? 어라?"

욱신. 가슴이 따끔거렸다. 이건 뭐지? 아스카를 안아 들고 있 는 기르 씨를 보고 있었더니 뭔가, 좀…… 답답하다. 혼자 소외 되었기 때문인 걸까?

"오, 별일인데. 기르가 부려 먹히다니."

"네, 무척 귀중한 모습을 보게 되었네요."

어느새 근처에 와 있던 아빠와 슈리에 씨는 즐겁다는 듯 웃고 있었지만, 나는 왠지 그런 기분이 들지 않았다. 어째서지?

아버지는 딸의 변화를 지켜본다

메구의 상태가 이상하다. 하지만 이건 아버지이기 때문에 눈치챌 수 있었던 변화로 보인다.

"밥 많이! 과일 많이! 마싯겠다!"

이렇게 겉으로 보면 아주 활발하기 때문이다. 엘프 족장의 집에 초대받아 나온 저녁식사는 호화롭거나 처음 보는 음식이 즐비했으니 메구의 감상도 진심이긴 할 것이다. 맛있어하며 먹고 있고. 하지만 역시 어딘가 이상하단 말이지. 기운이 없다고 해야 하나.

뭐, 원인은 대충 알고 있긴 한데.

"기르! 나 저것도 먹고 싶어! 먹여줘!"

"하아…… 그래."

류아스카티우스, 저 아이가 기르를 계속 독점하고 있기 때문이다. 우리가 마을에 온 뒤로 뭐가 마음에 안 드는 건지 혼자 화를 내며 숲속으로 달려간 아스카. 메구는 그런 아스카가 신경 쓰였는지 그 뒤를 쫓아갔다. 기르가 붙여놓은 그림자새를 통해 상황을 살펴보자 대단한 일은 아니었다. 사람들이 메구를 귀엽다고 예뻐해 준 게 마음에 들지 않는다는, 어린아이 특유의 투정이었다.

아마도 메구는 인간으로 살던 시절의 기억이 있기 때문인지 그런 아스카도 귀엽다고 생각했을 테지. 순식간에 아스카를 회유하여 자기는 누나라고 주장했다. 그건 귀여웠다. 심장이 뻐근했다. 그건 그렇다 치고. 돌아올 무렵에는 두 사람이 무척 친해져 있었으니 잘 됐다고 안심하고 있었으나……

"이거 마싯어! 아, 저것도. 이것도!"

"메구, 너무 많이 가져오지 마. 다 못 먹잖아."

어느새 접시에 음식이 산더미처럼 쌓여있다. 자기가 먹을 수 있는 양이 어느 정도인지 제대로 파악하고 있으니 여느 때라면 이런 일은 없다. 확실하게 동요했구나, 이거. '진짜다⋯⋯.' 하며 쑥스러운 듯 웃는 메구는 무지막지 귀엽지만, 좀 동정심도 들었다. 좋아.

"어? 뭐야? 아빠."

메구를 내 무릎 위에 올려놓고 접시도 이쪽으로 끌어당겼다. 당황하며 위를 올려다보는 메구를 향해 웃으며 말했다.

"모처럼 맛있어 보이는 걸 잔뜩 가져다 놨으니까. 같이 먹자."

"! 아빠⋯⋯, 응! 가치 먹자!"

기르를 빼앗긴 것 같은 느낌에 외로워하는 거라면 나나 슈리에, 다른 사람들이 실컷 귀여워해 주면 된다. 그리고 내가 행복하게 해줘야지. 슈리에도 대충 그 분위기를 알아차린 건지 근처로 다가와서 메구를 이래저래 돌봐주었다. 점점 메구도 활기를 되찾아 기뻐하며 웃는 게 늘어나서 안심했다. ⋯⋯하지만 역시, 어딘가 기운이 없단 말이지. 너 그렇게 기르를 좋아하는 거냐. 아버지로서는 몹시 기분이 복잡하다.

"류아스카티우스!"

"아, 어머니가 부른다. 기르, 내려줘!"

그때 아스카가 어머니의 부름을 받고 간신히 기르가 자유로워 졌다. 살며시 바닥에 아스카를 내려놓은 기르는 어딘가 안도한 듯한 얼굴이었다. 이해는 간다. 무릎 위의 메구를 힐끗 살폈다. 당연히 그 모습을 메구도 보고 있었던 모양이군. 당장에라도 달려갈 줄 알았는데…… 기르 쪽을 물끄러미 바라본 채로 움직일 기색이 없다. 뭐냐. 안 가는 거냐. 무심코 오지랖이 발휘되었다.

"메구, 너 기르에게 안 가도 돼? 드디어 자리가 났는데?"

"자리가 낫따니…… 아빠, 말이 좀."

어이쿠, 나도 모르게 그만. 뺨을 통통하게 부풀리는 메구는 귀여웠다. 하지만 바로 슬픈 표정으로 바뀌었다. 눈썹이 팔자가 되고 시선도 아래를 향했다.

"분명 계속 아수카를 안고 이씠으니까, 피곤할 꺼야."

메구야…… 너무 어른스러운 사고방식 아니냐. 아니, 알맹이는 어른이기도 했지, 참. 하지만 지금은 어린아이다. 사실은 몹시 달려가고 싶을 텐데, 기르를 걱정해서 꾹 참고 있다. 그보다 너, 아스카가 기르를 독점한 뒤로 계속 참았잖아. 나도 기르만 따르고 좋아하는 건 떨떠름하지만, 아무리 그래도 이건 좀, 메구가 불쌍했다.

"기르! 잠깐 와 봐."

"아빠?"

아스카를 상대로 참는 게 낫다고 생각하는 건 이해한다. 하지만 기르를 상대로 참지 말라고 해주고 싶다. 당혹스러워하는 메구를 무시하고 기르에게 손을 까딱까딱하자, 기르는 바로 이쪽으로 걸어왔다.

"왜 그러지? 두목. 메구에게 무슨 일이라도?"

그래놓고 첫마디가 이거다. 살짝 짜증이 난다. 왜냐고? 내가 메구 때문에 불렀다고 짐작하니까 그렇지! 맞는 말이긴 하지만! 그래도 이 녀석도 메구 생각만 하고 있었다고 생각했더니 뭔가 좀, 짜증이 불쑥 치솟았다. 그래, 질투 맞다. 문제 있냐!

"메구가 너와 대화하고 싶다는데."

그러니 목소리가 영 건들건들해지는 건 용서해라, 기르. 복잡한 아버지의 마음이다. 하지만 너를 불러줬으니까 고마워하라고. 하지만 문제는 메구 쪽이었다.

"어? 아, 아니, 아무거또 아닌데?"

이런 식으로 나오다니. 아니라고. 여기선 순순히 호의를 받아들이란 말이다! 허둥지둥 두 손을 절레절레 저으면서 부정하는 모습을 보면 일본인이라는 느낌이 든다. 굳이 따지라면 사축 마인드인가? ……메구가 일하던 회사, 망했으면 좋겠네. 그건 그렇다 치고, 그런 습관이라는 건 좀처럼 버리기 어려운 법이다. 응석 부리는 게 서툴다면 강제로라도 하게 만들어야지. 나는 어깨를 가볍게 으쓱한 뒤 한숨을 쉬고 메구를 번쩍 안아 들어 기르에게 내밀었다.

"자, 아무튼 데려가. 나는 슬슬 족장에게 술 따라주러 다녀올 테니까."

"아, 인사인가. 그래."

솔직히 족장에게 술을 따라주러 가는 건 귀찮지만, 며칠간 신세를 지게 될 테니까. 첫날과 돌아가는 날 정도는 제대로 인사해두는 게 예의다. 메구를 기르에게 맡길 좋은 구실도 될 테고.

하지만 또 거기에 방해가 들어왔다. 아스카가 돌아온 것이다.

"앗! 기르! 왜 그쪽에 있어?"

금발의 어린이가 총총총 이쪽을 향해 달려왔다. 젠장, 이 녀석도 귀엽네?! 어린이 엘프는 생김새가 예쁘장한 것도 있어서 정말 너무 귀엽다. 메구를 안아 들고 있는 기르의 발치에서 기르를 올려다보며 '나도, 나도' 하며 옷자락을 꾹꾹 잡아당기는 모습은 정말 대단한 파괴력이었다. 뭐, 그런 모습에 상냥한 기르가 거부할 수 있을 리가 없다. 기르는 그 자리에 몸을 숙여서 왼팔로 아스카를 안아 들었다. 양팔에 엘프 어린이라니……. 너 어린아이에게 인기 많구나?

"메구 누나도 안겨? 누나인데?"

하지만 아스카가 메구에게 한 말은 조금 귀엽지 않았다. 아니, 아마 악의는 없을 거다. 순수하게 의문을 느낀 것뿐이겠지. 하지만 많은 것을 이해하고 있는 메구에게는 가슴을 푹 찌르는 한마디였던 건지도 모른다. 실제로 크게 당황한 반응이었으니까.

"기르! 메구 누나는 내려줘! 나 또 저기서 먹을 거 먹여줘!"

"아, 아니, 하지만……."

오, 기르가 난감해하고 있다. 이거 귀중한 모습을 보았는데. 하지만 어린아이를 어떻게 대해야 하는지 익숙하지 않은 기르에게는 짐이 무거울 지도 모르겠다. 계속 메구를 돌봤다고? 쟤는 말을 너무 잘 듣잖아. 진정한 고생을 모르니까 그것과 이것은 별개다.

"기르 씨, 내려줘. 나는 괜찮아."

거 봐. 말을 너무 잘 듣는다니까. 사실은 계속 안겨있고 싶으면서. 어차피 기르가 난감해 하니까 자기가 물러나자거나, 자기는 앞으로도 계속 같이 있으니까 지금은 아스카에게 양보하자 같은 생각을 하고 있을 테지만, 너 얼굴이 다 드러나거든? 서운하다고.

솔직히 어른에게는 무척 고마운 반응이긴 한데…… 정말 메구가 참아야 하는 건가? 하는 의문도 든다. 아아, 답답해! 육아는 너무 어려워!

"음……. 나중에 꼭 돌아올게."

"응!"

기르도 정말로 난처했던 건지, 지금은 메구의 제안을 순순히 받아들이기로 한 모양이었다. 뭐, 그게 제일 좋을지도 모르지. 그만큼 나중에 귀여워해 줄 테고. 웬일로 기르의 눈매가 부드럽게 풀어져 있고, 그런 기르에게 메구가 기쁘다는 듯이 대답하고 있다. 메구는 그것만으로도 만족한 모양이니 내가 뭐라고 할 것도 없겠지. 일단 평화적으로 해결했다면서 가슴을 쓸어내렸다. 하지만 기르가 메구를 내려놓고 손을 놓은 그 순간이었다.

"메구 누나는 저리 가!"

"앗……?!"

자기만 봐달라고 심통이 난 건지, 아스카가 화를 내면서 팔다리를 힘껏 뻗었는데 그 다리가 메구의 빰에 직격하고 말았다. 기르가 몸을 숙인 상태였기 때문에 우연히 맞은 모양이었다. 메구는 얼굴을 발로 차인 충격에 뒤로 데굴 넘어지고 말았다.

"메구!!"

당연히 눈앞에서 보고 있던 기르는 급히 메구를 향해 손을 뻗었다. 그렇게 되자 당연히 아스카가 바닥에 내려오게 된다. 아스카는 무슨 일이 일어난 건지 이해하지 못한 듯 어안이 벙벙해져서 메구와 기르의 모습을 바라보고 있었다. 메구는 뭐, 괜찮겠지. 저 정도로는 상처가 남지도 않을 테고, 눈을 찔린 게 아니라는 것도 보였으니까. 문제는 아스카 쪽이다. 과보호인 녀석들은 메구만 걱정하면서 메구만 쳐다보고 있으니 아스카에게까지는 시선을 주지 못했다. 내가 주의 깊게 지켜보기로 했다.

"나, 나는…… 으, 으아아아아아앙!!"

아니나 다를까, 크게 당황한 아스카는 펑펑 울면서 달려가고 말았다. 바로 알아차린 기르에게 눈으로 신호를 보내자 바로 고개를 끄덕이고 그림자새를 날려주었다. 좋아, 이걸로 아스카는 괜찮겠군. 메구는 어떠려나. 살펴보기 위해 그쪽으로 가려 했을 때.

"아수카!"

메구가 누구보다 먼저 아스카를 쫓아가려고 움직였다. 조금 전과 마찬가지로 자연 마법을 사용해 순식간에 멀어져갔다. 그래, 저 녀석은 그런 녀석이었지. 옛날과 똑같다. 자기 일보다 남을 신경 쓰면서 슬퍼하는 성격. 누구보다 남의 마음을 헤아릴 줄 아는 아이다.

"기르."

"알아."

반사적으로 기르에게 말을 걸었으나 굳이 필요하지 않았던 모양이다. 바로 메구를 쫓아가 함께 아스카에게 가 주었다. 이 근방은 안전하고 색적 결과로도 위험 요소가 없다는 건 알고 있지만, 지금은 밤이니까. 아무리 그래도 낮과 같이 아이들끼리만 돌아다니게 둘 수는 없다. 나? 나는 기르를 믿는다. 세 사람이 돌아올 때까지, 이곳에 남아 얼떨떨해 하는 엘프들을 슈리에와 함께 수습하기로 할까.

"정말로 죄송합니다, 유진 님. 저희는 류아스카티우스를 너무 오냐오냐한 거였을까요……."

엘프 족장이 면목 없다는 듯 몇 번이고 같은 말을 했다. 아까부터 계속 신경 쓰지 말라고 했지만, 그걸로는 물러날 것 같지가 않다.

"류아스카티우스는 여기에서 지내는 엘프 대부분이 그러하듯이, 하프거든. 어머니는 저기에 있지만 아버지는 어둠곰 아인이라서 이미 이 세상에는……."

옆에 있던 베네딕트리스가 가볍게 한숨을 쉬며 아스카에 대해 이야기하기 시작했다. 이 세계에서 부모가 이미 죽었다는 건 그리 드문 이야기도 아니다. 하지만, 그래. 그래서 기르였다고 이해가 갔다.

"어둠곰인가요……. 반마형이나 인간형일 때는 검은 머리에 검은 눈이겠군요."

"그래. 맞아."

슈리에가 말하듯이 어둠곰이라는 종족은 검은 머리카락에 검은 눈이 많다. 의외로 그 색이 드물단 말이지. 이 세계는 기본적으로 컬러풀하니까. 심지어 색소가 옅어 빛나는 것처럼 보이는 머리카락과 파란색 계통의 눈을 지니고 태어나는 엘프 마을에서는 더욱더. 그렇기 때문에 아버지와 같은 색의 머리와 눈을 지닌 기르를 가장 따랐던 모양이다.

"저희는 그 아이가 외로워하지 않도록 애정을 쏟아왔습니다. 그 방법이 좋지 않았던 걸까요……. 한심하군요."

쓴웃음을 짓는 족장을 향해 내가 무심코 지적했다.

"그건 아니야. 예뻐하는 것도, 응석을 받아주는 것도 문제가 되지 않아. 어린아이는 애정을 쏟아부어서 키워야 하는 법이고, 애초에 육아에 정답 같은 건 없거든."

한 아이의 아버지로서 말하는 경험담이다. 지금도 현재진행형으로 육아 중이라고 할 수 있지만 메구는 뭐라고 해야 하나, 그것과는 또 다르니까. 뭐, 이건 됐고.

"중요한 건 아이가 위험할 때나, 주위 어른들이 봐서 아무리 그래도 이건 아니라고 생각했을 때 제대로 이끌어주는 거야. 뭐든 다 받아주는 게 사랑이 아니야. 그걸 머릿속에 잘 넣어두고 있다면 실컷 귀여워해도 돼."

어차피 정답이 없다면 키우는 측에게도 아이에게도 행복한 방법을 택하는 게 좋지 않냐고 웃으며 말해주었다. 당연히 혼내야만 할 때는 있다. 상황에 따라서는 혼내기만 해서 자기혐오에 빠지는 사람도 있을 테지. 하지만 거기에 애정이 있다면 아이는 잘 자란다. 아이란 부모의 실패도 성공도 똑바로 보고 있는 법이다. 어른이 틀릴 수 있다는 걸 언젠가 깨닫게 되는 법이니까.

"편하게 가자고. 아스카는 똑똑해. 괜찮아, 지금처럼 마구 예뻐해 줘."

족장이 더 오래 살았으면서 내가 건방진 소릴 한다는 느낌이었지만, 육아 경험이라면 내가 더 풍부하니까 뭐 괜찮겠지. 족장과 그 외 엘프들은 다들 안심한 듯 웃으며 고맙다고 인사했다.

"그렇군요. 그럼 저도 안심하고 메구를 귀여워하겠습니다."

"그래, 그러면 돼. 특히 메구는 이래저래 자중하는 구석이 있으니까. 과하다 싶은 정도가 딱 좋아."

"그렇네요. 앞으로도 사양하지 않아야겠어요."

"너희가 말하면 좀, 한도라는 게 없어지는 느낌이 드는데……."

실례잖아, 베네. 하지만 그렇게 되리라는 자신이 있다. 분명 지금보다 더 과보호하는 우리를 보고 메구의 눈이 휘둥그레지겠지. 그걸 상상했더니 우스워져서 큭큭 웃음을 죽였다.

"있짜나! 불꽃의 제단이랑 신비의 샘을 안내해줘써! 화르르륵하고 반짝반짝하고, 공기가 마싯고 아주 예뻣써!!"

잠시 후 아스카와 메구, 그리고 기르가 마을로 돌아왔다. 어째 눈이 반짝반짝 빛나고 있길래 무슨 일이냐고 물어봤더니 이런 대답이 돌아왔다. 아무래도 아스카가 사과하는 의미에서 메구와 기르를 안내해준 모양이었다. 오오, 기뻐 보이는데.

"그 근방은 어두워진 뒤가 더 아름다운 풍경을 볼 수 있으니까요."

"마을 안에 있는 샘과는 또 달라써요!"

"지금 메구가 보고 온 게 수원이에요. 마을 안에 있는 샘은 거기서 물을 끌어온 거죠. 따라서 샘의 효과는 조금 약해지지만, 관광객이 쓰기에는 넘칠 정도로 맑답니다. 오히려 근원이 되는 신비의 샘은 엘프족이나 마력을 많이 지닌 자 말고는 효과가 너무 강해서 독이 될 수 있으니, 그 정도가 딱 좋아요."

"오오……, 대다내라."

판타지 소설 같다는 생각을 하고 있겠지. 뺨이 발그레해진 게 흥분 상태다. 그 반응이 귀여웠던 건지 슈리에가 극상의 미소를 지었다. 엘프의 진심 100%의 미소는 위력이 어마어마하다니까. 많이 봐서 익숙한 슈리에조차 신성해 보일 지경이다.

"모처럼 왔으니 지금부터 별내림 언덕에 갈까요? 실제로 별빛이 내리는 건 아니지만, 운이 좋으면 유성을 볼 수 있어요. 시야를 막는 게 없고 무척 조용하며 아름다운 언덕이랍니다."

"가고 시퍼요!"

당연히 그 제안을 메구가 거절할 리 없다. 득달같이 대답한 메구는 곧바로 아스카 쪽을 향해 고개를 휙 돌리더니 작은 손을 내밀었다.

"아수카도 가치 가자!"

"메구 누나……, 응!"

작은 손과 작은 손을 포개어 꼭 붙잡은 두 아이가 방긋방긋 웃으면서 슈리에의 뒤를 따라갔다. 심장이! 애기들끼리 손잡고 있는 뒷모습의 파괴력이! 히죽거리는 얼굴을 가리기 위해 오른손을 들어 입가를 덮었다. 보아하니 기르도 시선을 돌리고 있었다. 젠장, 저 마스크 너무 치사하잖아!

"이렇게 된 거 우리도 갈까?"

"……그래."

메구 왈, 가족여행이니까. 관광 명소라면 같이 보러 가야겠지. 어린아이들이 아장아장 걷는 모습을 보면서 걷는 길은 어느 의미 고문이었다.

"우와……, 예뻐!"

"그렇지?! 여기는 나도 아주 좋아하는 장소야!"

목적지가 보이기 시작하자 메구는 폴짝폴짝 뛰면서 흥분을 표현했다. 아니, 표현하려는 의도는 없을 테지만, 억누르지 못하는 거겠지. 손을 잡고 있기 때문인지 메구에게 옮은 건지 아스카도 같이 폴짝거리고 있다. 돌겠네. 귀여워.

"메구 누나. 저기, 아까는…… 미안해."

잠시 둘이서 입을 벌리고 하늘을 올려다보고 있더니만 아스카가 갑자기 작은 목소리로 그렇게 말했다. 반성한 건가. 착한 아이잖아. 당사자인 메구는 순간 얼떨떨한 표정을 지었다가 급히 고개를 붕붕 저었다.

"괜찮나! 이제 안 파!"

"그, 그것도 그렇지만……."

아스카는 입을 벙긋벙긋 망설이면서 말을 이었다.

"그, 메구 누나의 기르를, 독점, 했으니까……."

오, 이것도 자각하고 있었나. 이건 의외인데. 알고는 있어도 그걸 인정하고 반성한다는 건 쉽지 않은 일이다. 역시 착한 아이구나. 옆에서 슈리에가 쓴웃음을 짓고 있다.

"내, 내 거인 건 아닌데……!"

메구는 그 표현이 마음에 걸린 건지 당황하고 있지만. 세세한 걸 다 신경 쓴단 말이지. 기르는 난처한 듯 눈썹을 팔자로 휘고 있었다. 정말, 메구와 엮이면 기르는 드문 반응을 잔뜩 보여준단 말이지. 질리지가 않는다.

"기르가, 죽은 아버지랑 닮아서……. 아버지가 아니라는 건, 알지만."

"아수카……."

메구의 눈에 눈물이 그렁그렁하다. 아……, 내 일도 있었으니까 그런 이야기에는 약하겠지. 죄책감이 장난 아니다.

"신경 쓰지 아나도 돼. 아수카는 전혀 나쁘지 아나. 기르 씨는 무지 머싯고 조은 파파니까, 아수카가 조아하는 것도 당연해."

메구가 아스카의 머리를 쓰다듬으면서 달래고 있다. 한편 얼떨결에 낯부끄러운 칭찬을 들어버린 기르는 귀까지 빨개졌다. 무표정만큼은 흐트러지지 않는 점이 역시 기르라는 느낌이지만, 마스크 아래를 보고 싶다는 충동도 솟구쳤다. 재밌다.

"언젠가 오르투수에도 와. 그때는 내가 안내해주께!"

"약속?"

"웅! 약쏙!"

메구가 생글생글 웃으면서 그렇게 말하자, 아스카가 메구의 목에 와락 매달렸다. 당연히 무게를 지탱하지 못하는 메구는 뒤로 넘어져서 아스카의 밑에 깔리고 말았다. 오늘은 자주 자빠지는 날이구나. 이번에는 풀밭 위니까 괜찮겠지. 본인도 순간 놀란 듯 눈이 동그래졌지만, 곧바로 흐뭇해하는 얼굴로 마주 안아주고 있고.

"메구 누나, 너무 좋아."

"후후, 나도 아수카가 아주 조아!"

기르를 둘러싼 쟁탈전 때문에 이상한 응어리가 남는 건 아닌지 걱정했는데, 그럴 일도 없어 보여서 다행이다. 뭐, 메구니까! 그나저나 어린아이들이 풀밭에서 꼭 껴안고 뒹구는 모습은 참으로 가슴이 따뜻해지는 광경이다. 평생 봐도 안 질릴 것 같다.

"나 메구 누나의 **반려**가 될래."

"잠깐만."

하지만 이어지는 그 말에는 무심코 끼어들고 말았다. 어쩔 수 없잖아! 아무리 그래도 간과할 수 없어!

"두목, 어린아이가 하는 말이잖아요. 아직 무슨 뜻인지도 잘 모를 텐데요."

"아니, 가볍게 말해도 되는 문제가 아니잖아 이런 건! 그렇지? 기르."

슈리에는 고개를 절레절레 내저었지만 양보할 수 없다. 이 세계에서 반려라는 건 일본에 있던 시절의 '결혼'보다 의미가 무겁다. 뭐, 체감이긴 하지만 기본적으로 마대륙 녀석들은 일편단심이거든. 일부 예외도 있지만. 일본에서는 어린 시절의 귀여운 약속으로 끝날지도 모르지만, 반려라는 단어를 사용하는 건 설령 어린아이라고 해도 용서할 수 없다.

"……음, 그렇지."

"그거 봐!"

기르도 복잡한 눈으로 두 사람을 보고 있었다. 그렇지? 그렇지?!

"……당신들은 정말로 유별난 팔불출이네요. 저도 조금 더 나이가 많았다면 뭐라고 했을 테지만, 아무리 그래도 저 나이에는……."

조금 더 많은 나이라니 몇 살을 말하는 건데. 기준이 애매모호하다고, 슈리에는. 뭐, 됐다. 아무튼 나는 용서 못 해.

"내가 정한 거에 불평하지 마, 아저씨들은!"

"아, 아저씨라니. 너……."

"아저씨라. 뭐, 부정하진 못하지만요."

나는 그렇다 쳐도 이 두 사람에게 아저씨는 아니지 않냐. 말문이 턱 막히고 말았다. 그런데 슈리에 너는 왜 수긍하고 있냐고. 기르도 딱히 아무렇지도 않다는 반응이고. 이유는 모르겠지만 나에게 대미지가 왔다.

"응? 메구 누나, 그래도 되지?"

앗, 아스카 녀석. 메구에게 직접 물어보다니! 무심코 다들 메구를 주목했다. 메구도 무슨 의미인 건지 모르는 건 아닐 텐데. 뭐라고 대답할 생각이냐?!

"어…… 잘, 모르게써."

덮었다. 저렇게 배실배실 웃는 얼굴은 저 녀석이 무언가를 흐지부지 묻어버릴 때 짓는 미소다. 하지만 그게 제일 적절한 반응이겠지. 거부하면 아스카가 또 토라질 테고, 그렇다고 승낙하면 어쩐지 귀찮아질 것 같고. 왠지 이 아스카라는 녀석은 만만치 않은 녀석으로 자랄 것 같은 예감이 든단 말이야. 아무튼, 이 대답으로 물러나 준다면 좋을 텐데.

"그럼 어른이 되면 또 프러포즈할게!"

"너 어디서 그런 말을 배운 거야……."

저절로 힘이 쭉 빠져버렸다. 어린아이는 이런 구석이 있어서 묘하게 피곤하단 말이지. 만만치 않은 녀석으로 자랄지도 모른다는 내 감이 맞을 것 같아서 피로가 확 몰려들었다. 그때 메구가 '앗!' 하고 소리쳤다. 무슨 일인지 의아해하며 얼굴을 들자 신이 나서 눈을 빛낸 메구가 이렇게 말했다.

"유성! 지금 유성 봤써!"

또 볼 수 있을까? 하고 밤하늘을 뚫어지게 쳐다보는 메구를 보고 있었더니, 어째 어린아이를 상대로 진지해졌던 내가 바보 같아졌다. 그래. 아직 장래에 대해서 이러쿵저러쿵 생각할 때가 아니다. 모처럼 지금이 심장 떨리게 귀여운 시기잖아. 제대로 눈에 꼭꼭 담아두고 추억으로 새겨놔야지.

"다 가치 오래오래 함께 있게 해줘세요……."

진심에서 우러나온 소원이겠지. 눈을 감고 진지하게 기도하는 옆얼굴을 보면 그런 건 금방 알 수 있었다. 우리 어른 셋은 한번 서로의 얼굴을 보고는 피식 웃었다. 아마 다들 같은 생각을 했을 거다.

그래. 여태까지 놓쳐버린 시간을 되찾는 마음으로, 함께 있는 시간을 소중히 해야 한다. 이번 가족 여행은 메구에게 다양한 경험을 시켜주면서 성장을 지켜보려고 했는데……. 오히려 내가 메구에게 배우는 게 많았던 느낌이 든다. 하지만 메구에게도 좋은 만남이 생겼고, 유익한 여행이 되었을 것이다. 앞으로 며칠 동안 여기에 머무를 테니, 모처럼 온 거 즐거운 추억을 많이 만들어줘야겠다. ……아스카와 헤어질 때는 울려나. 울겠지. 그런 생각을 하며 쓴웃음을 짓고 올려다본 밤하늘에 한 줄기 빛이 흘러갔다. 오, 나에게도 보였다. 이거 좋은 일이 있을지도? 환희하는 메구를 보며, 나는 이번에야말로 이 행복을 지키겠다고 굳게 맹세했다.

Welcome
to the
Special
Guild

후기

처음 뵙는 분도, 오랜만에 뵙는 분도, 그렇지 않은 분도 안녕하세요. 후기에 어서 오세요! 아이 리아아입니다.

이렇게 후기를 쓰는 것도 세 번째……. 왠지 감개무량합니다. 여전히 단행본이 나오는 것에 기쁨과 감동, 감사의 마음을 주체할 수가 없고 오히려 증폭되고 있습니다. 이것도 다 읽어주시는 분들이 계시기 때문입니다. 정말로 감사합니다.

이번 3권은 특급 길드의 매듭이 되는 권이라고도 할 수 있습니다. 왜냐하면, 그렇습니다. 1부가 일단 완결되기 때문입니다. 이 이야기를 쓰기 시작하면서 여길 쓰고 싶어……! 하는 부분이 수록되어있으니 특히 애착이 강한 책이 되었습니다. 메구 일행의 이야기는 앞으로도 계속 이어지지만, 우선은 여기까지로 잡아두었던 목표가 달성되어 무척 기쁩니다. 메구는 앞으로도 이래저래 고생을 많이 하게 될 텐데요……. 그걸 겪고 성장해가는 모습을 계속해서 지켜봐 주셨으면 합니다.

그런 이유도 있다 보니 이번에 신규 수록으로 들어간 단편과 표지 구도는 일찍부터 이렇게 하기로 정해놓았습니다. 특히 표지는 전개를 알고 계신 분들이 이 일러스트를 본 단계에서 울어 주셨으면 좋겠다는 타산이 있었습니다. 아직 전개를 모르는 분은 읽은 뒤에 다시 보시고 가슴에 훅 와 닿았으면 좋겠다는 타산이. 애초에 일러스트가 너무 근사해서 그것만으로도 저는 매번 울지만요! 여러분의 반응도 궁금합니다.

단편 쪽은 '가족여행'이라는 부분만 정해놓았기 때문에 어디로 보낼지 고민하던 차에, 독자님에게 요청을 받은 걸 떠올렸습니다. 꼭 엘프 마을에 보내달라고요. 즉시 채용했습니다! 독자님은 위대해요.

다음으로 누굴 동행시킬지로 고민했습니다. 두목과 기르는 뺄 수 없으니까 이 두 사람은 확정이고, 엘프 마을이니까 슈리에도 있어야겠다, 하고요. 아마 오르투스의 물밑에서는 자기도 가고 싶다, 장기휴가로 여행이라니 치사하다 하며 아우성이었을 테지만, 마음을 독하게 먹고 그 세 사람만 골라내기로 했습니다. 더 데려가면 사원 여행이 되어버리니까요! 이번에는 '가족 여행'이니까 다른 길드원은 아쉬워도 빠지게 되었죠. 미안해⋯⋯.

그 대신 엘프 마을에서는 신규 캐릭터를 등장시켰습니다. 뭐, 그 신캐인 엘프 어린이는 사실 web 연재판 최신화 시점에서 이미 등장한 캐릭터지만요. 그래서 정말 신캐인지 따지자면 애매하지만, 귀중한 유아기를 썼으니 조금 득을 본 느낌이 있을지도요? 즐겁게 읽어주셨다면 좋겠습니다.

그럼 마지막으로. 3권을 출판하는 과정에서 힘을 쏟아주신 TO북스 여러분 및 담당자님, 그리고 매번 무척 멋진 일러스트를 그려주시는 니모시 님, 협력해주신 모든 분들께 진심으로 감사를 바칩니다. 그리고 특급 길드를 읽어주시고 구매해주신 당신에게도 진심 어린 감사 인사를 드립니다. 여러분이 있기에 이렇게 이야기를 이어나갈 수 있습니다. 대단히 힘이 됩니다. 정말로 감사합니다!

부디 앞으로도 메구 일행의 이야기를 지켜봐 주셨으면 합니다.

보너스 만화

만화판 제1화

만화 : 어치 코토코

원작 : 아어 리어아
캐릭터 원안 : 니모서

※일본과의 제책 방식 차이로 인하여
이 페이지부터는 우측에서 좌측으로(←) 읽어주시기 바랍니다.

Welcome to
the Special Guild

일 열씨미 하세요!

탓 타 탓 탓 탓

헬렐레~ 귀여워

타앗 탓

사우라 씨!

우리 길드에 이렇게 귀여운 아이가 있다니

맞아~ 너무 귀여워~

아, 메구.

통 오랑 젤리야!

내가 좋아하는 가게의 기간 한정품!

하지만… 사우라 씨가 조아하는 걸,

제가 먹어도 대요…?

괜찮아! 그 대신에, 맛있게 먹어야 한다?

아이참! 메구는 귀여운 데다 정말 착한 아이로구나!

꼬옥

많이 먹고
잘 놀고
잘 자는 게
이 길드에서
메구가
해야 하는
임무이니까요.

이쪽에서
먹도록 하죠.

그렇게
신경 쓰지
않아도
괜찮답니다.

잘 먹겠습니다!

......안 닮아.

혁

믐

야, 쥬마.
넌 돈 내.

왜 나만!
구두쇠!

엉금

엉금

덜덜

어느 날 갑자기
이 세계에
빙의해서
쓰러져 있던
나를,

얼마 전
기르 씨가
보호해서
여기까지
데려와 주었고,

자세한 사정은
대충
생략하지만,

그렇구나.

오랑은
귤인가 보네.

감사하게도
이 특급 길드
'오르투스'에서,

돌봐주기로
했다.

특급 길드란
개인이나 마을,
나라에서 주는
의뢰를 받고
움직이는
회사 같은
조직이다.

정말 너무 기특하고 착한 아이네요.

......!

그럼 저도 여더분에게 도움이 되까요?

공부하고 시퍼요.

길드원을 전부 동원해서 지켜야겠어요.

조금 지나치게 과보호하는 느낌도 들지만,

기쁘다.

도움이 댈 수 잇또록 열시미 하겠슴미다!

어머나, 든든하기도 하지.

우후후

물론 이지!

메구도 이미 길드의 소중한 일원인걸.

100점 만점의 귀여움도 길드 전체의 원동력이야.

자연 마법 공부라면 제가 나서야겠네요.

꼬옥

의무실에
건강검진을
받으러 왔다.

길드에
오기 전에는
쓰러져
있었으니까
어쩔 수 없지.

스파이
조직인가
했었는데…

혹시
심부름센터
같은 건가?

철컥

나는 오늘
미아 찾는다고
고생했는데.

큰 마물을
사냥해 왔어.

공부를
도와주기로 한
슈리에 씨와
마을에 나가
런치 데이트를
하고,

그런
고로,

배가 부르자
낮잠도
푹 자고,

새근

새근

어서 와!

싱긋

안녕하세요,
루드.

실례합니다.

루드 선생님,
안녕하세요!

머거써요!

아침은 먹었고?

그래. 잘했어.

오르투스에 오자마자 슈리에 씨가 나를 데려온 경위를 간단하게 설명해 주어서

한 번 진찰을 받았었는데,

특이사항은 없고?

이 사람은 오르투스의 의사인 루드비크 씨.

부탁드릴게요, 루드.

네! 잘 부탁 드림미다!

그럼 오늘도 건강한지 아닌지 보여주겠니?

한동안은 매일매일 건강 상태를 확인해야 한다고 했다.

맡겨 둬.

딱 보기에는 문제없어 보여.

지금은 든든하게 먹고 푹 쉬는 게 최고의 치료인 셈이지.

한동안 무리하지 않고 생활하는 걸 명심하도록.

그런가요. 안심이네요.

후……

이후 훈련장에서 조금 할 일이 있었는데…… 괜찮을까요?

할 수 있는 일부터 차근차근 해야지!

훈련장?

잘 먹고 잘 자는 게 일이라.

뭔가 조금이라도 할 일을 주세요! 하고 초조해지지만,

건강이 망가져서 폐를 끼치면 말짱 도루묵 이니까.

과격한 운동이나 마법 구사는 안 하는 게 좋은데….

마법은 저만 쓸 거고, 엘프로서 중요한 것을 메구에게 알려주는 것뿐입니다.

흐음. 그 정도라면 괜찮겠지.

이 아이는 엘프로서 필요한 것을 아직 하지 않았어요.

몸을 보호하기 위해서도 중요한 일이니까요.

사실은 훈련장도 내일이 좋지만……, 그럴 수는 없는 거지?

하지만 일찍 끝내도록 해.

네. 지금도 늦은 편이니까요.

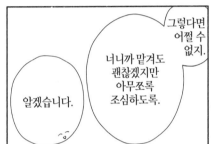

그렇다면 어쩔 수 없지.

너니까 맡겨도 괜찮겠지만 아무쪼록 조심하도록.

알겠습니다.

조심해서 가렴.

무슨 일이 생기면 바로 말하고.

쓰담

네!

그럼 루드, 감사합니다.

감사함미다!

다들 친절한 사람들이에요.

저도 빨리 은혜를 갚고 싶어요.

조급해하지 말고 열심히 하세요.

그건 메구가 정말로 귀엽고 착한 아이라서 그래요.

그렇게 되었으니 드디어 마법 공부!

후웁

내 몸을 지키기 위해서든 뭘 하든,

엘프인 이상 최소한의 자연 마법을 쓸 수 있게 되어야만 하는 모양이다.

지금은 지금은 내가 할 수 있는 일이 정말 아무것도 없으니까,

조금이라도 할 수 있는 일이 늘어날 기회가 있다는 건 기쁘다.

이 세계에서
살아가기 위한
소중한
한 걸음이다.

딱히
운동하는 건
아니라고
했는데……

이렇게
넓은 장소에서
뭘 하는 거지?

끼익...

와...

실전에
들어가기 전에
잠시 설명을
할게요.

네!

먼저
자연 마법과
평범한 마법...
일반 마법이라고도
불립니다.

꿀꺽...

이 두 가지의
차이를 간단히
설명할게요.

차
드세요.

우유를
많이
넣었습니다.

달칵

감사함미다!

역시
슈리에 씨.
센스가 좋아.

설탕이 부족하다면 넣으세요.

일반 마법은 자신의 마력을 변환하여 온갖 효과를 구현하는 마법이고,

자신의 마력을 변환하기만 하면 되므로 '이렇게 하고 싶다'고 떠올린 것을 그대로 구현화할 수 있습니다.

펑

반면 자연 마법은 자신의 마력을 대가로 정령에게 마법을 쓰게 하는 마법.

쓰기만 하는 것이라면 어린아이도 할 수 있지만 대부분은 생활 마법 수준에서 그칩니다.

참고로 그저 쓰기만 하는 것을 생활 마법 이라고 부르는데,

마력을 담으면 담을수록 위력도 내구력도 올라가며 언제든 어디서든 발동이 가능하지만,

당연하게도 자신의 마력이 다 떨어지면 마법을 쓸 수 없습니다.

엘프, 드워프, 요정 등 종족 한정으로 사용할 수 있는 특별한 마법이죠.

그래도 되게 편하겠다!

오...!

NO!!

같은 마법을 사용했을 때 일반 마법에서 필요한 마력보다 적은 양으로 같은 위력을 낼 수 있는 가성비가 뛰어난 마법인 데다,

마력의 선불, 후불 등이 가능하기 때문에 먼저 마력을 넘겨 두고 나중에 마법을 쓰게 하거나,

자신의 마력을 다양한 정령에게 나눠줘서 계약이 성립됩니다.

정령과 신뢰 관계가 구축되어 있다면 나중에 마력을 주기로 약속하고,

먼저 힘을 빌려주기도 합니다.

융통성이 있구나…

정령님도 틴절하네요!

참고로 나눠서 갚을 수도 있어요.

그러쿤요….

그리고 단점은 아주 섬세한 조작은 어렵다는 것.

이 정도 일까요.

으음……. 일반 마버븐 자유!

연습은 열씸히!

그리고 자연 마버븐 저연비!

정령님이랑 친해지쟈!

시간을 들여서 마법 실력을 갈고닦는다는 점은 양쪽 다 마찬가지입니다.

다만 자연 마법은 정령과 친해지는 게 가장 효과적인 연습이라고 할 수 있을지도 모르죠.

여기까지는 이해하셨어요?

그럼 다음은 드디어 정령과의 계약에 대해 설명하겠습니다.

실제로 계약하는 건 조금 더 지난 뒤가 될 테지만, 설명은 미리 할게요.

네! 잘 부탁 드림미다!

……참 훌륭하게 간결하면서도 정확한 설명이군요. 문제없겠어요.

맞죠?

에헴

아픈 것도 위험한 것도 아니니까 안심해주세요.

제 계약 정령에게 메구가 정령을 볼 수 있게 되는 마법을 걸어달라고 부탁할 거예요.

우선은 정령이 보이지 않으면 의미가 없죠.

그러니 오늘은 제가 메구에게 자연 마법을 걸겠습니다.

의식이라고 해도 하는 일은 단순합니다.

마음에 든 정령에게 말을 걸고 계약 이야기를 꺼내는 건데…

정령님,

볼 수 이써요?!

그럼 메구에게 정령이 보이도록 마법을 걸겠습니다.

어딘가 몸이 아프기라도 한가요?

한 번 더 루드 선생님에게……

이런, 안 돼.

눈에 먼지가…

걱정 끼치지 말아야지.

훌쩍 훌쩍 훌쩍

안절부절

긴장을 풀고 눈을 감으세요.

개, 갠차나요!

힘들면 바로 말하세요.

네!

그럼 다행이지만…

너무 다정해서 또 눈물이 나올 것 같아.

제가 말을 걸면 천천히 눈을 뜨시면 됩니다.

파아아아앗

꾸우우우욱

네!

짤 부딱 뜨림미다!

사축이었던
시절에는
상상도
못 했지만,

······메구,
눈을 뜨세요.

이 세계의
모든 것이 다
놀라움투성이
였는데.

슬쩍——...

어서 오세요,
메구.

당신의 눈에
비치는 풍경이
변했나요?

눈을 뜨자
그곳에는,

네?

아아,
엇,

우와…!

감사함미다!

엄청 예뻐요!

천만에요.

경험은 없으니 상상일 뿐이지만,

저야말로 감사합니다.

지금까지 흑백으로 보이던 세계에 색이 보이게 되었다거나,

아무튼 내 안의 세계가 빛나 보여서 무척 신선했다.

그런 감각에 가까울지도 모른다.

Welcome
to the
Special
Guild

Tokkyuu Guild he youkoso! 3 ~kanbanmusume no aisare elf ha minna no kokorowo nagomaseru~
by Riia Ai

Copyright © 2020 by Riia Ai
Original Japanese edition published by TO Books, Inc.
Korean translation rights arranged with TO Books, Inc.
Korean translation rights © 2021 by Somy Media, Inc.

특급 길드에 어서 오세요! 3 ~사랑받는 마스코트 엘프는 모두의 마음을 치유한다~

2021년 6월 1일 1판 1쇄 발행

저   자 아이 리이아
일 러 스 트 니모시
옮 긴 이 현노을
발 행 인 유재옥
본 부 장 조병권
담당편집 정영길
편 집 1 팀 이준환 박소연
편 집 2 팀 정영길 김민지 조찬희
편 집 3 팀 오준영 곽혜민 김혜주
편 집 4 팀 성명신
미   술 김보라 서정원
라이츠담당 김슬비 한주원
디 지 털 박상섭 이성호 최서윤
발 행 처 ㈜소미미디어
인쇄제작처 코리아피앤피
등   록 제2015-000008호
주   소 서울 마포구 토정로 222, 403호(신수동, 한국출판콘텐츠센터)
판   매 ㈜소미미디어
마 케 팅 한민지 이주희
물   류 허석용
전   화 편집부 (070)4164-3962, 3963 기획실 (02)567-3388
            판매 및 마케팅 (070)4165-6888, Fax (02)322-7665

ISBN 979-11-6611-866-1(04830)
ISBN 979-11-6611-270-6 (세트)